KB217266

친구가 된 일본인들

친구가 된 일본인들

지은이 · 이동식
펴낸이 · 이충석
꾸민이 · 성상건

펴낸날 · 2017년 11월 30일
펴낸곳 · 도서출판 나눔사
주소 · (우) 03446 서울특별시 은평구 은평터널로7가길
　　　 20. 303(신사동 삼익빌라)
전화 · 02)359-3429팩스 02)355-3429
등록번호 · 2-489호(1988년 2월 16일)
이메일 · nanumsa@hanmail.net

ⓒ 이동식, 2017

ISBN 978-89-7027-312-9-03810

값 13,000원
※ 잘못된 책은 바꾸어 드립니다.

이 도서의 국립중앙도서관 출판예정도서목록(CIP)은 서지정보유통지원시스템 홈페이지
(http://seoji.nl.go.kr)와 국가자료공동목록시스템(http://www.nl.go.kr/kolisnet)에서 이용하실 수 있습니다.
(CIP제어번호 : CIP2017030651)

친구가 된 일본인들

이동식_지음

나눔사

또 하나의 광복절이 지났습니다.

대한민국이라는 나라에 사는 우리의 국경일 가운데 적어도 절반 이상이 일본의 식민통치와 관련이 있군요. 3월1과 8월15일을 기리는 두 기념일. 이 때에는 예외 없이 옷 한 겹 정도의 물을 끼고 있는 가까운 사이이면서도 마음으로는 천 리 만 리 떨어진 것 같은 이웃에 한 많은 역사들이 발굴되었다며 신문과 방송에 쏟아집니다. 일제 통치 36년을 전후해 얼마나 우리들이 그 나라 사람들에 의해 피해를 입었는가, 그들의 의도가 무엇이었고 그들에 의해 우리의 역사, 문화, 미풍양속이 바뀌었는지, 경제적으로는 얼마나 수탈을 당했고 또 얼마나 많은 사람들이 정든 땅을 등지고 멀리 피난을 가고 외국에서 고달픈 삶을 살게 되었는지, 잃어버린 조국을 되찾기 위해서 얼마나 피와 목숨을 내놓았는지 하는 내용들입니다.

우리는 그런 식으로 3.1절 기념식, 광복절 기념식을 일제로부터의 해방 이후 70년 넘게 계속해 오면서 이웃나라 일본과 일본인들에 대해 이웃으로서가 아니라 마치 원수인 것처럼 적대의식과 증오를 지켜오고 있습니다. 일본을 제대로 보고 일본인의 장점을 보고, 그들을 참된 이웃으로 받아들이자는 목소리가 없는 것은 아니지만 그런 목소리가 나올 때가 되면 독도 문제에다 위안부 문제, 그리고 과거사에 대한 반성의 태도가 발목을 잡아 과거로 곧바로 돌아가 버립니다. 거기서 우리들은 다시 과거에 우리가 너희 나라에 천자문을 보내고 기술자를 보내어 문화와 문명을 일으킨 공이 있는데 어찌 너희 나라는 우리를 침략하고 우리 조상들을 욕보이고 그들의 피눈물을 흘리게 하고서도 진정한 사죄가 없느냐고 다시 준엄해집니다.

　저도 기자생활을 하면서 이러한 역사의식으로 이 문제를 다루었습니다. 학술적인 자료들을 발굴하고 그들의 잘못을 꾸짖곤 했습니다. 그러다가 일반인들이 만나기 어려운 일본인들의 이야기를 듣게 되었습니다. 그들은 침략한 사람들 편에 서지 않고 침략을 당해 핍박을 받는 우리들을 이해하고 사랑하고 우리들이 갖고 있던 문화와 예술, 민속, 삶의 방식을 배우려고 했고, 그것들을 지켜주려 했습니다. 말하자면 그들은 우리의 적이 아니라 친구였습니다. 그런 사람들을 보면서 우리가 아는 일본인들은 일본인 전체의 얼굴이 아니라는 각성이 들었습니다. 막연히 듣게 된 그들이 누구였는지도 궁금해졌습니다. 조금씩 찾아보니 그러한 일본인들이 각 방면에 의외로 많이 있었습니다. 당시 대부분의 일본인들이 새로 얻은 영토라며 일본 정부의 권력을 업고 이 땅으로 이주해 돈을 벌고 권력을 행사하는 재미에 취해 있을 때에 이들은 우리의 어려운 처지를 이해하고 우리를 대변하려 했으며 부족했던 학문의 밑바탕을 채워주었고 자칫 없어질 뻔했던 우리의 문화를 기록하고 지켜주었습니다.

　해방 이후 일본을 알아야 한다면서 일본인들의 장 단점을 일본 현지의 입장에서 다룬 책들이 쏟아져 나왔습니다. 그런데 정작 우리나라에 와서 우리의 친구가 된 일본인들을 알려주는 연구는 의외로 별 반 없고, 있더라도 각 방면의 학술 논문에서 인용하거나 소개하는 정도였습니다. 말하자면 우리는 일제 시대에 우리의 친구가 된 일본인들을 부분적으로만 알고 있다고 할 수 있습니다. 각 방면에서 정말 진정한 친구가 되었던 분들이 있었습니다. 언젠가 아사카와 다쿠미를 현창하는 사업에 매진하고 있는 노치환 씨와 이야기를 하다가 이런 분들의 이야기를 듣게 된 것이 계기가 되었습니다.

어느 분이 말했습니다. 기억과 어젠다는 선택되고 강화되는 것이라고. 한민족과 일본 민족이라는 것이 고정된 실체가 아니듯이 우리가 현재 알고 있는 역사도 과거를 도구로 한 정치라 할 수 있습니다. 혹 우리의 기억이 한 일 두 나라의 정치인들에 의해 오도되는 것은 아닌지도 생각해볼 필요가 있습니다. 좋은 정치는 현재를 딛고 일어서서 밝은 미래를 여는 것이라면 우리의 역사도 과거의 어두운 면에만 머물지 않고 밝은 미래를 위해 역사의 밝은 면도 드러내고 같이 공유해야합니다. 불행한 과거를 떠올리고 억울한 심정을 푸념하며 그것을 원망의 상에 쏟는다면 불행의 매트릭스로부터 벗어날 수 없습니다. 역사도 과거로부터 일어서는 용기가 필요한 것 같습니다.

우리의 친구를 보자는 말은 친구만을 보자는 것이 아닙니다. 우리를 괴롭힌 사람들을 잊자는 것도 아닙니다. 다만 다 같이 알고 우리가 경계할 것은 경계하지만 동시에 이해할 것은 이해하자는 것입니다. 그런 바탕에서 일본을 보고 일본인들과 다시 만나보자는 것입니다. 거기서 아마도 우리가 배워야 할 이웃, 21세기를 함께 헤쳐 나갈 이웃이 보일지도 모릅니다. 이웃나라 사람들의 생각도 조금은 알고 우리의 앞길을 찾아보자는 것입니다. 그런 사람들을 찾아보았습니다. 죽어서까지 이 땅에 한 줌의 흙이 된 분들은 따로 모아보았습니다. 그리고 서로의 생각이 다른 부분이 어떤 것이었는지, 미래를 위해 우리가 어떤 생각을 해보면 좋겠는가를 한국과 일본 두 나라 시각에서 찾아보았습니다.

미흡하지만 이 책이 한 일 두 나라, 한국과 일본 두 국민 사이의 이해가 넓어지는 작은 계기가 될 수 있기를 기대해봅니다.

2017년 가을 어느 날
이동식

이어령
(초대 문화부장관, '축소지향의 일본인' 저자)

아시아에서 먼저 강국이 된 일본은 발 아래에 놓인 우리를 서양보다 먼저 빼앗으려고 침략을 서둘렀다. 때문에 우리들은 엄청난 아픔을 겪었고 그 아픈 기억은 광복 70년이 더 지난 현재까지도 그늘을 드리운다.

그런데 우리를 괴롭히고 힘들게 한 일본인 사이에서 친구들이 있었다.

그들은 우리의 문화와 예술을 사랑했고 이 땅에서 우리를 위해 몸과 마음을 쏟았다.

그동안 일본인들에게도 잘 보이지 않던 이 친구들을 언론인 이동식 씨가 애써 찾아내어 함께 기억해주자고 말한다.

지리적으로 일본은 어쩔 수 없이 우리의 이웃이다.

21세기는 이미 한 사람의 체온으로 살아갈 수 없다. "가을은 깊은데 이웃 나라 사람들은 무엇을 하는 사람들인가?"

일본의 천재 가인 바쇼(芭蕉)의 말처럼 우리도 일본도 점점 작아지려는 마음을 떨치고 서로의 마음과 지혜를 합쳐야 할 때이다. 원망과 증오로는 미래가 없다.

미움 대신 사랑으로 진정한 이웃이 되기 위해, 한국과 일본 두 나라 모두에게 시의적절한 역작인 이 책을 추천한다.

제1부 외롭고 힘든 친구들이기에

제2부 조선의 흙이 되겠어요

제3부 언제까지 증오해야 하나

외롭고 힘든
친구들이기에

먼저 마음을
보았다

− 아사카와 노리다카

조선에 빠지다

미국과 서구 여러 나라들의 문명의 힘을 실감하고 이를 재빨리 배워 동아시아의 강국으로 부상한 일본은 경제력, 군사력을 바탕으로 1905년 한일보호조약, 그리고 5년 후인 1910년에는 (강제적인) 한일합방[1]을 통해 한국을 손에 넣었다. 그런데 정작 일본인들이 우리나라에 건너오기 시작한 것은 한일합방보다 34년 전인 1876년 부산항이 개항하면서부터이고 합방 이후에는 엄청난 사람들의 이주가 있었다. 조선총독부 자료를 보면 합방된 1910년 말에 한국(조선)[2]에 거주하는 일본인은 약 17만 명이었는데 1911

---

1) 요즘에는 합방이라는 용어보다는 합병이라는 용어를 더 쓰는 것 같다. 합방이란 용어에 대해서는 거부감이 있을 것으로 보지만 과거 통상적으로 써 온 용어이기에 이를 채택해 쓴다
2) 이 책에서 다루는 시대는 주로 1910년 일본이 우리나라를 합병한 이후의 역사이다.

년 말에는 21만 명, 1912년 말 24만 명, 1913년 말 27만 명, 1914년 말에는 29만 명으로 늘어났다.

이런 이주민 중에 일본 야마나시(山梨)현 출신의 미술선생 아사카와 노리다카(淺川伯敎)도 있었다. 1884년생인 노리다카는 고향에서 사범학교를 나와 소학교(초등학교) 선생을 하고 있었는데 일찍이 기독교에 귀의한 관계로 이 고장의 유지이며 자신보다 4살 연상인 고미야마 세이조(小宮山淸三)를 친구로 만나 그가 모아놓았던 조선의 고려청자 등 수집품을 보고는 일찍부터 조선, 곧 한국 땅에 대한 동경심을 갖게 되었다. 이윽고 서른 살이 되던 1913년 조선 근무를 지원해 5월 초순에 서울(당시는 경성)의 소학교로 부임하면서 한국과 인연을 맺는다. 그 이듬해에는 농림학교를 나와 영림서(營林署)에서 임업연구를 하던 일곱 살 아래의 동생 아사카와 다쿠미(淺川巧 1891~1931)를 서울로 부른다.

원래 고려청자에 매혹되었던 노리다카는 5월 초순 서울에 와서도 곧바로 창경원에 있는 〈이왕가박물관(李王家博物館)〉[3]을 찾아 고려청자를 몇 번이나 보고 다녔다. 어느 날 길거리를 가다가 한 골동품가게 진열창에서 하얀 백자 항아리가 다소곳이 앉아 있는 것을 발견한다. 그것은 그동안 많이 보던 고려청자가 아닌 흰

우리나라는 1392년부터 조선왕국이었다가 1897년에 대한제국을 선포했기에 이때부터는 한국으로 줄여서 부른다. 그러다가 1910년에 일본에 합병됐는데 이후 일본은 대한제국(줄여서 한국)이라는 호칭을 없애고 조선총독부를 세우고 조선이라는 호칭을 쓴다. 그것이 일본인들에게 다시 조선이라는 호칭이 일반화된 이유이다. 앞으로 이 글에서 한국과 조선이라는 호칭이 간혹 정확하게 구별되지 않고 나오는 것은, 일본인들의 표현을 인용하면서 나오는 경우임을 미리 밝혀둔다. 조선이든 한국이든 경우에 따라 혼용된다는 뜻이다.

3) 1912년 창경원에 개관. 1936년에 미술품만을 골라 덕수궁 안에서 이왕가미술관으로 바뀜

색의 평범한 생활용기였다. 백자를 본 순간을 스스로 이렇게 기록한다.

> "그 무렵 나는 너무나 쓸쓸했다. 좋은 물건이 하나 탐이 났지만 값이 비싸서 손에 넣을 수 없었다. 어느 날 밤 경성의 고물상 앞을 지나다 보니, 어수선하게 늘어 놓인 조선의 물건들 사이에 하얀 항아리가 홀로 전등불 아래 있었다. 얌전스레 솟아오른 둥근 이 물건에 마음이 끌려 멈추어 서서 한참을 들여다보았다." 『조선의 도자기(李朝の陶瓷)』 1956.[4]

답십리 골동거리

이것이 노리다카와 조선시대 백자, 그러니까 근대 일본인과 조선시대 백자의 첫 만남이었다. 노리다카가 이 항아리를 사갖고 간 것은 물론이다. 당시 일본인들이 좋아하던 고려청자보다도 순박하고 소박하고 순수하고 정결한(그리고 당시에는 값도 비교적 싼) "조선백자에 그만 매료되었고 아예 그것으로 연구를 시작한다. 고려청자는 과거의 차가운 아름다움이지만, 이 백자는 현재의 내 피와 통하는 살아 있는 벗이다"(『조선 미술공예에 대한 회고』)라고도 했다. 조선 백자의 아름다움이 처음으로 일본인의 눈에 뜨인

---

4) 다카사키 소지. 『조선의 흙이 된 일본인』 60쪽. 나름. 1996.

백자추초문각호(白磁秋草文角壺)

것이고 그것으로서, 즉 노리다카에 의해 조선백자는 예술명품으로 부활한다.[5]

　당시 조선 각지에는 토목공사가 한창이었고, 종종 그 현장에서 도자기 조각이 출토되었다. 그는 이 도자기 파편들을 모아 조선 도자기의 역사를 연구하기 시작하였다. 당시 조선시대 백자는 아직 눈여겨보는 사람이 적었기에 대단히 싼 값으로 사 모을 수 있었다. 그는 소학교 교사로 있으면서 도자기의 연구와 수집을 병행하였는데, 특히 여러 과목 중에서 그림이나 수공예 지도를 잘하는 선생으로 정평이 나 있는, 좋은 선생이었다. 교사로 근무하면서도 관심사는 교육보다는 미술이었다. 여름 방학과 겨울 방학이 되면 도

---

5) 조선민족이 자신들의 문화의 가치를 스스로 인식하지 못하고 이를 야나기 무네요시 등에서 배웠다고 오해하고 있는 일본인들이 적지 않은 게 현실이다. 그러나 조선의 미술공예의 가치를 최초로 인정한 것은 일본인 아사카와 노리다카가 아니고 당연한 일이지만 조선 사람 자신이었다는 점이다. 나중에 다시 언급한다.

쿄로 건너가 조각을 배웠다.

　일본이 우리나라를 점령 통치했을 때 우리 문화와 예술을 일본에 널리 알린 사람이 야나기 무네요시(柳宗悅)임은 우리가 이제 많이 알고 있다. 또 일제시대 우리나라에 살다가 우리 땅에 묻힌 아사카와 다쿠미(淺川巧)도 많이 알려진 편이다. 그런데 이들 두 사람이 조선의 도자기와 공예품을 연구해서 이를 널리 알리는 민예운동을 하게 된 결정적인 연결고리가 바로 아사카와 노리다카였다. 한국에 건너온 뒤에 도자기를 모으면서도 조각가의 꿈을 키워왔던 노리다카는 이듬해인 1914년 로댕의 진품 조각작품이 일본에 있다는 말을 듣고는 그것을 보고 싶어서 당시 로댕의 진품 조각품을 소장하고 있는 것으로 알려진 야나기 무네요시를 치바현(千葉縣) 아비코(我孫子)에 있는 그의 집으로 방문한다. 9월이었다. 이 때에 선물로 갖고 간 것이 조선의 백자추초문각호(白磁秋草文角壺, 현 일본민예관 소장)였다. 그것이 야나기가 조선 공예의 아름다움에 눈을 뜨게 된 계기였다. 야나기는 이 도자기의 아름다움에 매료되면서 조선이라는 나라의 역사와 풍토, 문화에 대해서 관심을 갖게 되고 이윽고 한국을 찾게 된다. 1916년 야나기가 처음 한국 땅을 찾을 때 노리다카는 그를 영접하기 위해 부산으로 내려갔다. 거기서 노리다카를 만나 부산의 고물상에 같이 간 야나기는 17세기에 만든 철화운죽문항아리(鐵砂雲竹文壺, 24.7X22.5cm)를 하나 구입한다. 이것이 야나기의 본격적인 도자기 수집의 시작이었다. 야나기는 노리다카와 함께 서울로 올라와 동생인 아사카와 다쿠미와도 인사를 나눈 뒤에 그의 집에서 잠을 잤다. 다쿠미는 당시 직장인 임업시험장이 있던 청량리에서 한국인들의 집을 구해 한국인의 옷을 입고 한국 사람들과 함께 생활하던 터여서 그의 집에는 한국인들이 쓰던 생활용구, 공예품들이 수집돼 있었다. 야나기가 한국의 민속공예품에 빠져들게 된 시발이 이처럼 아사카와 형제와의 만남에서 비롯되었다.

그런데 노리다카의 조선에서의 교사 생활은 1919년 3월1일 발생한 대규모 만세 운동 이후 변화가 온다. 3·1운동이 있은 직후인 1919년 4월에 노리다카는 교직을 그만 두고 도쿄로 잠시 돌아가 본격적으로 조각을 공부하였다. 로댕에 경도되었던 노리다카는 1920년 10월에는 제국미술전람회에서 조선인을 묘사한「나막신 신은 사람(木履の人)」과 1922년 3월 도쿄에서 주최된 평화박람회 기념미술전에서「평화로운 사람(平和の人)」을 출품해 입선하는 등 조각가로서 이름을 알리게 되었다. 이 작품은 야나기 무네요시로부터 로댕을 떠오르게 한다는 평을 받는다. 수상 직후 다시 조선으로 돌아와서 조선 도자기 연구에 몰두하였다. 도자기 조각을 모으고 발굴 유적을 연대순으로 나열하여 도자기의 시대적 변천을 명확히 하는데 성공한다. 그의 도자기 연구에는 자신을 따라 조선에 온 동생 아사카와 다쿠미가 동행했고 1926년에는 계룡산 동학사 계곡의 가마터를 발견하기도 했다. 이후 전국을 돌아다니며 도자기 연구를 하는 그를 두고 친구들은 '총알'이라는 별명으로 놀리기까지 할 정도였다.

「나막신 신은 사람(木履の人)」

쉬지 않은 연구

노리다카는 조선의 도자기나 가마터, 공예품과 고적(古跡) 등을 수 십 년 동안 연구하였다. 가보지 않은 곳이 없을 정도로 그가 다닌 도자기 가마터는 700여 곳에 이르고 있다. 당시 아무도 하지 않은 백자와 분청 등 조선시대 도자기를 가마터에서부터 철저하게 조사하고 관련 유물과 자료들을 수집했다. 1925년 1월에 계룡산, 강진 등지의 옛 가마터를 조사했고 1927년 하순에는 동생인 다쿠미와 둘이서 분원(分院)의 옛 가마터를 조사했다. 또 일본의 옛 도자기와 조선의 그것을 비교 연구하기 위하여 1927년 1월에는 일본의 하카다(博多), 가라쓰(唐津), 나가사키(長崎) 등지의 옛 가마터를 조사하기도 했다.

이 과정에서 수집한 엄청난 양의 도자기 파편을 통해 도자기의 발생 연대와 지역적 특성과 차이를 정리했다. 이런 노력을 바탕으로 500년에 걸친 조선시대 도자기를 맨 처음 확실하게 정리했고 『부산 가마와 다이슈 가마(釜山窯と対州窯)』(1930년), 『조선의 도자기(李朝の陶磁)』(1956년), 『도기전집17 조선시대 백자·청화·철화(陶器全集17李朝 白磁·染付·鉄砂)』(1960년)와 같은 저서를 남겼다. 이윽고 그에게는 어느 새

계룡산 가마터를 돌아보는 3인
다쿠미 + 야나기 + 노리다카

「조선도자기의 신(神)」이란 별명이 붙게 되었다.

　노리다카는 1913년에 한국 땅을 밟은 이후 조각 공부를 위해 도쿄에 체류한 기간도 있지만, 일본의 패전으로 한국이 광복이 된 후에도 한반도에서 도자기 연구 성과 등을 처리하고 1946년 일본으로 귀국하기까지, 약 33년이라는 긴 시간을 한반도에서 보내며 조선의 전통 문화 연구와 관련된 다양한 활동을 폈다. 1937년에는 제16회 조선미술전람회 조소 및 공예 부문 심사위원으로 참여하기도 했다.

　노리다카의 조선 도자기 연구의 업적은 알려진 것보다도 훨씬 방대하다. 그는 서적과 일본에서 간행된 전문 잡지『공예(工芸)』나『민예(民芸)』에 많이 기고를 했고, 조선 도자기에 일생을 바친 그의 노력에 감동한 가족과 지인들이 담화나 추도문을 발표했다. 노리다카는 또 한국에 있을 때에 일본인 문필가들, 조선인 문인들과 함께 참여해 온『경성잡필(京城雜筆))』이란 잡지에 1920년대부터 1941년 이 잡지가 폐간할 때까지 꾸준히 여러 장르의 글을 발표했는데, 지금까지 별로 알려지지 않은 이러한 글들에서 그는 백자를 비롯한 조선 전통문화에 관한 자신의 깊은 애정과 수준 높은 이해를 잘 드러내 주었다.[6)]

　노리다카의 뛰어난 감식안과 열정을 증언하는 명품이 있다. 바로 오사카시립 동양도자미술관이 자랑하는 〈청화진사연화문항아리(青花辰砂蓮花文壺)〉이다.

---

6) 엄인경 아사카와 노리타카(浅川伯教)와 한반도의 단카(短歌) 문단
　- 잡지 경성잡필(京城雜筆), 진인(眞人)과의 관련을 통해. 日本學報 第107輯 (2016.5) 81쪽.

　일본에 존재하는 많은 명품 한국도자기 중에서도 명품으로 꼽히는 이 항아리는 관요(官窯)인 경기도 광주 분원에서 만들어진 것으로 보이는데 유백색의 윤기가 있는 바탕에 연꽃의 윤곽을 코발트 안료로 가늘게 그렸고, 충분한 여백을 가진 줄기는 여유롭게 뻗어 있다. 꽃과 봉오리에 칠해진 산화동(酸化銅)에 의한 진사(辰砂)는 농담이 드러나 홍색과 녹색 등 이중으로 발색되어 한층 더 깊은 맛을 자아낸다. 바로 아사카와 노리다카가 소장하던 것으로 항아리를 보관하던 나무상자의 뚜껑에는「영조 전기에 대궐에서 쓴 병(英祖前期大殿用瓶). 노리(伯)」라는 사인과 함께 스케치가 그려져 있다.　노리다카는 '이런 종류의 항아리로서는 대작으로, 이 시대의 정점에 달하는 것으로 생각된다'라고 서술하고 있다[7]. (『陶器全集17 李朝』1960년).

야나기 무네요시는 1920년 서울에 와 다쿠미의 집을 방문하여 처음으로 이 항아리를 보았다. 그리고 '모든 것이 꿈을 꾸는 것 같다'라고 일기에 적으며 그 뛰어남에 놀라움을 감추지 못했다. 노리다카는 다쿠미, 야나기와 조선민족미술관의 건립을 추진하기 시작했다. '사람들에게 조선의 미를 전함'과 동시에 한일의 사람들이 '친하게 만나서 기탄없이 얘기를 나누는 장소'를 마련하자는 것이다. 그 과정에서 우선 1922년 10월 서울에서「이조도자기전람회」를 열었다. 전시장은 조선귀족회관으로 일제로부터 합방의 댓가로 높지도 않은 귀족 작위를 얻어가진 한국인들이 지금 을지로 1가에 마련한 전용건물이었다. 노리다카는 여기에 이 항아리를 앞열 중앙에 놓아두었다. 그만큼 자랑하고 싶었던 항아리였다. 세 사람은 조선민족미술관의 개관을 위해서 모금활동을 벌였으며 이들의 뜻에 동참하는 사람들이 늘어나서 마침내 1924년에 경복궁 집경당에 조선민족미술관이 개관하게 되었다. 야나기는 이어 일본에 가서도 일본민예관을 세워 1936년에 문을 연다. 여기에도 사실은 대부분 조선에서 수집한 작품들이 상당부분 채워져 있다.

---

7) "이런 종류의 항아리로서는 대작으로 시대의 꼭대기에 위치하는 것으로 생각된다...이것은 정조(正祖) 14년에 단원 김홍도가 그린 것으로 보이는데, 이것보다 더 위로 영조(英祖)조(朝) 이상으로 올라가는 것은 없다...조선에서는 왕이 취미를 가진 경우에는 작자는 천재적 기술을 충분히 발휘할 수는 있지만 사용하는 사람이 제한되어 있기 때문에 똑같은 것이 여러 개 만들어지는 것은 없다. 경기도 과천의 옛 환관의 집에서 나온 것이다"...『特別展 淺川兄弟の心と眼』(2011) 111쪽. 도록에서는 세조 14년이라고 했는데 정조14년의 오기로 보인다.

노리다카의 공적

아사카와 노리다카는 단순히 조선시대 백자의 아름다움을 발굴해낸 것 이상으로 이 도자기들의 연대분류도 처음으로 해낸 것이 중요한 공적으로 남는다. 일본에서는 1930년대에 조선의 도자기들을 높이 평가하고 이를 모으는 일대 붐이 일어났는데, 그것은 아사카와 노리다카와 다쿠미, 그리고 야나기의 노력에 의한 것이었다. 야나기가 펴낸 잡지 『시라카바(白樺)』는 1922년에「이조도자기특집호(李朝陶磁器特輯号)」를 냈는데, 노리다카는 여기에「이조도자기의 가치 및 변천에 대해」라는 글을 발표했다. 이 글에서 "조선의 도자기는 조선시대에 이르러 참으로 고유의 색채를 표현하고 있다"고 하고 그 특질을 보면 "중국의 것은 이성(理性)이 강하지만 조선의 것은 인정미가 강하게 있다"라고 했다.[8]

특히 노리다카는 조선 도자기의 시대구분을 처음으로 시도했다.

1. 조선 초기: 미시마(三島)전성시대
2. 조선 중기: 카타테(堅手)백자시대
3. 조선 후기: 청화백자(染附) 전성시대[9]
4. 조선 말기:

---

8) 鄭銀珍,「淺川伯教와 朝鮮陶磁」『淺川兄弟의 心과 眼』14쪽
9) 미시마[三島]: 분청사기의 일종으로 안쪽 면에 인화문을 시문한 후에 귀얄로 백토 분장을 한 것을 말한다. 경상남도 각지의 가마에서 16세기 전반경에 제작되었다.
카타테[堅手]: 백자 태토의 다완으로 단단한 질감에서 온 명칭이다. 백자의 딱딱한 질감은 다도의 세계에서는 그다지 호평을 얻었던 것은 아니었다. 그러나 카타테의 경우 지방요에서 부드럽게 구워진 것은 깊은 맛이 있다는 이유로 다완으로 호평을 얻었다.
청화백자(染附): 우리 도자기에 관한 연구는 일본이 조선을 강점한 후부터 시작되었고 동시에 발굴과 도굴도 시작되었다. 그들은 우리 전래의 청화백자(青畵白磁)의 명칭에 일본식 染付, 吳須, 吳州와 青華白磁라는 명칭을 부여했었다. 그들의 저서에는 한결같이 일본식 명칭이 아니면 청화백자도 그릴 畵가 아니라 빛날 華자를 써서 青華白磁라는 명칭으로 일관하고 있다.

이렇게 시대구분을 한 것은 노리다카가 처음이다. 그가 돌아본 각지의 가마터와 채집한 도편들을 연구한 결과 나온 결론이다. 그리고 종래에는 고려시대로 보았던 분청의 제작연대를 조선시대 초기로 정한 것은 그의 혜안으로 평가받고 있다. 당시에는 고고학적인 발굴이 아직 충분히 이루어지지 않았는데도 이처럼 지금 봐서도 수긍할 정도의 시대구분을 할 수 있었던 것은 노리다카가 명문(銘文)으로 추정하고 기년명(紀年銘)이 있는 파편들에서 이를 맞추고 확인하는 등 주도면밀한 작업을 했기에 가능한 것이어서, 그가 진정으로 조선의 백자를 사랑했구나 하는 증거로서 후대인들의 칭찬을 받는 부분이다.

그런데 짚고 넘어갈 것은, 조선의 미술공예의 가치를 최초로 인정한 것은 노리다카가 아니라 당연히 조선 사람이었다는 점이다. 아사카와 타쿠미 평전을 쓴 다카사카 소지도 한국의 시인이자 평론가인 최하림崔夏林의 글을 인용해서 이같은 사실을 인정한다.[10]

> 1920~30년대의 고미술 붐도 사실은 '충실한 생활을 하자'는 일본 식민통치 특권계급의 취향에 의해서 형성된 것이고, 이와 같은 유행에 최초로 불을 지른 것이 노리다카, 타쿠미 형제와 야나기 무네요시 등이었다. 물론 옛 도자기나 고서화의 진가는 수장했던 사람들의 낙관으로부터도 잘 알 수 있듯이, 김정희金正喜, 오경석吳慶錫, 민영익閔泳翊, 민영환閔泳煥, 오세창吳世昌, 김용진金容鎭 등의 수준 높은 감식가들이 이미 확인한 바였다. 따라서 일본인들이 고미술의 진가를 발견했다고 하는 것은, 한국 미술에

---

10) 다카사키 소지 『조선의 흙이 된 일본인』 60쪽. 나름

대한 이해가 없는 그들의 입장에서 말하는 '발견'에 불과한 것이다. [11]

버나드 리치와 야나기 (1920년)

그렇지만 일본인의 입장에서 백자의 아름다움에 처음 눈을 뜬 노리다카 덕분에 조선의 백자는 세계로 그 아름다움을 자랑하게 된다. 노리다카는 영국을 대표하는 도예가인 버나드 리치(Bernard Leach. 1887~1979)에게 고려청자의 제조법을 가르치고 청자의 파편들을 보내어 공부를 하게 했다. [12] 1912년 일본 도쿄(東京)에서 열렸던 척식박람회에서 이왕가컬렉션의 조선 도자에 관심을 보였던 리치는 1920년 직접 조선을 방문해 이왕가박물관을 관람했다. 리치는 고려 청자의 아름다운 빛깔과 조선 백자의 고요한 선에 매우 감명을 받았다. 그는 고국에 돌아가서는 〈이조의 백자〉라는 책을 출간했다. 버나드 리치가 이 책에서 동양도자의 특색을 '한국은 선이고 중국은 색채이며 일본은 모양이다.'

11) 최하림은 1974년 야나기 무네요시의 『조선과 그 예술』의 한국어 번역본에서 「해설 야나기 무네요시의 한국미술관에 대하여」를 썼다. 다카사키 소지 전게서 86쪽에서 재인용
12) 홍콩 태생의 영국인이었던 버나드 리치는 일본에서 도예에 입문했지만 중국과 조선의 도자에 큰 영향을 받았다. 그는 야나기 무네요시와도 평생 절친했던 친구 사이로, 야나기의 집에 가마를 설치하여 도자기를 제작하기도 했을 정도로 친교가 두터웠다.

라고 말한 것으로 유명하다. 그가 영국으로 돌아갈 때에 높이 47 센티의 달항아리를 구해 안고 가면서 "나는 행복을 안고 돌아간 다"는 유명한 말을 남겼고 그 달항아리는 후손에 의해 경매에 나 왔다가 한국인의 기부금을 써서 현재 영국박물관(통칭 대영박물 관) 한국관에 전시되고 있다.[13]

리치 외에도 또 조선백자의 정신세계를 이어받아 형태와 선, 색감 등을 재현한 일본의 도예가 도미모토 켄키치(富本憲吉. 1886~1963)와도 친교를 맺어 그가 백자에 귀의하는데 역할을 했 다.

노리다카는 조선의 풍속화나 민화에도 관심을 갖고 이를 높이 평가했다. 예를 들면 신윤복申潤福(1758~미상)을 가리켜 "조선의 자연을 응시한데서 생겨난 그림으로서, 중국의 모방이 아니라 전 적으로 조선의 감각을 그려냈다는 점에서 전무후무한 조선의 독 보적 풍속화가라고 생각한다" 라고 평가했다. 조선의 예술이 중국 예술의 모방에 불과하다고 보는 사람이 많았던 당시에 노리다카 의 이런 지적은 그의 눈이 편견에 물들지 않은 정확한 것이었음을 말해주는 일화라 하겠다.[14]

---

13) 리치는 1935년 경성(京城)에서 도예 작품 전시를 마친 뒤 백자 달항아리를 포함 해 조선 백자 여러 점을 수집하여 영국으로 돌아간다. 리치는 영국으로 가지고 갔던 달항아리를 그의 도예 수제자 루시 리(Lucie Rie, 1902~1995)에게 물려 주었다. 1995년에 리가 죽자 달항아리는 다시 리치의 부인에게로 돌아갔지만, 부인이 사망하면서 1998년 경매에 나오게 된다. 그 때까지 영국박물관에는 제대 로 된 한국관이 없었고 이를 안타까워하던 한빛문화재단 한광호 이사장이 100만 파운드의 기부금을 낸 상태여서. 영국박물관은 이 기부금으로 달항아리에 응찰 하여 곡절 끝에 달항아리를 가져가게 되어 새로 마련된 한국실에서 영구 전시되 고 있다   ....국외문화재재단 홈페이지 인용
14) 다카사카 소지. 『조선의 흙이 된 일본인』 71쪽. 1996. 마름

한국 사랑

노리다카는 조선도자사의 연구가인 동시에 수집가이기도 했고 도예가였으며 조각가였고 또 다도를 즐기는 다인이었다. 때로는 시인으로서 와카나 단가 등 많은 시를 짓기도 하였다. 그런 시 속에서 노리다카는 한국의 땅과 이 땅에 사는 사람들, 그들이 남긴 문화에 대한 깊은 애정을 여과없이 드러내었다.

> "항아리의 아름다움은 눈으로 들어오는 음악이다.
> 아름다운 형태, 아름다운 색, 아름다운 그림.
> 아침부터 밤까지 빛의 변화를 받아 삼부 합창을 하고 있다"
> 壺の美は目から入る音楽だ 美しい形 美しい色 美しい上絵
> 朝から晩迄光の変化を受けて 三部合唱をやって居る.
> 시 「항아리」 노리다카 1922년 작)

노리다카는 백제의 옛 도읍 부여를 자주 방문하여 '부여를 잘 아는 사람'이라고 주위에서 말하곤 하였다. 거기에는 고향 선배 고미야마 세이조(小宮山清三:1879~1933) 의 형이 농장을 경영하고 있었다. 그 형의 농장에 다녀온 고미야마가 조선의 미술품을 들고 집에 돌아온 것을 노리다카가 보고서 조선에 대한 동경심을 키우게 되었음은 앞에서 말한바 그대로이다. 그런 인연으로 고대 일본과 깊은 관계를 맺고 있었던 백제의 고도 부여를 자주 찾고 또 시도 몇 편을 남긴다. 1930년 일본에서 『일본지리대계 조선편(改造社)』이 출판되었다. 노리타카는「부여 부분」을 담당하여 부여의 수북정(水北亭), 낙화암, 백마강, 구룡평(九龍坪), 규암진(窺岩津), 고란사(皐蘭寺) 6곳을 골라서 해설하고 있다. 그는 여기에서 "일본에 온 백제의 학자, 명승, 공예가 등 문화인은 이러한 멋진 환경에서 자라난 것이다"라고 덧붙이며 부여에 대한 애정과 존경을 표현했다. 때로는 그림을 그리기도 했다.

"조각구름만 강에 남긴 채 물새가 산을 넘고 넘어가는 거기 백제의 벌판"
ちぎれ雲水に殘して水鳥は　山をむれ越す百濟國原
단가 「부여」 1935년 출간 『조선풍토가집』 수록

"왕궁의 아이들의 어릴 적 모습이 저기 아이들의 모습에 문득 보여지는 듯"
王宮の聖の御子のをさな姿そこらゆく子にふと思ひ浮ぶ
단가 「부여」 1935년 출간 『조선풍토가집』 수록

"왕궁의 돌로 보이는 유물들이 여기저기서 다리가 되고 절구가 되기도"
王宮の石と思しき　散らばりて橋ともなりぬうすともなりぬ
단가 「부여」 1935년 출간 『조선풍토가집』 수록 [15)]

1920년 노리다카가 도쿄에서 열린 제국미술원 전람회의 조각부문에서 《나막신을 신은 사람》이라고 이름 붙인 조선인 남성상으로 조각부문 입선을 하고나서 신문사와 한 입선 인터뷰도 그의 마음을 알 수 있다.

---

15) 여기에 소개되는 단가와 노리타카의 활동소식은 언론인 노치환 씨가 준비 중인 책 "西山너머 샹그리라 코리아(가제)"에서 일부 미리 전재했음을 밝혀드립니다.

"조선인과 일본인과의 친선은 정치나 정략으로는 안 된다. 그들의 예술.
우리의 예술로 서로 통하지 않으면 안 된다"
(「경성일보」 1920년 10월13일자)

노리다카 부여의 여인

1921년 2월, 아마도 음력으로는 설이 가까울 무렵 노리다카는 석굴암에서 하룻밤을 잔다. 새벽에 법당에 나가서 떠오르는 아침 해를 받는 석가모니 부처상을 보며 이렇게 감격한다.

천개(天蓋) 밑은 완전히 아침이 되었다.

제자들이 한 사람 한 사람 한층 깨달음을 얻게 되어

법열을 전하기 위해 자신의 길로 걸음을 향하게 된다.

모든 선과 음영은 사람들의 마음을 이야기하기에 충분하였다.

이 아름다운 빛의 교차

천개의 밑은 마치 음악당이다.

뭐라 말 할 수 없는 존귀한 빛의 음악이다.(중략)

아시아 대륙은 이 불타 백호의 빛을 시작으로 밝아져 간다.

나는 영원 앞에서 산 불타의 설법을 듣는다,

이처럼 두려운 구도가 어디에서 생겼던가?

이처럼 아름다운 선을 어떻게 그려냈는지?

이곳에 옛 공인들을 생각하고 동양의 위대함을 생각한다.

『朝鮮』[16] 1923년 3월호, 129~134페이지[17]

고적이나 잘 모르는 해안에 서서 큰 운명에 휩싸여 지금의 내가 이 땅에 온 섭리의 불가사의에 감동받으며 깨끗한 마음이 되어 홀로 눈물을 흘리는 일도 있습니다

浅川伯教(1926)「正月と旅行」『京城雑筆』83号, 京城雑筆社, pp.38 39

그야말로 한국과 한국의 역사, 문화, 그리고 사람들을 진정으로 좋아하지 않고서는 결코 도달할 수 없는 정신의 경지라 할 것이다.

진정한 친구

우리들은 최근에 아사카와 노리다카의 동생인 아사카와 다쿠미에 대해서는 책도 나오고 그를 기리는 행사나 글도 많음을 알 수 있다. 그것은 그가 일찍이 우리나라에 와서 청량리 근처 한국 사람의 집을 얻어 한국식으로 살면서 한국 옷에 한국 음식을 먹는 등

---

16) 『朝鮮』은 일본인의 조선 진출과 조선인의 동화를 목적으로 경성에서 간행된 일본어 월간잡지이다. 1908년 3월에 창간되어 1911년 12월46호까지 발행되었고, 이후 1912년 1월호부터『朝鮮及滿洲』로 이름을 바꾸어 1941년 398호까지 발행되었다.
17) 이 부분도 언론인 노치환 씨가 준비 중인 책 "西山너머 샹그리라 코리아(가칭)"에서 미리 전재했습니다.

완전히 한국 사람으로서 살다가 갔고 죽어서도 이 땅에 묻히기를 바랐기에 그의 무덤이 지금 망우리 공동묘지에 있는 데서 기인한 것이라 생각한다. 그런데 노리다카는 다쿠미의 형으로서만이 아니라 여러 방면에서 더 다양한 활동을 하고 한국을 사랑하는 마음을 보여주었는데 이것이 충분히 조명되지 않고 있다. 노리다카에 대한 진정한 이해가 되지 않고 있는 게 현실이란 뜻이다.

노리다카는 조선의 백자의 아름다움을 처음으로 일본을 통해 세계에 알린 사람일뿐 아니라 도자기 역사의 발굴과 정리, 한국 민속에의 관심, 한국인들에 대한 사랑 등 어느 하나도 동생보다 못한 것이 없고 나아도 한참 나았다고 극단적으로 표현하고 싶은 정도이다. 노리다카는 1922년 9월 『시라카바』지에 「조선시대 도자기의 가치와 변천에 대하여」라는 글을 발표했는데, 이것은 조선시대 도자기의 역사에 대해서 쓰여진 최초의 논문이었고, 그 때까지 고려시대의 것으로 알려져 있던 분청사기가 조선시대의 것임을 처음으로 밝혔다. 이 논문은 높은 평가를 받아서 그해 11월에는 『동명』이란 잡지에 「조선시대 도자지의 史的 고찰」이란 제목으로 고쳐 실리면서 조선 도자기에 눈 뜬 사람들이 많아졌다. 1926년 5월에는 조선 예술잡지로 창간된 월간예술지 『아침朝』에 「조선시대 백자항아리」를 발표하고 그 잡지 표지의 그림과 장정까지를 도맡기도 했다.[18]

그는 조선 사람과도 친하게 지냈다. 그는 일본인 거리를 피해서 조선식 가옥에서 살면서 때로는 바지저고리를 입고 거리를 돌

---

18) 다카사키 소지, 『조선의 흙이 된 일본인』 75쪽. 나름.1996.

아다니기도 했다. 그리 잘하지는 못했지만 조선 사람과 조선말로 이야기하기도 했다. 당시 많은 일본인들이 일본인 거리를 형성하고 조선 사람과 사귀려고 하지 않았으며 몇 십 년이나 조선에 살면서도 조선말을 배우려고 하지 않은 때였다. 일찍이 1914년 노리다카의 행적을 알 수 있는 일화가 당시 경성에 살았던 시라토리 큐조(白鳥鳩三)의 회고록에 있다.

"어느 날 아침 일찍 기묘한 차림새의 일본인이 찾아와서 우리를 놀라게 했다. 모시 바지 저고리를 입은 그 사람은 꾀죄죄한 잿빛 당나귀를 타고 온 것이다.(자전거도 없었나, 그 시대에?) 잘은 모르겠지만 서대문 형무소 뒤에 경성의 3대 명 약수 중 하나가 나는 샘이 있어 매일 아침 그것을 마시러 다니던 중에 우리집 문패가 눈에 띄어 '이런 곳에도 일본 사람이 살고 계신가 하고 반가워서 찾아 왔습니다' 하고 인사했다. 이 사람이 훗날 조선시대 도자기 연구로 명성을 떨친 아사카와 노리다카 씨였다. "

노리다카 연필화 (1931) 아사카와
형제자료관 소장

그는 자신이 연구한 조선 도자기의 아름다움을 한국 도공들에게 전한 분이기도 하다. 한평생 고려청자를 연구하고 제작한 도예가 지순탁(池順鐸, 1912~1993)은 1928년 골동품점에서 노리다카를 알게 되어 "자네와 같이 뜻 있는 청년이 많이 나와서 이러한 문화유산을 다시 창조할 수 있으면 좋겠는데…"하는 그의 말에 자극을 받아서 끊겼던 고려청자의 전통을 되살리겠다는 결의를 굳혔다고 한다. 그리고 10년 동안 노리다카와 함께 약 30군데의 가마터를 조사해서 고려청자를 재현할 수 있는 방법을 연구했다.1944년 가을 지순탁이 처음으로 구운 청자 향로를 20엔에 사주며 격려한 것도 노리다카였다고 한다.[19)

그는 해방 후에도 그동안 모아놓은 자료들을 정리하고 또 이를 한국에 인계하기 위해 1년쯤 더 있었다. 그는 머물 수 있을 때까

---

19) 다카사키 소지,『조선의 흙이 된 일본인』80쪽. 나름.1996.

지 한국에 더 있고 싶어했는데, 미군이 진주해 군정이 시작된 뒤 그의 조선미술공예연구실적을 높이 평가 받아 1946년 11월까지 특별체류허가를 받아 그 사이에 그때까지의 연구를 정리하고, 야나기나 다쿠미 등과 만든 조선민족미술관을 지키고 있다가 송석하(宋錫夏)가 설립한 민족미술관에 무사히 흡수시켰다. 또 자기 개인 소장의 공예품 3천여 점과 도편 30상자를 민족박물관에 기증했다. 당시 대구의 오구라 다케노스케(小倉武之助) 등 일본의 유력 수집가들은 수집품을 일본으로 가져가기 위해 혈안이 되어 있었는데, 그는 이들과는 너무나 대조가 되는 사람이었다.

1946년 11월 3일 노리다카는 하카다(博多)항을 통해 일본으로 돌아가 1949년에는 치바(千葉)시에 정착해 도자기 손질, 다도, 단가(短歌)나 하이쿠(俳句) 쓰기 등을 열심히 하며 조선 도자기에 대한 책을 쓰고 전시회를 여는 등 조선의 도자기를 알리는 활동을 계속했다. 그러다가 1964년 1월 80세로 세상을 떴다.

그는 세상을 뜨기 전까지 가장 한국인을 사랑한 우리의 일본인 친구였다. 그는 한국인의 입장에서 일본이 우리 문화재를 어떻게 약탈했는가도 기록해 놓았고 부산요(釜山窯)에서 만들어진 도자기들이 어떻게 일본을 통해 세계로 수출했는가를 가장 상세하게 밝혀놓았고, 절친한 친구가 된 야나기 무네요시가 한국의 미(美)에 대해 비애(悲哀), 곧 슬픔의 역사에 의한 비애(슬픔)의 미로 보았지만, 노리다카는 이를 그렇게 보지 않고 샤머니즘의 영향에 의한 것이라고 규정하는 등 독자적인 시각을 밝히기도 했다.

야나기의 '비애의 미'론이 틀렸다는 것은, 1976년 최하림이 야나기를 비판한 논문 「야나기 무네요시의 한국미술관韓國美術

觀」이 소개된 이래 일본에서도 정설이 되어가고 있다. 그런데 당시에는 야나기의 '비애의 미'론이 권위를 갖고 있었다. 그런 속에서 같은 일본 사람인 노리다카가 이런 독자적인 시각을 가질 수 있었던 것은, 노리다카가 조선 민중의 생활 속에서 관찰하고 있었기 때문에 가능한 것이다.

일본의 도예가인 가와이 간지로(河井寬次郎)는 아사카와 노리다카와 다쿠미 형제를 다음과 같이 평가했다.[20]

가족사진(1918년) 노리다카 + 다쿠미
노리다카 처 + 모친 + 다쿠미 처

"한일합방 이래 조선에 건너간 우리(일본) 동포가 그 나라 사람들을 어떻게 취급했던가 에 생각이 미치면 지금도 견딜 수 없는 심정이 됩니다. 그런 가운데에서 아사카와 씨 등이 매사에 그것에 대한 속죄를 하던 일을 상기하지 않을 수 없습니다. 정복자가 패자에 대해서 저지른 과오, 그런 야만이 아직도 사라지지 않은 가운데 당신들이야말로 인간의 무지에 빛을 비추어 주신 분들이었음을 새삼 알게 됩니다."

---

20) 다카사키 소지,『조선의 흙이 된 일본인』83쪽. 나름. 1996.

바로 이 때문에 필자는 일제시대, 우리가 일본으로부터 많은 핍박을 받을 때에 한국인의 친구가 된 일본인들을 찾아보면서 그를 맨 첫 머리에 올린 것이다. 아사카와 다쿠미나 야나기 무네요시라는 인물이 바로 이 노리다카가 있었기에 가능한 것이라면 그는 근세 이후 한국인의 첫 번째 일본인 친구가 될 자격이 충분히 있다.

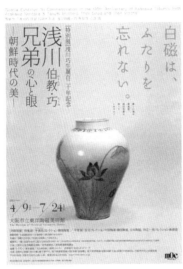

아사카와 형제 특별전 포스터
2011.4.9~오사카 동양도자미술관

이 아름다운
사람들을

– 야나기 무네요시

1919년 3월 서울에서 일어난 "독립만세"의 함성이 전국 곳곳으로 확대될 때에 일본의 언론들은 조선에서 일어난 이른바 소요사건에 대해서 걱정과 우려, 비난의 목소리만을 외치고 있었다. 그런데 그 해 5월 20일 한 젊은 학자가 일본 요미우리 신문에 글을 발표했다.

"조선 사람들이여, 나는 그대들에 대해서 별로 아는 것도 없고 경험도 없다. 그러나 나는 그대들의 나라 조선의 예술을 사랑하고 인정을 사랑하고 조선의 역사가 경험한 쓸쓸한 그 과거에 끝없는 동정심을 가진 사람이다. 그리고 그대들이 예술로써 오랫동안 무엇을 구하고 무엇을 호소해 왔는가를 마음속으로 듣고 있다. 나는 내 마음 속에 그것을 생각할 때마다 외로움을 느끼고 솟아오르는 사랑을 그대들에게 보내지 않을 수가 없다. 조선 사람들이여. 설혹 내 나라 일본의 식자들이 모두 그대들을 욕하고 또 그대

들을 괴롭히는 일이 있더라도 그러한 일본인 사이에 이런 글을 쓰는 자도
있다는 것을 알아주기 바란다."

이 글은 이듬해인 1920년 4월12일부터 18일까지 동아일보
에 우리말로 번역 연재되었다. 뒤이어 4월19일부터 20일까지 그
의 유명한 글인「조선의 친구에게 보내는 글」이 염상섭(廉想涉,
1897~1963) 기자의 번역으로 동아일보에 또 연재되면서 더 큰
반향을 불러 일으켰다. 식민지 통치아래서 고통 받던 한국인들은
진정한 친구를 만났다며 글을 쓴 사람의 이름을 가슴 속으로 불러
주었다. 1889년 생으로 도쿄대(東京大) 철학과를 나온 당시 서른
살의 야나기 무네요시(柳宗悅)였다. 이 청년이 어떻게 조선이라는
나라의 어려운 처지에 공감하고 조선인들에게 힘을 불어 넣어주
게 되었을까?

야나기는 1889년 3월 21일 해군소장인 아버지 야나기 나라요
시(柳楢悅)와 어머니(中島勝子)사이에서 삼남(三男)으로 태어났다.
그의 아버지 나라요시는 병부성 해군부 수로국의 초대국장과 귀
족원 의원 등을 역임하였고 메이지(明治)천황으로부터 정3위(正三
位)를 부여받은 귀족 군인이었다. 그의 외가 쪽으로도 외조부가 해
군대장과 해군장관을 역임하는 등 야나기는 명문가의 후손이었
다.

야나기는 3세에 아버지를 여의고 7세에 명가의 자제가 모이는
학습원(學習院: 황족이나 귀족, 고위 공직자의 자제들을 교육하기
위한 사립학교) 초등과에 입학하였다. 그 후 학습원 중등과와 고

등과를 우수한 성적(졸업 할 때까지 우등생으로 수재였다고 함)으로 졸업하고 1910년(22세)에 도쿄제국대학(東京帝國大學) 철학과에 입학하였다. 그는 재학 중 시가 나오야(志賀直哉), 무샤노코지 사네아쓰(武者小路實篤) 등과 함께 인도주의를 표방한 문예잡지《시라카바(白樺)》를 창간하였다.

야나기는 1912년 가을에 홍콩출신으로 일본에 와 있던 도예가 버나드 리치,[21] 그리고 도미모토 겐키치(富本憲治)와 함께 친구가 되어 도쿄에서 열린 척식박람회에 갔는데 거기서 조선의 도자기를 처음 보았다고 한다. 그런데 본격적으로 조선(한국)을 좋아하게 된 계기가 그 다음에 일어났다.

그로부터 2년 후인 1914년 9월 어느 날의 일이다. 전혀 만난 적도 없고 알지도 못하는 아사카와 노리다카(淺川伯敎)라는 사람이 멀리 경성(서울)에서부터 일본 치바현(千葉県) 아비코(我孫子)에 있는 야나기의 집으로 찾아온다. 그가 온 목적은 야나기가 프랑스의 세계적인 조각가 로댕이 보내준 조각 작품을 갖고 있는 것을 알고 조각을 공부하는 학생으로서 그것을 직접 눈으로 보고 싶어서였다. 그가 인사를 하면서 들고 온 보자기를 풀자 거기에서는 조그만 백자 항아리가 하나 나왔다. 바로 백자추초문각호(白磁秋草

---

21) 버나드 리치(Bernard Leach: 1887-1979). 영국인. 홍콩에서 태어나 유년 시절을 싱가폴과 일본에서 보내고 영국으로 돌아가 미술학교를 다닌 후 1909년 일본으로 건너가 일본 근대 문화를 이끈 철학자, 사상가, 공예가 등과 교류하며 '라쿠'라는 일본 도자기의 매력에 푹 빠져 일본의 도예 가문 중 하나인 오가타 가문에 도제로 입문해 '7대 켄잔'이라는 칭호를 이어 받는다. 그 즈음 민예 부흥 운동을 주도한 사상가로 활동한 야나기 무네요시와 함께 중국, 조선을 여행하며 동양 도자기에 대해 깊은 감명을 받고 도예가 하마다 쇼지와 함께 1920년 영국으로 돌아와 영국 서남부 세인트 아이브스(St. Ives)에 유럽 최초로 오름 가마를 만들고 자신의 공방을 설립했다. 이후 동서양 문화를 절묘하게 혼합한 그만의 새로운 미감으로 영국에서 현대 도예의 새로운 시대를 열었다.

文角壺, 현 일본민예관 소장)라고 하는, 각 진 하얀 도자기 몸통 표면에 추초(秋草)꽃무늬가 그려진 도자기이다. 이것을 처음 본 야나기는 자기가 전혀 모르던 아름다움을 발견하고 푹 빠져버린다. 그리고는 먼 나라였던 조선에 대해서 신문을 통해 소식을 모으고 그 나라의 역사와 문화에 대해서 열심히 공부하기 시작한다.

> ☞ **야나기와 로댕과 아사카와의 만남**
>
> 야나기는 21살 때인 1910년에 도쿄 학습원 고등학과 선배이자 같은 문학청년인 시가 나오야(志賀直也 1883-1971)와 무샤노코지 사네아츠(武者小路實篤 1885-1976) 등과 함께 동인지『시라카바(白樺)』를 창간했다. 이 무렵인데 시가가 가져온 미국잡지를 통해 로댕이 그해 70세를 맞이한 것을 알고 로댕 특집호(제8호)를 제작하게 된다. 로댕 특집호가 나오자 이들은 잡지와 함께 편지 한 통을 써서 파리의 로댕에게 보냈다. 편지에는 '당신이 관심이 있으면 우키요에 판화 몇 점을 보내겠다'고 부기했다. 그 후 로댕에게 아무런 답신이 없자 거장의 침묵에 조바심이 난 이 청년들은 논의 끝에 돈을 거둬 우키요에 판화 30장을 사서 로댕에게 다시 보내게 된다. 그러자 기다리던 로댕의 답신이 왔다. 뿐만 아니라 우키요에를 보내준 후의에 감사한다며 자신의 조각 작품 3점까지 보내왔다.
>
> 당시만 해도 일본에는 로댕 작품이 한 점도 존재하지 않았을 때였다. 기적 같은 일이 일어난 데 대해 뛸 듯이 기뻐한 이들은 그 내용의 전말을 자세히『시라카바』에 실었다. 그리고 이 기사는 멀리 식민지 조선에 나와 있던 조각가 지망의 한 젊은 청년이 읽어보고 가슴을 뛰게 만들었다. 그가 바로 아사카와 노리타카(淺川伯教 1884-1964)였다
>
> ....윤철규「민예미술의 성지聖地 일본민예관」. 한국미술정보개발원 홈피

야나기는 이 때 자기 집을 찾아온 아사카와 노리다카와 곧 친구가 되고, 조선의 아름다운 백자 그릇들을 더 보기 위해서 2년 후인 1916년 조선을 찾는다. 사실 이 때는 베이징에 있는 버나드 리치의 초청으로 중국에 가는 길이었다. 아사카와 노리다카는 야나기를 마중하기 위해 서울에서 부산으로 내려와 있었다. 노리다카의 안내로 도자기 한 점을 사게 된 사연은 앞장 아사카와 노리다카 편에서 이미 언급했고, 야나기는 이어 가야산 해인사에 들러 13세기 몽골군의 퇴치를 기원하기 위해 만든 팔만대장경을 보았다. 노리다카와 야나기는 이어 경주의 석굴암으로 향했다. 이른 아침 6시 반 야나기는 불상의 자애로운 얼굴에 태양이 바다 위로 올라오면서 밝은 빛을 비추는 광경에서 한없는 감동을 느꼈다. 그것이 야나기가 감동으로 기록한 석굴암의 아침이었다(노리다카도 1921년에 석굴암을 본 감동을 묘사했다). 야나기는 서울로 올라와서는 아사카와 노리다카의 동생인 타쿠미(功)와 인사하고 그의 집에서 묵게 된다. 여기에서도 그는 노리다카가 모아놓은 조선시대 백자라던가 타쿠미가 모은 소반, 목기 등의 공예품들을 보고는 더욱 더, 아니 아예 조선을 사랑하게 된다.

조선에서 돌아와 몇 년 후인 1919년 3월1일 조선에서의 만세운동 이후 수많은 조선인들이 학살되는 비극을 본 야나기는 5월 20일부터 24일까지 5회에 걸쳐 일본의 『요미우리(讀賣)』신문에 「조선인을 생각한다(朝鮮人を想う)」라는 명문을 싣는다;

그들에게 자유로운 독립의 호흡을 허용하지 않은 것은 단지 북쪽의 잔인한 대국만이 아니었다. 실로 연약한 그들을 또 한편에서 괴롭힌 것은 우리들의 조상이었다. 역사가들은 흔히 「조선정벌(朝鮮征伐)」을 한 나라의 용감한 기록처럼 말하나 그것은 오직 고대의 무사가 그들의 정복욕을 충족시키기 위해서 아무런 뜻도 없이 저지른 죄 많은 행동이었다. 나는 이러한 원정을 한 나라의 명예를 높이는 이야기라고는 보지 않는다. 더욱이 오

늘날 조선의 고(古)예술, 즉 건축이나 미술품이 거의 파손된 것은 대부분이 실로 놀랍게도 무서운 왜구(倭寇)가 범한 죄였다. 중국은 조선에 종교나 예술을 보냈으나 그것을 거의 파괴한 것은 우리 일본의 무사였다. 이러한 사실들은 조선 사람에게는 뼈에 사무칠 원한일 것이다.

그는 처음 서울에 와서 남산에서 서울을 내려다보다가 직선의 지붕을 가진 일본주택들이 들어선 도쿄와는 달리 서울에는 둥글둥글한 초가집이 즐비한 것으로 보고, 그동안 일본에서 보아왔던 백제의 불상 등 한국의 예술품과 비교한 뒤에 한국인의 예술의 특질을 선(線)의 예술이라고 정의하게 된다. 굽은 선은 직선에 비해서 약해 보인다. 야나기의 생각은 이러한 한국의 선을 당시 일본이라는 큰 나라에 눌려 힘을 쓰지 못하는 역사적인 현실과 결부시켜 그들의 마음이 본래 약하고 슬프기 때문이라는 데까지 미치게 된다.

"눈에 보이는 것은 그 가옥의 지붕에 보이는 끝없는 곡선의 물결이 아닌가? 만약 그 원칙을 무시하고 그 속에 직선의 비중이 보인다면 그것은 일

본이나 또는 서양의 건축이라고 보아 틀림이 없다... 곡선의 물결은 움직이는 마음의 표시이다. 도시는 대지에 누워있다고 하기보다는 물결의 틈틈에 떠 있는 것이다. 그것을 바라볼 때 저 세상의 물결치는 소리를 아득히 듣는 기분이 든다. 저 법륭사 소장인 백제관음을 생각해 보라. 또는 몽전(夢殿)에 보존되어 있는 관세음의 입상을 마음에 생각해 보라. 약간 숙인 듯한 머리에서 어깨를 따라 조용히 몸에서 다리로 흐르는 늘씬한 키의 그 모습을 눈앞에 보아라. 특히 그 옆구리는 아름답지 않은가? 그것은 하나의 형(形)이라고 하기보다는 오히려 선(線)이다. 늘어져 있는 의복까지도 함께 흘러내리고 있다....(중략)

나는 조선의 예술, 특히 그 중의 요소라고도 볼 수 있는 선(線)의 아름다움은 실로 그들이 애정에 굶주린 마음의 상징이라고 생각한다. 아름답고 길고 길게 긋는 조선의 선(線)은 실로 연연하게 호소하는 마음, 그 자체이다..... 그들의 원한도, 그들의 기도도, 그들의 희구도, 그들의 눈물도 그 선을 따라서 흘러내리는 것처럼 늘어진다..... 쫓기고 억압된 그들의 운명은 할 수 없이 쓸쓸함과 외로움 속에 위로를 찾았다."「조선인을 생각한다」

그가 한국에서 체험한 한국미의 특질은 도자기에서만이 아니라 석굴암, 첨성대, 금동미륵반가사유상, 각 사찰의 범종에 나타나는 비천문(飛天紋), 고구려벽화, 그리고 지붕의 처마선, 또 버선과 같은 일상의 물건에 이르기까지 온갖 조형물에 넘쳐흐르는 가늘고 길게 흐르는 선(線)들에서 비롯된다. 그러한 선들에서 '쓸쓸하고 조심성 많은 마음', '민족에 의해 경험된 괴로움과 슬픔', '하늘을 향한 동경'을 보았다. 그는 이 선의 예술을 중국, 일본과 비교하면서 중국의 예술은 의지의 예술로, 일본의 미술은 정취의 예술로 이

1920년 서울 방문 때의 야나기 (뒷줄 왼쪽에서 5번째)

해하면서 한국 예술을 비애의 예술로 표현했다.[22] 그것은 아마도 그가 예술과 인생을 보는 각도나 마음가짐, 혹은 취향과도 연결되어 있을 것이지만 이후 그는 조선의 예술을 통해 조선인과 조선민족에 대한 애정과 존경심을 갖게 되어 일본의 조선통치정책에 대해 강도 높게 비판하는 글을 언론에 잇달아 발표했다. 1920년에 발표한 「조선 친구에게 보내는 글」에서 야나기는 이미 조선인들의 친구가 되었다;

"조선은 지금 외롭고 괴롭다. 그들의 깃발은 하늘 높이 나부끼지 않고 봄은 찾아와도 꽃은 봉오리를 싸고 있다. 고유한 문화는 나날이 사라지고 태어난 고향에서 사라져가고 있다. 수많은 훌륭한 문명의 사적은 단지 과거의 책에서만 읽혀지고 있다. 지나가는 사람들의 머리는 수그러지고 괴로움과 원한이 얼굴에 역력히 나타나고 있다. 주고받는 말조차 소리에 힘

22) 이인범 「야나기 무네요시」 『한국의 미를 다시 읽는다』 83쪽. 돌베개. 2005.

이 없고 백성은 태양을 피해 어두운 그늘에 모여드는 것 같다. 어떠한 힘이 그대들을 이렇게 만들었는가?" ... 「조선 친구에게 보내는 글」

야나기 무네요시가 「요미우리」신문에 발표한 "조선인을 생각한다"라는 글의 반향은 컸다. 1919년 5월에 일본으로 돌아온 노리타카와 일본에 유학 중인 남궁벽(南宮璧)씨 등이 도쿄 동쪽 치바현 아비코에 있는 그의 집을 찾아와 교류가 시작되었다. 당시 동아일보에서는 야나기의 글을 자주 실어주는 한편 조선을 사랑하는 이 일본인의 아내 가네코(兼子)가 성악가인 것을 알고는 이들 부부를 초청해 서울에서 음악회를 여는 문제를 추진했다. 가네코의 조선 음악회를 처음 구상한 것은 남편 무네요시이었으나 "가네코씨 당신의 노래를 우리 조국에서도 들을 수 있게 해주십시오." 라는 남궁벽의 간청도 한 몫을 했다. 당시 조선에서는 문학동인지「폐허」가 김억 황석우 염상섭 남궁벽 변영로 오상순 등이 주축이 되어 막 태동하고 있었는데 이들「폐허」동인들도 가네코의 음악회를 준비하겠다고 나섰다. 준비하는 과정에서 음악회의 취지를 서울에서 발행되는 관영『경성일보京城日報』가 일본의 입장에서 보도한 사건이 일어났으나 신문사의 해명성 보도로 잠재워졌다.[23)]

1920년 5월 3일 가네코와 남편 무네요시 일행[24)]이 열차 편으로 영등포역에 닿았을 때 남궁벽과 염상섭 변영로, 그리고 아사카와

---

23) 1920년 2월3일자『경성일보京城日報』는 야나기 부부의 조선행에 대해 "예술으로의 內鮮의 융화"라는 식의 보도가 있었는데, 이에 대해 야나기 부부 쪽에서 항의서한을 보내자 2월28일자에 "조선교화를 위해 오는 것처럼 전해졌으나 그것은 전혀 와전이다"라고 하는 내용의 편지가 신문사에 왔다고 보도했다.

24) 일행 가운데에는 영국인 도예가 버나드 리치도 포함되어 있었다. 그도 이 때에 조선의 도자기들을 많이 섭렵할 수 있었고 그것이 그의 예술에 큰 영향을 주었다.

노리다카와 다쿠미 형제가 마중을 나왔고 남대문 역에 도착했을 때에는 화가 나혜석과 의사 허영숙도 마중을 나왔고 기차역 밖에서는 무네요시와 가네코를 연호하는 군중들의 함성 소리가 울려 퍼졌다. 너무도 뜻밖의 환영이었던 것이다. 이튿날인 5월 4일 저녁 8시 종로대로의 '중앙기독교청년회관'에서 염상섭의 사회와 통역으로 음악회의 막이 올랐다. 당시 음악회의 정경을 들여다보자;

1,300석의 좌석이 차고 넘쳐 말 그대로 대성황을 이루었다. 음악회의 시작을 알리는 곡으로는 가극 「미뇽」중 "그대는 아는 가 저 남쪽 나라를"이라는 아리아 곡이 첫 번째로 무대에 올려졌다. 첫 번째 곡이 끝났을 때 사람들은 지하에 갇혀 있었던 활화산의 마그마가 뿜어져 나오는 것과 같은 뜨거운 감정의 분출을 억누를 수가 없었던 듯 우레와 같은 박수 소리가 터져 나왔다. 계속해서 두 번째 곡 "불쌍한 아이가 먼 데서 왔다"라는 아리아 곡이 이어졌다. 관객들은 더욱 열광의 도가니 속으로 빠져들었다. 여기까지는 시작에 불과했다.

마침내 본격적으로 1부가 시작되고, 첫 번째 곡인 슈베르트의 "저녁노을 속에서"가 흘러나오자 관객은 천천히 황혼의 정적 속으로 녹아들었다. 두 번째 곡 "죽음과 소녀", 세 번째 곡 "봄의 신앙"이 끝나자 모두의 얼굴이 붉게 물들어 있었다. 더러는 눈시울이 젖어 반짝였으며 뺨으로 흘러내리는 눈물을 참지 못하고 있었다. 그리고 1부의 마지막 곡은 '마이어베어'의 가극「예언자」중에서 "아아, 내 아이야"와 "은혜를 베푸소서"라는 아리아 두 곡이 이어졌다. 곡이 끝나자 관객들의 흥분과 감동으로 회장은 들떠 있었고 떠나갈 듯 한 박수 소리가 끝없이 이어졌다.

　1부가 끝나고, 2부의 서두 음악으로 "자유의 사수"의 여주인 공 아가테의 아리아 "비록 구름에 싸일지라도"가 올려졌다. 두 번째 곡은 베르디의 가극 「일트로바토레」의 아리아인 "불길이 번쩍인다"가 이어졌다. 그리고 계속해서 슈만의 "달밤"이 불리고 차이콥스키의 "어찌 장미는 이같이 야위었나"가 이어졌으며, 연이어 리하르트 슈트라우스의 "무"가 올려졌다. 마지막 피날레 곡으로 가네코가 가장 자신 있어 하는 비제가 작곡한 가극으로 '자유의 대명사'라는 「카르멘」 중에서 "하바네라"와 "세기디야"로 마무리를 장식했다. 그 밤의 마지막 곡인 "세기디야"는 사람들을 흥분의 절정으로 끌어 올린 뒤 끝을 맺었다. 회장은 열광의 도가니가 되어 들끓었다. 가네코의 열정적인 노래가 사람들을 감동하게 했고, 가네코 역시 관중의 환호에 가슴이 뜨거워지지 않을 수 없었다. 관객들은 마침내 "류겸자"를 부르며 열렬한 함성을 지르고 환호하기 시작했다. 음악회는 기대 이상의 대성공으로 막을 내렸다. 가네코에게 이번 음악회는 예전의 공연과는 전혀 다른 매우 큰 감동을 주었다. 마음에 가두었던 벽을 허물고 자유의 바람을 불러오는 환희의 아침 같은 공연이었다.[25]

　다음날 동아일보는 "구슬 같은 목소리, 취한 듯한 관객(聲如玉성여옥, 客如醉객여취)"라는 큰 제목 아래 "대성황을 이룬 류겸자 부인의 독창회, 만장을 느끼게 한 천재의 묘음"이라는 소제목으로

---

25) 가네코의 추모 31주기를 맞으며…2015. 2.00 . 문옥배/ 현, 한국공예산업연구소 전문위원.
　　http://blog.naver.com/okbmoon/220777381338

자세하게 보도하였다. 이후 가네코는 십여 일을 경성에 머물면서 숙명여학교를 비롯하여 일곱 차례나 더 음악회를 가졌다. 가네코의 음악회는 말 그대로 조선 사람들에게 마음의 정으로 바치는 노래였으며 여행 경비는 전부 자비로 부담하고, 음악회 수익금도 전액 남편이 추진하는 조선민족미술관 건립사업을 위해 기부하였다. 남편은 종교와 예술을 주제로 한 강연회에 나섰다. 야나기 부부가 진정으로 한국인들에게 친구로 다가오는 순간이었다.

그가 더욱 한국인들의 존경과 사랑을 받게 된 계기는 일제가 1922년 조선총독부 건물을 새로 지어야한다며 경복궁의 정문인 광화문을 철거해버리려 할 때 이 문을 없애면 안된다는 목소리를 유일하게 크게 낸 것이었다. 나라를 잃어버려 일제 치하에 들어갔지만 광화문은 조선왕국의 정궁인 경복궁의 정문으로서, 그것은 곧 조선이라는 왕국의 얼굴이자 국민들의 구심점이었다. 그것을 일제가 부수려 할 때 당시 한국인들이 이에 감히 항거도 제대로 하지 못하던 상황에서 일본인으로서 분연히 글로써 훼손하면 안된다고 밝혔기 때문이다.

> "이 한편을 공개해야 할 때가 되었다고 나는 생각한다. 바야흐르 단행하려 하고 있는 동양의 옛 건축물에 대한 무익한 파괴에 대해서 나는 지금 가슴이 찢어지는 듯한 아픔을 느낀다."

이런 머리글과 함께 야나기는 부서질 운명에 처해있는 광화문에 대해 처절한 눈물을 흘린다;

"광화문이여! 광화문이여! 그대의 운명이 지금 눈앞에 다가왔다. 그대가 일찍이 세상에 있었다는 기억이 차가운 망각 속에 묻히려 하고 있다. 어떻게 해야 좋을지 나는 생각할 바를 모르고 있다. 잔인한 끌이나 무정한 망치가 그대의 몸을 조금씩 조금씩 파괴할 날도 이제 멀지 않다. 이 사신(死神)을 생각하고 가슴을 애태우는 사람은 많은 것이 틀림없다. 그렇지만 누구도 그대를 살릴 수는 없는 처지이다....

지금 그대를 죽음으로부터 구원하려고 하는 자는 반역죄에 걸리게 되어 있다. 그대를 잘 알고 있는 사람은 발언의 자유를 갖지 못하고 있다. 그러나 그대를 낳아준 민족 사이에 있어서는 불행을 가져오지 않는 발언은 없다고 해도 과언이 아니다. 그래서 지금 여기에 있는 모든 사람들이 암울한 나날을 보내고 있다." ...「사라져가는 한 조선 건축을 위하여」

이 글이 일본에서 발표된 이후 일본 내에서 큰 반향을 일으키며 철거반대 여론이 일어나자 일본은 광화문을 철거하는 것을 취소하고 서쪽으로 옮겨 놓는 것으로 대신했다. 그렇게 해서 광화문은 살아났다. 그 글이 한국에 알려지면서 야나기에 대한 한국인들의 신뢰는 더욱 높아졌다.

섬세한 내적인 미의 빛을 통찰하고 이것을 잘 심미할 수 있는 힘이 있었던 야나기는 예술의 자유가 없는 조선을 '세계의 손실'로 인식하고 자유를 빼앗은 일본의 정치를 '죄악 중의 죄악'으로 표현했다. 또 '인류에 대한 모독'이라고도 표현했다. 야나기가 한국 예술에서 '쓸쓸함'을 느꼈다면 그것은 일제의 압박에 의해 한국인의 예술혼이 살아나지 못하게 되면 그것이야말로 범인류적 손실이라는 것을 감성적으로 인식한 것이며, 인류 역사에서 동양 예술이 어떠한 광채를 발하는지를 잘 아는 사람이 느끼는 '쓸쓸함'이라 하겠다.

야나기는 그런 생각 아래 가능한 범위에서 그 '손실'을 되돌리고자 행동했다. 조선민족미술관을 설립하여 조선의 민속공예품을 수집. 보존하는 일이 그 중의 하나였다. 날로 조선 고유의 미가 사라져가는 것을 보고 쓸쓸하게 생각하고, "지금 조선에 예술이 나오지 않는 것은 단지 제작의 여유가 주어지지 않기 때문이다. 그것은 오히려 우리에게 책임이 있는 것이다"라고 인식한 야나기는, 한민족이 언젠가 독립을 얻어 자유의 마음이 회생할 때 다시 한번 동양 예술에 빛이 돌아올 것을 확신하며 조선민족미술관을 설립하여 조선의 민속공예품을 수집. 보존할 것을 결의했다. 그 과정을 자세히 보자.

음악회를 성공적으로 마치고 일본에 돌아온 가네코와 남편 무네요시는 마침 집으로 찾아온 아사카와 다쿠미를 만나 조선의 예술과 민예 사랑에 대한 이야기를 나누다가 조선의 미술품이 자꾸 사라져 가는 것을 막아야 한다는 데 의기투합한다. 그리하여 한 나라의 미술은 그 나라 사람들에 의해서 사랑을 받고 보존돼야 한다는 확실한 목적의식 아래 조선에다 "조선민족미술관"을 설립하기로 계획한다. 설립 자금을 마련하기 위하여 무네요시는 아내 가네코의 음악회 수익금을 모아서 보탤 작정이었다. 가네코도 남편 무네요시가 사랑한 조선의 도자기와 예술을 무척이나 좋아했다. 특히 아사카와 노리다카가 무네요시에게 선물한 조선백자(청화백자추초문각호, 일본민예관 소장)의 아름다움에 크게 공감한 가네코는 그전보다 더 조선에서 노래를 하고 싶어 했다[26]

야나기는 '조선민족미술관'을 세우기 위해 백방으로 뛰어다녔다. 아내 가네코(柳兼子)도 남편의 뜻에 동조해서 '조선민족미술관' 설립 모금을 위한 연주여행을 하며 내조했다. 물론 야나기의 이러한 노력은 당시 서울에 있던 아사카와 노리다카와 다쿠미 형제와 함께 이뤄졌다. 아사카와 타쿠미는 결혼할 때 새 양복을 사입으라고 어머니가 준 돈까지 투입했다. 마침내 1924년 4월 9일 경복궁 내 집경당(緝慶堂, 慈慶殿 뒤)에 조선민족미술관이 문을 열었다. 가네코와 그녀의 남편 무네요시, 아사카와 노리타카와 다쿠미 형제가 중심이 되어 열성으로 도자기 등의 미술품을 수집하고 혼신을 다해 마련한 전시장이었다. 야나기의 조선인 친구들인 남궁벽과 염상섭 변영로 오상순 등의 관심과 도움도 컸다. 이 순간이말로 조선의 아름다운 예술이 그 주인인 조선 사람들에게 바쳐지는 역사적인 순간이었다. 그 수를 정확히 알지 못하지만 도자기만 해도 1,000점 이상이며, 그 밖에 목공예. 금속공예. 종이공예품이나 자수류. 민화 등 수천 점 이상이 집경당에 '발 디딜 틈이 없을 정도로' 수집되었다. 조선민족미술관이란 단순히 조선시대 백자나 목공품의 아름다움에 매료된 어느 비범한 일본인들이 그것들을 수집하여 개설한 미술관이 아니라, 거기에는 좀 더 넓은 세계사적 관점과 훨씬 깊은 인간적인 이해의 동기가 내포되어 있다. 한민족이

---

26) 문옥배. 위의 글

언젠가 독립하여 예술의 자유로운 마음을 회생했을 때 예술적 감성을 지닌 이 민족의 예술문화가 빛을 발하여 다시한번 동양과 인류에 공헌할 것을 오로지 바라면서 조선시대 공예품을 수집. 보존했던 것이다.

이 미술관은 해방 전까지 아사카와 형제가 관리 운영해 오다가 1946년 국립민족박물관(남산관)으로 옮겨진 후 1972년 국립중앙박물관에 합류되었다. 그런데 불행하게도 조선민족미술관에서 넘겨준 3,000여 점의 작품 중 10점도 안 되는 극히 일부만이 박물관에 전시되고 있을 뿐 나머지는 모두 중앙박물관 수장고에 보관되어 빛을 잃어가고 있는 것이 현실이다. 조선의 것은 조선 사람의 손으로 지켜지고 보존되어 후대에 길이 이어지기를 바랐던 이들의 숭고한 뜻이 제대로 전해지지 못 하고 있는 것 같아 매우 안타깝다는 분들이 많다.

조선민족박물관 개관

　야나기의 노력은 일본으로 이어졌다. 1928년에 도쿄에서 열렸던 국산진흥박람회에 민예관을 건설하고 거기에서 일본 민예품과 함께 한국에서 일부러 사 온 백자, 발(簾) 같은 현대민예품을 전시, 직매하기도 하여 한국 민예품 선전에 꾸준히 노력하였다. 2차 대전 종전 이후에도 그는 한국의 예술을 알리는 많은 저작물과 강연 활동을 꾸준히 했다. 1946년(58세)에는 "미술과 공예 이야기"를, 1947년(59세)에 "지금도 계속되는 조선의 공예"를 간행하였으며, 1948년(60세) 3월 일본 민예관에 '한국의 공예'를 전시하고 1949년(61세) 3월 회갑기념으로 "미의 법문(法門)"을 출판하고 같은 해에 "일본의 민예"를 간행하였으며, 1950년(62세)에는 "공예의 미에 대하여"를 간행하는 등 그의 공예에 대한 집필의 열정이 식을 줄을 몰랐다.

　노년에도 그의 집필력은 신기에 가까울 정도로 왕성하여

일본민예관

1954년(66세)에는 "야나기무네요시(柳宗悅)선집"을 시리즈로 간행하기 시작하여 1955년(67세)까지 10권을 완간하기에 이른다. 1956년(68세)에는 "수집 이야기"와 "민예의 입장"을 간행하였으며 1957년(69세)에는 와병 중에도 집필을 계속하여 "민예 이야기"를 간행하였고 1958년(70세)에는 "민예 40년"을 간행하였다. 그 후 "민예도감 1권" 간행하였으며, 1961년(73세) 1월에는 "민예도감 2권"을 간행하였고 3월에 "법과 미"를 마지막으로 간행했다.

그리고 두 달 후인 5월3일에 세상을 하직하였다. 그야말로 평생을 한국의 도자기, 한국의 공예의 아름다움을 전파해온 전도사였던 것이다. 그의 많은 업적과 공로를 인정받아 그가 죽기 전인 1960년 1월에 '아사히신문사'에서 제정한 "조일상(朝日賞)"을 수상하였으며, 그가 죽고 나서 20여년이 흐른 후에야 우리나라에서도 그의 공적을 인정하여 1984년 9월에 한국정부가 "보관문화훈장"을 추서하였다.

야나기 무네요시는 조선 민족의 독립과 자유를 주장하고 일본 군국주의와 일본의 무력 지배를 반대했는데 이것은 조선 민족의 예술상의 자유로운 정신과 불가분의 관계가 있다.

야나기가 아무리 다이쇼(大正) 데모크라시 속에 살았고, 또 톨스토이의 인도주의의 영향을 받았다 하더라도 당시 조선의 독립을 주장하고 공공연하게 일본의 무력 지배와 군국주의에 반대하는 것은 자신은 물론 가족에게까지 위험이 따르는 일이었다. 이 점을 생각할 때 야나기 무네요시의 세계를 사로잡은 사상의 깊이에 다시금 놀라움을 금할 수 없다. 서세동점(勢東漸)이라고 하는 문명사적 변혁기에, 야나기는 전통적인 삶과 근대적인 삶, 서구문화와 동양문화, 그리고 삶의 제국주의적인 식민화植民化와 그 자발성이라고 하는 경계 위에서 동서고금을 넘나드는 사상적 편력과 문화의 상호 번역 가능성에 대한 사색을 바탕으로 조선예술론을 전개하였다. 그런 점에서 그의 예술론은 매우 풍요롭고 깊이 있는 해석 가능성을 지니고 있다. 그럼에도 불구하고 그가 작고한 후 몇몇 연구가들에 의해 그의 초기 저작인 『조선과 그 예술』에서 거론된 〈비애의 미〉론만이 지나치게 강조되어졌으며[27] 오늘날에 와서는 앞 뒤 사정을 다 빼버린 상태에서 야나

27) 우리는 이제 알고 있다. 우리들의 본래모습이 그처럼 밝고, 맑고, 명랑하고, 낙천적이고, 건전했기 때문에 우리들은 웃고 있는 것이라는 점을.... 그러한 웃음이 우리 민족의 특질이라면 우리 예술도 당연히 그러한 긍정적인 면을 바탕에 깔고 형성된 웃음의 예술인 것이다. 그러므로 날아갈 듯 하늘로 올라가는 선을 슬픔과

기의 글을 읽고 그는 조선의 비극적 현실을 거의 운명적인 것으로 말했다고 비판하는 일이 생겼다. 어떤 이는 야나기의 조선미에 대한 탐구 또한 교묘한 제국주의 미학이라고까지 비판한다. 비판론자들은 심지어 야나기의 아버지가 해군소장으로서 귀족원 의원이었음을 들먹이기도 한다. 일종의 미필적 고의에 해당하는 조선미의 왜곡이라는 것이다.[28]

그런 과정에서 그의 조선예술론에 대한 한국 측의 연구는 지엽적인 문제에 빠져[29] 전체적이고 체계적인 연구에 이르지 못했다.[30]

그는 진정으로 우리 민족의 친구였다. 그는 일찍부터 서민들의 생활 속에서 피어난 예술에 주목했고 그런 공예나 미술품들이 사라지기 전에 이를 가장 먼저 수집했다. '민화(民畵)'라는 말도 그가 처음으로 만들어 낸 말이다. 원로 미술사학자 김원용은 그를 다음과 같이 평한다;

체념, 외로움의 선이라고 보고 우리 예술의 특질도 슬픔이라고 본 일본인 야나기(柳宗悅)의 예술관은 과거 일제시대의 예술관이다... 이동식.『다시 쓰는 목근통신』.224쪽. 2009. 나눔사

28) 유홍준『나의 문화유산 답사기 6』인간도처유상수. 132쪽. 창비. 2011

29) "야나기 무네요시의 사상과 행동은 일본 제국주의의 정치사상과 공범관계에 있었다"는 철학자 이토 도오루(伊藤徹)의 주장은 가히 충격에 가깝다. "야나기가 식민통치 아래 신음하는 조선민족의 현실을 제대로 보지 않고 관념적이고 정서적 세계인 예술의 중요성만을 강조한 것은, '비극의 민족'의 관심을 예술로 돌려 현실타파를 단념시키기 위한 허구이자 기만이며, 조선예술을 '비애의 아름다움(美)'으로 해석한 것도 그 때문이라고 한 고(古)도자기 연구가 이데카와 나오키(出川直樹)의 연구결론도 새로운 시각임에 틀림없다 ....정일성『야나기 무네요시의 두 얼굴』7쪽. 지식산업사. 2007

30) 이인범「柳宗悅의 朝鮮藝術論 硏究」홍익대 박사학위논문, 1998

"야나기 무네요시는 조작하지 않은 미(美)를 민중을 위해 무명의 공인들
이 만들어 낸 민예품 속에서 찾으려 했고 그것을 발견한 것이 바로 조선의
민예품이었다. 그렇기 때문에 야나기의 눈에는 생목을 깎아낸 자귀 자국
하나에도 미가 있고, 목판을 도려 낸 담배 재떨이에도 무한한 미가 있었다.
다이쇼(大正)휴머니스트의 하나로서 그의 한국관(한국을 보는 눈), 한국
미관(한국미를 보는 눈)에는 맹목적인, 광신자적인 경향이 없지 않아 있으
나, 그가 성문화한 한국미의 철학은 길이 광채를 잃지 않을 것이며, 틀림없
이 하나의 진리를 우리에게 제시해 주었다고 말할 수 있다."[31]

31) 金元龍 『韓國美의 探究』 77쪽. 열화당. 1978

야나기가 수집한 민화

우리는 무네요시라는 한 인간 외에 그의 부인인 가네코도 함께 기억해주어야 할 것이다. 그녀는 1928년 봄 독일 유학길에도 조선에 들러 송별 연주회를 하고 자신의 노래를 사랑해주는 조선 사람들 앞에서 노래를 들려주고 떠났다. 가네코의 심금을 울리는 노래는 독일에서도 인정을 받아 많은 언론이 찬사를 보냈다. 이후 그녀는 세계적으로도 명성이 높은 성악가로 알려졌다. 무네요시의 조선 예술 활동에 협력자이었던 아사카와 다쿠미가 1931년 4월 급성폐렴으로 세상을 떠나자 야나기 부부는 조선 활동이 많이 줄어들었다. 그래도 가네코는 1932년 다쿠미 서거 1주기에 맞춰 경성에서 음악회를 열었고, 1934년 가을에 다시 조선에서 경성교회 부인회 주최로 이틀 동안 독창회를 했다.

그녀는 1961년 남편 무네요시가 세상을 떠난 지 6년 만에 마지막으로 한국에 오게 될 기회를 가지게 되었다. 68년 10월 25일 한국에서의 마지막 음악회를 이화여대 미니 독창회로 끝을 맺었다.

그녀는 그날 음악회에서 45년 전의 첫 음악회를 회상하며 노래했다. 그녀는 여든여덟까지 평생을 사람들 앞에서 노래를 부르다가 1984년 6월 1일 아흔 둘의 나이로 미타카시에 있는 자택에서 긴 생을 마감했다. 남편 무네요시가 사랑했던 한국의 도자기와 예술을 그녀도 무척이나 사랑해서일까, 그녀는 항상 한국을 그리워하고 한국을 사랑하는 마음을 죽을 때까지 마음 한편에 깊숙이 간직하고 있었다고 한다.

무네요시가 일본과 우리나라에 남겨준 많은 문화재들을 보면서 그가 일본인들에게 외쳤던 말들, 우리에게 준 말들을 떠올리는 한국 사람들이 많다;

"우리는 그대들을 가까운 친구로서 이해할 용의를 갖추고 있다. 그대들과 우리의 결합은 진실로 자연 그 자체의 뜻이라고 생각한다. 미래의 문화는 결합된 동양에 힘입은 바 크다고 생각한다. 동양의 진리를 서양에 기여하기 위해서도 또 동서의 결합을 실현하기 위해서도 동양 여러 나라는 친밀한 관계를 갖지 않으면 안된다. 더욱이 피가 가까운 조선과 일본은 더욱 친밀함과 애정이 짙어야 할 것이다...나는 바다를 건너 뜨거운 마음을 그대들에게 전한다."

-야나기, 조선의 친우에게 드리는 글-

2013년 5월부터 두 달 동안 덕수궁미술관에서는 《야나기 무네요시》라는 이름으로 그의 예술세계, 특별히 그의 예술관과 미의식을 조명하는 전시회가 열렸다. 그가 활동한 시대의 각종 원고들, 그가 펴낸 잡지, 서적들이 전시됐다. 그가 평소 수집하고 소장했던 일본민예관 소장품 가운데 작품과 자료 193점이 한국으로 나들이를 온 것이었다. 전시회의 카타로그에서는 야나기가 "서양의 중세 근대 문예사조로부터 영향을 받았고 이를 일본에 소개하면서 새로운 미학, 특히 공예관(工藝觀)을 만들어내었다. 이후 그의 아름다움에 대한 관심은 조선 중국을 거쳐 일본, 대만에 이르렀고 특히 영국인 도예가 버나드 리치와의 문화적 동반자 관계를 유지하면서 동서양 미술 교류에도 힘썼다"고 그를 평가했다. 조선의 아름다움만을 사랑한 것이 아니라 그만큼 그가 폭 넓은 생각과 활동을 했다는 종합적인 평가라 할 것이다.

그는 진정 한국인들의 친구였다고 하겠다.

한국과 일본은 다시 국교를 맺은 지 50년을 넘었다. 수교 50주년을 맞아 한국과 일본이 가장 가까운 이웃을 이제 진정한 친구로 맞이해 보자고 다짐을 했지만 그 한 해도 그냥 그렇게 지나고 말았다. 그런 마음이 일어날 때마다 사건들이 불거지고 다시 한국과 일본인의 마음 속에 구름이 드리운다.

일본에 야나기라는 친구가 있었으니 이젠 한국도 일본인들을 위해서 마음을 쓰는, 때로는 목숨까지도 걸 수 있는 한국인 야나기가 나와야 한다. 그렇게 되어 서로가 서로를 친구로 받아들일 수 있을 때에 한 일간의 관계는 굳이 풀려고 노력하지 않아도 풀릴 것이다.

Soetsu Yanagi (1889-1961) about 1954.

한국 건축은
요술입니다

– 요네다 미요지

약관의 청년

이 청년은 언제 어디서 태어났는지도 모른다. 후쿠오카 현이라고만 알려져 있다. 1932년에 니혼(日本)대학 전문학부 건축과를 졸업한 것으로 되어 있다. 이 연도를 역산해 보면 1909년생이 아닌가 보여진다. 니혼대학은 도쿄(東京)에 있는 사립대학이다. 도쿄에서 대학을 졸업하고 1년 후인 1933년 그는 갑자기 일본 통치 아래에 있는 조선(한국)에 건너간다. 경성(서울)으로 가서 조선총독부박물관에 촉탁으로 들어간다. 거기서 조선총독부의 의뢰를 받아 고건축의 측량 보수 작업에 종사한다. 그러다가 근무한 지 10년째인 1942년에 장티프스를 앓다가 경성제국대학부속병원(현 서울대 부속병원)에서 세상을 뜬다. 이것이 이 청년이 우리에게 알려진 신상명세서의 전부이다. 그 외에는 그가 누구인지 어떻

게 생겼고 뭐를 좋아하고 어디에 살았고 결혼은 했는지 등 아무것
도 모른다.

그런데 그가 죽은 뒤 2년 후인 1944년, 그를 데리고 작업을 했던 조선총독부의 고적조사위원 후지다 료사쿠(藤田亮策,1892~1960)와 무라다 지로(村田治郎.1895~1985) 두 사람이 그가 써놓거나 발표한 글들을 모아 『조선 상대건축의 연구(朝鮮上代建築の研究)』라는 책을 펴냈다. 이후 그는 일약 고건축과 고미술문화재의 영역에서 대스타로 솟아오른다. 그의 책이 1976년에 대목수 신영훈에 의해 한국어로 번역돼 출간되자 이번에는 한국에서도 난리가 났다. 1944년에 나온 책은 부수가 한정돼 있어서 전문가들 위주로만 보아왔는데, 한글판이 나오자 한국의 고건축 전문가와 일반인들 모두 그를 주목하고 그가 말한 내용을 다시 연구하는 등 일약 한국고건축학계의 큰 별이 되었다.

그 청년이 바로 요네다 미요지(米田美代治)이다. 1944년 그의 책 『조선상대건축의 연구(朝鮮上代建築の研究)』을 펴내면서 후지다 료사쿠는 서문에서 다음과 같이 그를 소개한다;

"한국건축사의 연구는 1902년에 세키노 다다시(關野貞)박사의 조사로 비롯되었다고 할 수 있다. 1904년에 이르러 발표된 박사의 「한국건축조

사보고」는 학계에 비상한 자극을 불러 일으켰다.[32] 이에 이 방면에 뜻을 세운 사람들이 적지 않고 전문대학의 조사연구가 진행되기도 하여서 적지 않은 성과가 학계에 보고되기에 이르렀다. 그러나 이런 조사들은 짧은 기간, 한정된 견문에 근거한 것들이어서 불충분한 점이 있고 더러는 착오를 범하기도 하였다.따라서 완전한 한국건축사의 성취는 아직도 요원한 감이 있다고 할 수 밖에 없다.

6.7년래로 정열을 쏟으며 연구하는 사람들이 배출되어 정밀한 실측에 따라 근본적인 조사를 계획하고 착착 그 성과를 거둬가고 있는 점은 학계를 위하여 매우 다행한 일이다. 그런 학구파 가운데 가장 두드러진 사람 중의 하나가 요네다(米田)씨이다."[33]

후지다의 서문에 따르면 고적 조사과의 주임일 때 그 밑에서 일을 같이한 요네다는 말수가 적고 진실한 성격으로 건축물에 대해 열심히 탐사하는 손을 늦추지 않았다. 그가 아주 열의를 보인 것은 정확한 실측. 주위에서는 그 실측이 얼마나 정밀했는가에 매

---

32) 세키노 다다시(關野貞, 1867 -1935)는 일제 강점기 대표적인 일본인 관학자로서 통감부가 설치되기 이전인 1902년에 동경제국대학의 교수 신분으로 한국의 고건축물 조사를 실시하였고, 한국 고대의 주요 유적, 유물을 조사, 발굴하여 일본 학계에 처음으로 소개하였다. 그의 이러한 역량을 높게 평가한 통감부는 1909년 세키노에게 한국 국토 전역에 걸친 조사작업을 의뢰하였고 조사작업은 고건축물 및 고미술관련 유적, 유물에서 시작되어 점차 고분조사까지도 확대되었으며 『조선고적도보(朝鮮古蹟圖譜)』의 발행사업으로 이어지게 된다. 1915년 1, 2책이 출간되고, 1935년 15책으로 완간되기까지 고적조사사업은 20여 년간 지속된다. 낙랑군시기부터 조선시대에 이르는 한국의 역사시기를 다룬 『조선고적도보』는 미술사, 건축학, 민속학, 역사학, 고고학에 이르는 다양한 근대 분과학문의 학자들이 참여한 결과물이지만, 조사 및 발간사업의 주체가 조선총독부인 탓에 식민지배와 통치이념의 논리를 학문적으로 뒷받침하고 식민 이데올로기를 정당화시키는데 학술조사 및 발굴의 프레임이 규정되었기에 그 이론적 한계를 배태하고 있다 /김달진미술연구소
33) 米田美代治지음 신영훈 역 『한국상대건축의 연구』6쪽. 藤田亮策. 序. 1976년 한국문화사.

번 놀란다. 그러한 정밀성은 동향(同鄕)의 선배인 오가와 케이기치(小川敬吉)[34]에게서 배운 것으로 보이지만 학문에 대한 타고난 충실한 자세가 기본이 되어 그 어려움을 극복해 나갔다. 더욱이 그는 어떤 일에 부딪쳐도 즐겁게 그것을 감당하였고 연구적인 자세에서 착착 처리하는 솜씨를 보였다고 한다. 조선총독부 박물관에 근무하면서 그는 한 방면에 전념하기를 원했지만 온갖 잡일이 다 그에게 쏟아졌다고 한다. 그렇지만 맡은 바 직무를 자기의 연구대상으로 삼아 묵묵히 처리하고 그런 성과를 하나하나 쌓아나가는 노력을 게을리하지 않았다고 후지다 교수는 그를 칭찬한다.

세키노 다다시

그가 박물관에서 10년을 근무했다고는 하지만 초창기 온갖 잡

34) 小川敬吉(1882~1950) 조선총독부의 문화재담당직원으로서 고분의 발굴조사와 고건축의 수리업무를 오랫동안 담당했다. 2016년 1월29일~2016년3월21일 일본 사가(佐賀)현립(縣立) 나고야박물관에서 그가 남긴 도면과 사진 자료를 보여주는 소장품전이 열렸다.

일과 현장 조사 등을 맡은 것을 빼면 연구논문을 쓰는 등 학계활동을 한 것은 겨우 3년 반이다. 그런데 그가 얼마나 대단한 논문을 써놓았는지는 당시 그 방면의 일본인들도 잘 모르고 있었다. 그의 책을 공동으로 펴낸 무라다 지로 동경제대 건축학부 교수는 그가 몇 편의 논문을 발표했지만 회원들에게만 배부되는 잡지에 실리는데 그쳐 고인의 전모를 아는 사람이 극히 적은 수에 불과했다며 그는 오랫동안 침체되어 있던 조선고건축학의 연구에 일맥의 활기를 불어넣었는데 갑자기 세상을 뜨게 되어 아깝고 분통하다고 했다,

"요네다는 백면(白面) 기술가(技術家)이고 무명의 건축사가(建築史家)였을 뿐이다. 결혼도 하지 못한 총각의 젊음을 지닌 채 급서(急逝)하였다. 그는 이 짧은 생애에 글을 써 나갔다. 그 업적이 이만한 성과였으리라고 미처 생각되지 않았다. 그러나 적어도 지금까지 발표된 한국건축에 관한 가장 신뢰할만한 중요한 문헌이며 진실로 일본건축사의 수 페이지를 차지할만한 업적을 남겼다고 공언할 수 있다" [35)]

요네다의 작업

일제강점기 초기에는 식민지로서 한국의 문화재 전반에 대한 목록작성과 기초조사가 그 목적이었다. 식민지의 유적현황을 파

---

35) 米田美代治지음 신영훈 역『한국상대건축의 연구』7쪽. 藤田亮策. 序. 1976년. 한국문화사

악하기 위한 기본적인 조사를 하였으며, 관리를 위한 목록화된 기초자료를 만들고자 하였다. 메이지(明治)정부가 동경제국대학 공과대학에 지시하여, 세키노 다다시에 의해 집필된 「한국건축조사보고韓國建築調査報告」(1902)는 앞에서도 지적한 대로 목록작성에 중점을 두고 단순히 외관 조사를 하는 차원이었다.[36]

그러나 요네다는 후지시마 가이지로오(藤島亥次郎 1899-2002), 쓰기야마 노부조오(杉山信三 1906-1997) 등과 함께 치수를 실측하여 평면의 형태를 비교하고, 기하학적인 해석을 하는 등 보다 구체적이고 상세하게 접근하였다. 고적조사의 차원이 달라진 것이다.

처음 황해도 황주 등지에서 사찰의 개수와 보존공사에 종사하였다. 1938년에 출간된 『불국사(佛國寺)와 석굴암(石窟庵)』에 실린 각종 실측도는 대부분 그가 작성한 것인데, 이 사업을 주도한 것을 계기로 고대 사찰연구를 시작한 것으로 보인다. 불국사에 이어서 경주의 사천왕사, 망덕사지의 조사에도 관여하였고, 천군리 사지의 석탑 보수공사도 그가 전담하였다. 요네다는 신라 사찰에 대한 연구뿐만이 아니라 고구려 사지에 대한 조사와 연구에도 참가하였다. 특히 조선고적연구회가 실시한 청암리 폐사지의 조사에서 사실상 책임자로서 활약한 것으로 확인된다. 청암리 사지의 조사를 통해 고구려에서 출발해 백제를 거쳐 해 일본 아스카시대로

---

36) 「한국건축조사보고」의 서언에 關野貞이 동경제국대학 공과대학장의 특별한 명령으로 한국의 문화재 조사와 관련하여 "될 수 있는 대로 넓게, 깊지 않더라도 관계없다."라고 이야기를 들었다고 말하고 있다. '넓게, 얕게'라는 단어를 통해서 일제의 침략정책에 자료가 될 수 있는 많은 정보의 탐색에 주목적을 두고 국가적인 차원에서 조사하라는 명령임을 알 수 있다.... 지성진, 서치상 「일제강점기 이후 石塔 조사연구사」61쪽. 『건축역사연구』 제20권 1호 통권74호 2011년 2월

이어지는 사원건축의 탑과 금당의 배치관계가 드러나게 되었는데, 이는 그가 작성한 청암리 사지의 정밀한 도면이 기초가 되었다.

그가 맡은 조사나 실측작업, 연구에 몰두한 대상은 불국사, 사천왕사, 천군리(千軍里) 석탑, 평양 청암리 사지(淸岩里 寺址)외에도 성불사(成佛寺) 극락전, 부여 부소산성. 평양의 낙랑고분. 고구려벽화고분, 평안남도 중화군 소재 동명왕릉과 그 부근 고구려고분 등이다. 이러한 곳곳에서 작업을 할 때마다 그는 놀랄만한 변신을 보여 왔다.

"성불사의 개수공사에 참여하였을 때는 목조건축에 흥미를 갖는 듯하더니 『불국사와 석굴암』의 간행에 즈음하면서부터는 고대의 불사(佛寺) 건축에 이상스러울 만큼 열을 올리고 정열을 기울여 불국사에 이어 사천왕사지와 망덕사지에 대해서도 열심히 연구하고 실측하였고, 천군리 석탑의 개수공사에 당하여서는 사지 전부의 발굴조사까지 확대하여 철저히 연구하는 열성을 보였다. 이런 연구의 결과를 「건축잡지(建築雜誌)」 「조선(朝鮮)과 건축(建築)」 기타에 발표하여 여러 선학들의 잘못을 정정하는 등의 뚜렷한 족적을 남겼다." [37]

그가 어떤 사람이었는지를 전해줄 다른 자료가 전해지지 않으

---

37) 藤田亮策. 序.『한국상대건축의 연구』6~7쪽. 1976년. 한국문화사

므로 우리는 그가 써 놓은 글을 통해 그를 볼 수밖에 없다. 별표 안에 인용한 1944년에 나온『朝鮮上代建築の研究(조선 상대건축의 연구)』원래의 목차를 보면 그가 했던 엄청난 양의 작업과 그가 규명하고자 했던 점이 무엇이었는지가 면면히 드러난다.[38]

붕괴 직전의 미륵사지 서탑

---

38) 신영훈의 번역본은 1963년 첫 간행본이 나오고 1976년 복간본이 나왔다.『朝鮮上代建築の研究』원본의 목차와 조금 다르다. 발문이 뒤로 가 있다.

『朝鮮上代建築の研究』

目次

序　（藤田亮策）

慶州石窟庵の造営計画

一　序　説

二　石窟造営計画の考察

　　　一　石窟の平面/ 二　石窟の立体/ 三　穹窿部の石組構造/

　　　四　其他各部の構造

三　本尊石仏の構成に就いて

　　　一　窟内の位置 / 二　台座の構成 / 三　仏体の構成形態と総高

四　三層石塔の構成計画に就いて

　　　一　平面の構成 / 二　立面の構成/ 三　石塔造成計画の重要事項

五　結　論

仏国寺の造営計画に就いて

内容梗概

緒　言

一　金堂を中心とする一郭、平面の復原

　　　一　中門（紫霞門）の平面 /　二　金堂（大雄殿）の平面

　　　三　講堂（無説殿）の平面　四　経・鐘楼及廻廊の平面

　　　五　東西の両石塔の中心距離と石灯の位置 /　六　毘盧殿及び観音殿の平面

二　極楽殿を中心とする一郭の復原考察

　　　一　極楽殿の平面 / 二　安養門の平面と石灯の位置 / 三　廻廊に就いて

三　伽藍の平面計画に於ける基準の存在

　　　一　仏国寺平面の基準長と其の性質 /　二　千軍里寺址に於ける平面計画の基準

四　伽藍の平面と石塔との関係

五　結　語

仏国寺多宝塔の比例構成に就いて

一　序　説 / 二　各部の考察 / 三　結　語

慶州千軍里寺址及び三層石塔調査報告

一　序　説

二　石塔の現状及実測

三　復原と使用尺

四　石塔造成計画の考察

그것은 곧 고건축을 만든 사람들의 뜻, 의도를 파악해내어 그 건축의 진정한 의미를 규명하는 작업이었다. 다시 말해 누구보다도 엄밀하고 정밀한 실측작업을 토대로 그 건축 당시의 건축개념과 의장계획을 찾아내어 이를 드러내 보여주는 작업이었다. 그렇게 함으로써 그는 석굴암, 불국사의 연구는 물론이고 한국 고대건축사 연구에 없어서는 안 될 중요한 작업결과를 후세에 전하고 있다. 이를 테면 '경주 석굴암의 조영계획'은 석굴암의 건축구조와 조영물 배치 나아가 그 과학적 신비를 푸는 중요한 실마리를 제공한다. 요네다는 석굴 조영계획을 찾아가는 작업을 조성 당시의 통일신라의 제작자가 사용했을 자(尺)의 길이를 밝히는 데서 시작하였다. 그는 불국사와 석굴암에 대한 자신의 측량과 그 전에 있었던 보수공사의 측량결과서에 나타난 여러 수치들을 종합하여 당시의 제작자가 사용했던 자는 지금의 곡척(曲尺, 30.3cm)이 아니라 0.98곡척(29.7cm)이라는 결론에 도달했고 이 0.98곡척을 당척(唐尺)이라 하여 스스로 이 당척을 다시 만들어 그것으로 석굴암을 다시 측량해 보았다고 한다.

그것은 고건축연구에서는 아무도 가보지 못한 경지였다. 요네다는 이러한 수치 속에서 비례를 발견했고 그 비례 속에서 옛 사람들의 사상과 생각을 추출하였다. 그러한 생각은 후대에 비판을 받기도 하고 수정되기도 했지만 당시로서는 전인미답의 길이었다. 그것을 3년이란 짧은 기간에 써 낸 것이다. 그것을 하기까지 그는 전국 각지의 현장에서 묵묵히 꾀부리지 않고 실측 작업을 하고 그것을 정리하고 분류한 것을 바탕으로 깊은 생각을 통해 고대건축의 비밀을 찾아낸 것이다. 그리 길지 않은 그의 논문들은 읽어 가면 갈수록 그 깊은 가치를 느낄 수 있을뿐더러, 그의 더없는 열정과 놀라운 재구성, 비상한 상상력에 많은 사람들이 감탄하게 된다. 그것은 앞에서 본 아사카와 형제나 야나기 무네요시와 통하는 작업이었다. 그들이 이 땅에서 도자기나 민예품의 아름다움에 빠졌다면 요네다는 이 땅의 고건축들을 사랑했기 때문에 가능한 것이었고 그것을 위해 청년으로서의 생명을 이 땅에 바쳤다. 그러기에 요네다도 한국인들의 친구인 것이다.

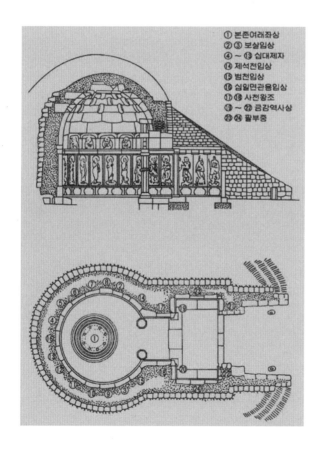

① 본존여래좌상
②③ 보살입상
④~⑬ 십대제자
⑭ 제석천입상
⑮ 범천입상
⑯ 십일면관음입상
⑰⑱ 사천왕조
⑲~㉒ 금강역사상
㉓㉔ 팔부중

석굴암 연구

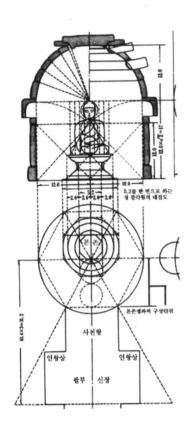

경주 토함산의 석굴암은 우리가 자랑할 수 있는 최고의 걸작품이다. 그런데 그것이 어째서 걸작인가에 대해서 말하라고 하면 쉽지 않다. 전체적으로 석굴이라는 형식에다 조각하기 어려운 화강암으로 주불과 호위불보살을 만들어 놓은 점, 주불의 얼굴과 자세가 주는 지극히 높은 법열의 경지, 해가 뜰 때 햇살이 일으키는 감동 등등 지적할 것은 많지만 그것은 인상적인 설명이어서 뭔가 다른 비밀이 있지 않을까 하는 궁금증이 있었다.

그런데 석굴암 속에 황금분할의 원리가 숨어있다는 것을 처음 찾아낸 사람이 바로 요네다이다. 황금분할이란 가로:세로의 비율이 1:1.618의 기본인 1:√2(루트 2라고 읽고 그 값의 1.414인 기하학의 기본원리)의 비례로서 인간이 가장 아름답게 느끼는 분할이라고 하는데 석굴의 조형에 이 비율이 감추어져 있다는 것이다. 그가 연구해 낸 것은 석굴 조형 계획의 기본은 다음과 같은 기초적인 평면기하학 위에서 이루어진 것이라는 점이다.

석굴암 실측도

(1) 12당척(唐尺)을 기본 단위로 삼았다.

(2) 정사각형과 그 대각선을 사용하였다(1:√2).

(3) 정3각형과 그 꼭지점에서 내린 수선(垂線)을 사용하였다.

(4) 원(圓)으로 된 평면과 공모양의 입체를 사용하였다.

(5) 6각형과 8각형을 사용하였다.

위와 같은 기본 위에 석굴의 구성과 본존 대좌 평면의 구성이 다함께 정사각형의 한 변을 기본으로 하고, 그 대각선을 전개하여 정8각형, 원형을 만든 전체적인 비례 구성상 극히 미묘한 계획법임을 밝혔다. 그 내용을 보면

(1) 본존불 대좌 좌우 중심(앞쪽)에서 12당척을 기본으로, 즉 반지름으로 삼아 원을 그린 것이 주실(主室)의 밑바닥이다. 또 굴 입구의 문 너비는 12당척의 기본으로 되어있으니, 12당척을 반지름으

로 한 원에 내접하는 정6각형의 한 변이 된다.

(2) 굴 바닥에서 벽면의 천부상, 보살상, 나한상 등의 위 부분까지가 12당척이다.

(3) 그러므로 (1)과 (2)의 길이는 1:1이고 그 정4각형의 대각선을 세운 길이가 돔(dome)을 제외한 감실 위 부분까지의 길이에 합치하는 √2이다. 이 길이는 또한 본존불의 전체 높이에 해당된다.

(4) 원통형으로 된 위의 돔 중심은 바로 본존불의 머리 위에 해당된다. 머리 위의 기준점에서 반원을 그린 것이 바로 둥근 천장인 돔이다.

(5) 벽면의 (3)번 길이(굴 바닥에서 감실 위 부분까지의 높이)를 다시 1로 잡았을 때 그 √2가 바로 굴의 지름이 되는 기막히게 묘한 비례인 것이다.

(6) 굴의 전체 높이는 1(12당척 기준)+√2(1.414)가 된다.

이 같은 기본적인 구성의 비밀을 찾아내고 요네다는 다음과 같이 결론을 낸다;

"이같이 기초적 수법이 조영물 구성계획의 중추적 역할을 하도록 조직적 관계를 갖고 있음은 비단 석굴암에서 뿐만 아니라 불국사의 조영계획과 그 기법에서도 발견되고 있다. 이처럼 여러 가지 조영물이 이 기법에 의하여 설명될 수 있다는 것은 필경 그들 조영물의 창건 당초에 그런 법식에 따라 만들어졌다고 하는 이외 아무 것도 아니라고 할 수 있다.

특히 정4각형과 그 대각선, 정3각형과 그 수선이 가장 기본적으로 사용되었음은 이들이 갖는 선조(線條)의 비례와 형태, 도형의 성질상 무엇보다도 필연적인 일이었다고 하겠다. 또 석굴 부처님과 석탑이 한가지의 구성근간인 정3각형을 기본으로 한 것은 형태의 안정감을 얻어내려는 수법으로 생각된다. 석굴의 구성과 석탑 평면과 본존대좌 평면의 구성이 다함께 정4각형 한 변을 기본을 하고 대각선을 전개하여 정8각형, 원형을 만드는 기법은 전체적인 비례구성상 극히 미묘한 계획법이라고 할 수 있다...

이를 돌이켜 본다면 당시의 기술가들은 도대체 얼마만큼의 치밀한 조직적인 머리와 구성감각을 지니고 있었길래 그만큼 기법을 자유자재로 발휘할 수 있었던 것일까. 생각이 여기에 미치면, 그들의 예술적 기술의 풍부함과 그 깊이에 이제 겨우 맛을 들이게 되었다는 느낌을 강렬하게 받는다."[39]

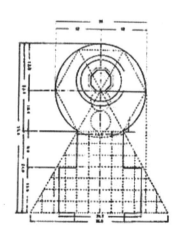

돌이켜보면 석굴암의 석굴은 오래 전부터 암자의 승방으로 사용돼 오고 있었으니 20세기초 어느 우편배달부가 처음 발견했다는 식으로 일본이 이를 널리 알린 뒤에 무작정 보수하는 등으로 해서 훼손이 있었지만 석굴의 조영계획과 원리를 통해 석굴의 비밀을 찾아낸 요네다야말로 석굴암의 진정한 발견자라고 할 수 있을 것이다. 그의 학설은 남천우, 강우방

39) 米田美代治지음 신영훈 역 『한국상대건축의 연구』 40쪽. 1976년 한국문화사.

등 우리 학자들에 의해 보완되기도 하고 문명대에 의해 비판받기도 했지만 고문화재의 계량적 분석에 의해 문화재를 만들 때의 의장과 설계의 깊은 비밀이 드러나게 한 것은 요네다의 가장 큰 공로라 하지 않을 수 없다. 이 석굴암에 대해서는 아사카와 노리다카, 그리고 야나기 무네요시 등 많은 일본인들이 요네다 이전에 눈으로 마음으로 본 감동의 글을 남긴 것도 우리로서는 기억해 줄 일이라 하겠다.

불국사 연구

경주 불국사는 불국(佛國)이라는 사명(寺名)에서 나타난 것과 같이 부처님의 나라, 즉 이상향의 세계를 의미한다. 이를 통하여 신라인들의 불국사 건립 의지와 불교에 대한 믿음을 확인할 수 있다. 신라인들은 부처님의 나라를 만들고 구현하기 위해 불국사의 조형물들을 계획하고 배치하여 불국토를 건립한 것이다

불국사에 현재 남아 있는 다보탑, 석가탑 등 두 탑과 석등 건물 기단부 석축, 석계 등의 석조 유물들은 통일신라시대 양식이다. 다보탑과 석가탑이 있는 대웅전 일곽은 불국사 전체 조영을 대표하는 중심공간이다. 이 공간 속에 표현된 복잡하고 화려한 건축물들은 당시의 종교·사상적 내용을 형상화하기 위해 설계에서부터 철저한 계획 하에 세워졌을 것이다. 대웅전의 일곽은 청운교, 백운교, 중문인 자하문, 다보·석가의 쌍탑, 일곽의 중심에 위치한 대웅전, 강당인 무설전이 남북 자오선상에 배치되어 있으며 중문

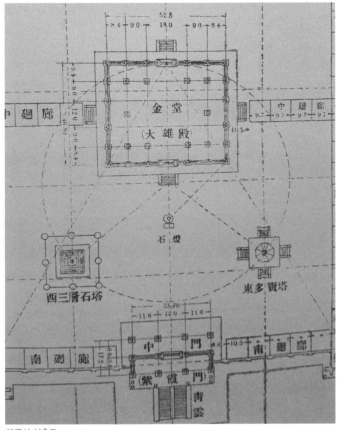

불국사 실측도

과 대웅전, 무설전은 모두 회랑으로 둘러싸여 통일신라 시대의 쌍
탑식(雙塔式) 가람 배치를 이루고 있다.

그런데 이렇게 배열된 것을 평면적으로 파악하는데 그치지 않
고 불국사의 조영계획 그 자체에 기준이 있음을 발견하고 그 기준
에 따라 불국사의 중심공간을 분석한 최초의 연구자도 바로 요네
다이다. 요네다는 불국사 중심공간을 분석한 결과 석가탑과 다보

탑의 중심거리 86당척(唐尺)을 등분한 거리인 43당척이 대웅전 일곽의 기준장(基準長)임을 밝히고'불국사 가람의 중심부 배치평면의 복원과 조영계획의 관계기법 추정도'를 작도(作圖)하였다. 이 작도를 통해 금당 남측계단이 시작되는 남북주축선상의 한 점을 기준으로 금당 후면 중앙과 석가·다보 양탑의 탑 중심이 동일한 거리에 있음을 발견하고 금당과 석가·다보 양탑이 금당 일곽의 중심적인 위치를 차지하고 있으며 그 중에서도 금당이 가장 중요시 되었다고 결론을 내리고 있다. 이러한 그의 연구는 당시의 일반적인 생각들과는 다른 관점에서 불국사가 계획적으로 조영되었음을 밝히려고 했다는 점에서 매우 가치 있는 연구로 평가되고 있다.[40]

정림사 석탑

백제의 고도인 부여에 가면 부여의 중심부에 정림사지가 있다. 정림사지에 우뚝 서있는 석탑 표면에는 당나라가 백제를 멸망시킨 전승기념의 내용이 새겨져 있는데, 백제 왕조의 명운과 직결된 상징적인 공간으로 정림사가 존재하였음을 시사한다.

정림사지의 고고학적 조사 결과 백제시대의 중문, 금당지, 강당지 및 그 북·동·서편의 승방지, 회랑지 등이 확인되었다. 사찰에서 가장 중심이 되는 공간은 예불대상이 되는 불상이 안치되는 금당과 부처의 사리가 봉안되는 탑이다.

---

40) 『불국사다보탑 수리보고서』13쪽. 국립문화재연구소·경주시. 2011년.

탑과 금당간의 관계에 따라 〈1탑-1금당〉, 〈1탑-2금당〉 등의 가람배치양식을 구분하는 것도 그 때문이다. 정림사지는 강당과 승방지, 그리고 회랑으로 둘러진 공간 내에 탑과 금당을 일직선상에 배열하는 〈1탑-1금당〉의 전형적인 백제시대의 사찰터로서, 각 건물들은 기와로 쌓은 기단 위에 건축된 목조의 기와 건물이었음이 밝혀졌다. 전체 사찰지의 규모는 북 승방지에서 중문지까지 107m이며, 폭은 동 서 건물지 외곽 기준으로 62m이다. 두개의 연못지가 중문지 남쪽에서 발굴되었다.

정림사지에는 높이 8.3m의 오층 석탑이 있는데, 대한민국 국보 제9호로 지정되어 있다. 장림사지 오층석탑은 기단을 낮게 사용하고 1층 탑신을 높게 설정하면서도 2층부터는 탑신의 높이와 너비를 급격히 줄여 시각을 1층 탑신에 머물게 하는 건축 기법을 이용하고 있다 얇은 지붕돌은 각 층마다 약간의 경사를 주면서 옆

으로 길게 뻗어나가다가 지붕의 1/10 지점에서 끝이 살짝 올려져 아름다움을 더해주고 있다. 이 석탑이 전체적으로 안정되며 아름다운 까닭은 무엇보다도 비례의 완벽성에 있다.

정림사지석탑을 정확히 실측하여 수리적 원리를 얻고자 한 사람은 일본인 건축학자 요네다 미요지(米田美代治)였다. 그의 측량에 의하면 정림사지 석탑의 건립에 쓴 자[尺]는 1자의 길이가 약 35㎝ 정도인 '고려척'이었다. 그는 탑의 지대석 너비가 고려척으로 14척이고, 그 절반인 7척이 이 탑의 건립에 기본 척도로 쓰였다고 단정하였다. 이러한 증거들은 각 부분의 측량 결과 사실로 드러났는데 1층 탑신과 1층 지붕돌을 합한 높이가 7척이며, 1층탑의 너비 역시 7척, 기단의 높이는 7척의 반인 3.5척, 기단 너비는 7척에서 3.5척을 더한 10.5척이었다. 말하자면 7척이 가진 등할적(等割的) 원리로 이 탑이 구성되었다는 것이다. 또한 탑의 세부를 살펴보면 1층 너비인 7척에 대하여 2층과 5층의 합이 7.2척, 3층과 4층의 합이 7척으로 거의 7척에 맞춰진다. 이러한 원리는 탑의 높이에도 적용되어 탑신과 지붕돌을 합한 1층 높이 7척에 대하여 2층과 5층의 합이 7척, 3층과 4층의 합이 6.9척으로 거의 7척에 맞춰진다. 요네다의 노력과 천재성이 빛나는 대목이 여기에 있다.

청암리 폐사 조사

청암리 폐사는 평양 중심부에서 동북 약 3㎞, 대동강의 북쪽 언덕에 위치한 평양부 대동강변 청암리에 있다. 동서 약 2.3㎞, 남북 약 0.9㎞의 동쪽·북쪽·서쪽 세 방향이 흙벽[土壘]으로 둘러싸여 있어서 처음에는 고구려 왕궁 유적으로서 청암리 토성이라고 여겼다. 그곳에는 고구려 기와가 어지러이 흩어져 있었고, 땅속에서는 고구려 와당과 초석 등이 출토되었다고 한다. 그 후 1938년 평양부립(平壤府立)박물관 관장이었던 고이즈미 아키오(小泉顯夫)가 그곳을 방문했을 때, 굴착중의 배수구 아래에서 교란(攪亂)되지 않은 기와 층과 초석을 확인하고, 그것을 근거로 해서 1938년과 1939년 사이에 고이즈미와 요네다에 의해 발굴 조사가 이루어졌다. 이때의 조사를 통해, 중앙에 평면팔각형 건물이 있었고 그 동서 북쪽으로 건물터가 배치되었으며 그 남쪽으로 문지(門址)가 있었던 가람 배치가 확인되었다. 중앙의 팔각형 건물은 대지의 중심부에 있는데, 암반을 팔각형으로 깎고 그 주위에 할석(割石)을 나란히 배치하여 기단을 형성하고 있다. 그리고 그 주변에 면을 맞춰서 할석을 나란히 했고, 그 바깥 측에 우락구(雨落溝)로 여겨지는 폭 70cm의 옥석 깔개를 둘러 놓았다. 남쪽에 문지로 추정되는 건물은 팔각형 건물과 옥석깔개 보도로 연결되고, 동서 양단에 회랑(廻廊)으로 여겨지는 건물지로 이어진다. 다음해 1939년에도 요네다 미요지(米田美代治)를 중심으로 조사가 진행되었다. 그 결과 전돌이 깔린 건물의 서쪽으로 두 개의 건물지가, 그 북쪽으로도 건물지가 발견되었다.[41]

이 청암리 사지는 사서에 나오는 금강사의 절터라는 것이 학계의 정설이 되었는데 신라의 황룡사 9층탑보다 앞서 지어진 금강사

---

41) 이노우에 나오키(井上直樹)「북한의 고구려·고려 사원 」,『불기 2557년 부처님오신날 봉축 학술세미나 북한불교의 이해』동국대학교. 36~37쪽. 2013년

의 팔각 목탑은 기단 한 변이 고려척으로 70자 (24.5m)인 8각 7층이며 탑 높이는 61m였을 것으로 추정된다. 어마어마하게 큰 목탑으로 당시 고구려의 위상을 엿볼 수 있는 대건축물이다. 청암리 금강사지 목탑 좌우에는 동서금당지와 북쪽에 또 하나의 큰 금당지가 있으며 그 남쪽에는 문지로 추정되는 집터가 발견되었다.

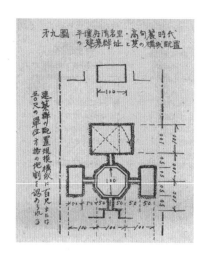

청암리 폐사에서는 '寺'라고 새겨진 기와조각과 금동불상의 광배로 생각되는 유물이 출토되어 고구려시대의 사지로 여겨지게 되었다. 보고서는 팔각건물지를 탑지(塔址), 그 북쪽의 대형 건물을 금당, 나아가 벽돌이 깔린 건물을 강당이라고 이해했다. 거대한 팔각목탑이 되는 것이다. 그 때문에 이 절은 문·탑·금당이 늘어서 있는 사천왕사 식의 가람이라고 생각되어 왔다. 그러나 그 후 일본의 아스카사(飛鳥寺)의 조사에 의해서 재차 주목되어 동서의 건물도 금당으로 여겼고, 1탑3금당 식의 사원으로 이해되었다. 비로소 1탑3금당의 고구려 절의 완전한 형태가 확인된 것이고, 일본 사원의 원류가 이곳에 있음도 확인되었다. 요네다의 정확한 발굴작업과 도면에 의해 확인된 것이다.

높은 탑을 중심으로 사방에서 에워싸는 듯한 배치는 전륜성왕을 중심으로 온 국민이 받들어야만, 우리의 미래가 있다는 율종의 철학을 반영하고 있다. 이것은 일인 요네다에 의해 사기의 천관서 (天官書)에 나타난 오성좌 - 황도를 중심으로 동궁, 서궁, 남궁, 북궁이 있고 북쪽에 중궁이 있다는 것이다. 곧 당시 왕권을 강화하고자 하는 왕궁과 같은 것이다.

> "고구려 경영의 청암리 전체 건물터 배치는 전적으로 오성좌(五星座)를 고스란히 표현한 것이라면 군수리의 절터 배치는 얼마간 개혁된 모습을 보이는 것이라 할 수 있다. 불사(佛寺)로서는 불필요한 좌우의 동(東) 서궁 (西宮)에 해당하는 것을 회랑 밖으로 떼어내고 중궁 (中宮) 중의 천극성 (天極星)에 해당하는 집은 축소시켰다. 이는 일본 사천왕사식 가람배치에서 볼 수 있는 단일형식에 진화(進化)하는 중간적 존재로서 좋은 자료를 보여주는 것이라 하겠다 "[42]

필자는 고구려 환도산성이나 평양의 사찰에서 발견되는 팔각 목탑 등 팔각의 구조물이 백제를 통해 일본으로 건너갔을 가능성을 제시한 바 있는데[43] 그 기본 사실을 젊은 건축기사 요네다가 일찍이 맡았다는 데서 그에 대한 신뢰와 요절한 데 대한 아쉬움이 유별나다고 하겠다.

---

42) 米田美代治지음 신영훈 역 『한국상대건축의 연구』137쪽. 한국문화사. 1976년
43) 이동식 『일본천황은 백제무왕의 자손』2015. 국학자료원 새미.

요네다의 죽음

평양 청암사지 발굴 과정

평안남도 중화군 동두면 진파리(현 평양시 력포구역 룡산리)에 소재한 전 동명왕릉 부근에 위치하는 진파리 고분군 중 제1호분, 동 제4호분은 1941년 5월에 구(舊)일본 육군의 연습 중에 발견되어 같은 해 6월에 긴급히 발굴조사가 실시되었다. 이것은 진파리 고분군에 대한 최초의 학술조사였다. 그러나 6월이 끝나갈 무렵으로 곧 장마에 돌입하기 직전이었기 때문에 일단 조사를 중단하고 같은 해 가을인 9월~10월에 제1호분과 제4호분에 대한 보충조사와 함께 제3호분, 제7호분, 제9호분의 조사를 실시했다. 그러던 중에 전 동명왕릉 주변지역 정비작업을 실시해 청동기시대 주거지와 고구려 와요지를 발견했고 청동기시대 주거지에 대한 발굴조사가 실시되었다. 제1호분과 제4호분은 사신도가 그려진 벽화고분으로 이 발견은 학계의 큰 주목을 받았을 뿐만 아니라 일반시민의 관심도 높았다. 당시 고구려고분에 대해서는 연구자들 사이에서도 관심이 높아 진파리 벽화고분의 보고서 간행에 많은 사람들이 기대하고 있었다. 그런데 보고서는 그 이후 오늘날까지 발간되지 못한 상태로 남아있다.

1942년 10월 24일에 요네다 미요지가 죽은 게 영향을 주었다고 한다.

보고서가 조사 후 신속히 간행되지 못했던 이유로 요네다 미요지의 죽음에 의한 영향이 컸고 겸사겸사 조선고적연구회(朝鮮古蹟研究會)의 재정사정의 절박함과, 그 해 12월에 일본이 태평양전쟁을 일으킨 긴박한 상황 등이 작용을 했겠지만 아쉬운 일이 아닐 수 없다.

그의 죽음은 너무나 갑작스럽고 어이가 없었다. 백제 부소산성을 실측하던 중 장티푸스에 걸려 불과 35세의 젊은 나이에 1942년 10월 24일 세상을 떠난 것이다. 그가 7년 동안 준비한 많은 실측자료들, 그리고 그 자료에서 추출될 수 있는 새로운 구조의 비밀들이 이로써 더 드러날 수가 없게 되었다. 물론 후대에 우현 고유섭을 비롯한 한국인 후배들에 의해 후속 연구가 이루어져 각종 새로운 사실들이 드러나고는 있지만 석굴암이나 불국사, 정림사 탑 등에서 드러내 보인 요네다의 직관력과 상상력, 추리력, 그것도 젊은 나이에 섭렵했던 동서의 미술 건축사상들을 바탕으로 한 추론들은 더 이상 만날 수 없게 되었다. 그러기에 그 점이 아쉬운 것이다. 기왕이면 조금 더 살아 우리 문화재에 대한 애정 어린 분석과 설명, 그리고 그 문화재의 수리와 보존에 이르기까지 그의 도움이 더 있었으면 하는 것이다. 그렇지만 젊은 나이에 한국에 와서 한국의 고건축을 꼼꼼히 살피고 조사하고 이의 비밀을 나름대로 파헤쳐 후세에 전한 그의 노력, 그것으로 표현되는 그의 한국 사랑을 우리는 잊지 말고 기억해주어야 할 것 같다.

☞ 후지타 료사쿠(藤田亮策)

　만일 고건축의 발굴과 조사 사업에 있어서 학문적인 위치나 영향력 등을 감안하면 요네다의 글을 모아서 펴낸 후지타 료사쿠를 첫째로 들지 않을 수 없다.

　후지타 료사쿠(藤田亮策)는 1918년 도쿄제국대학 사학과를 졸업하고 문부성 유신사료편찬소 및 궁내청 제릉료를 거쳐 1922년 신설된 조선총독부 학무국 고적조사과에 부임했다. 그는 야쓰이 세이이쓰(谷井濟一)의 후임으로 박물관 및 고적조사 사업을 비롯해 고적조사과 사업 전반을 기획했던 인물이다.

　후지타 료사쿠는 부임 이래 조선총독부 고적조사사업을 실제로 기획하고 업무를 시행했다. 하지만 그가 기획한 고적조사 사업은 조선총독부의 인력 상황 등으로 볼 때 현실적으로 무리한 사업이었다. 또 발굴 자체가 유물을 수집하기 위한 '수단'이었기 때문에 문화재에 대한 기본 가치관과 인식에 큰 문제가 있었다고 평가 할 수 있다. 다시 말하면 그는 한국의 고건축이나 고미술문화재에 대한 애정이 없었고 오직 조선총독부를 위해 일을 한 것이었다.

　그러기에 그가 많은 일을 하고 후학도 기르고 했지만 한국 학자들의 의견처럼 그를 진정한 한국인의 친구로 꼽기는 어렵다고 하지 않을 수 없다.[44]

---

44) 김대환「조선총독부 고적조사 사업에서 후지타 료사쿠(藤田亮策)의 역할」『한국상고사학보 제91호』한국상고사학회

아악은 인류의
귀중한 자산

– 다나베 히사오

    1910년 대한제국의 주권이 완전히 일본으로 넘어갔다가 1945년 해방되기까지 35년을 우리 역사에서는 흔히 '단절의 시기'라고 말한다. 주권이 우리 민족이 아닌 다른 민족에 넘어가 식민지 지배하에 들어가게 됨으로서 정치만이 아니라 사회, 경제, 문화 등 모든 영역에서 우리의 뜻대로 생각하고 행동을 할 수 없는, 말하자면 암흑이나 마찬가지의 상태에 빠졌기 때문이었다. 일제는 이 식민통치 기간 동안에 근대화라는 미명아래 무수히 많은 한국의 유·무형 문화유산을 침탈하고 훼손하였다.[45]

    일제강점기 단절된 무형유산으로는 가장 먼저 오백 년간 왕조

---

45) 박현수, 「한국 문화에 대한 日帝의 視角」, 『비교문화연구』 4권 0호. 1998 pp.35-77. 최석영, 「일제 식민지 상황에서의 부여(扶餘) 고적에 대한 재해석과 "관광명소" 화」, 『비교문화 연구』 9권1호, 2003. *이 항의 주1과 다음의 주2는 심승구 「일제강점기 단절된 무형유산의 조사와 그 의의」2015년 국립무형유산원 학술대회 자료집 3쪽에서 전재했음,

체제 유지를 위한 국가의례와 왕실문화의 유산을 꼽을 수 있다. 원구제, 사직제, 선농제, 선잠제, 관왕묘제, 둑제 등이 폐지되었고, 왕실문화는 궁중어를 비롯해 궁중의 관습, 의식 등이 거의 사라졌다. 조선조는 명실 공히 우리 역사의 문화 절정기였다. 조선 고유의 철학과 사상, 문화와 예술을 창출하여 한 민족의 자존심을 드높였던 시대였다. 조선조의 궁중의례와 음악은 이러한 우리 민족의 문화 절정기에 형성된 문화예술의 한 표상이었다. 그러나 500여 년의 역사를 지닌 장엄하고 장중한 조선의 전통음악은 조선과 대한제국이 역사 속으로 사라지면서 전통의 단절과 변질이 뒤따랐다. 그런데 일제의 침탈에 따른 우리의 문화유산에 대한 훼손과 파괴 행위가 우리가 생각했던 것과는 다른 사례들도 있는 것으로 나타나고 있다. 일부에서는 일제강점기에 조선의 상징적 공간의 파괴, 풍수적 단맥설, 민족 전통의 말살 등이 일부 사실이 아니라는 주장이 있고, 우리 민족의 모든 민속이나 문화가 훼손과 말살의 대상은 아니고 때로는 적극적으로 '조장'과 '진흥'의 대상이 되기도 했다는 견해[46]가 등장한다. 그런 점에서 우리의 궁중음악을 다시볼 이유가 있다. 나라의 힘이 없어져 조선왕국, 나아가서 대한제국으로서는 궁중음악을 계속 유지할 힘이 사실상 없어진 상태에서 그것이 해방 이후 오늘날까지 우리나라의 중요한 무형문화재로서 남아있게 된 사정에 이런 스토리가 숨어 있기에 그러하다.

조선왕조는 예악의 나라였다. 조선은 모든 국가제도와 문물을

---

46) 남근우, 「조선 민속학회 재고」, 『정신문화연구』 27-3, 한국정신문화연구원, 2004 ; 「조선 민속학과 식민주의-조선민속학회론을 중심으로-」, 『일제식민주의와 동아시아 민속학』, 190쪽.

유가(儒家)사상에 바탕한 억불숭유(抑佛崇儒)의 정책에 기초하여
출발한 나라였다. 인(仁)을 바탕으로 한 유가의 사상에서 예(禮)와
악(樂)은 아주 중요한 위치를 차지하였다. 조선왕조의 국시(國是)
는 바로 이 예악으로 집약되었다. 예악에서 예는 말 그대로 예의범
절을, 악은 음악을 의미한다. 그런데 이 예와 악에는 인간의 가치
를 최고로 하는 귀중한 형이상(形而上)의 상징성과 의미가 담겨있
다. 바로 이 상징성과 의미는 결국 예악정신의 요체가 된다.

예는 인간사회의 바른 질서를 의미한다. 악은 인간사회의 조
화, 곧 화목을 의미한다. 조선왕조는 예악정신이 가득 찬 이상국가
의 구현을 위해 애를 썼다. 그리고 이러한 맥락 속에서 갖가지 국
가적인 의례(儀禮)와 음악이 지극히 존중되었다. 특히 음악은 소리
로써 사람의 마음을 사로잡는 예술이기 때문에 조선의 역대 왕들
은 음악에 큰 관심을 기울였다. 그래서 조선왕조 건국 이래로 음악

은 국가의 정책적 관심이 집중된 영역 가운데 하나가 되었던 것이다. 이와 같은 관심은 많은 음악의 창제(創製)로 나타났으며 이 점에 있어서 가장 큰 기여를 한 왕은 세종이었다. 그는 많은 곡을 지으면서 대동정신(大同精神), 즉 "백성과 같이 즐기자"는 뜻이 담긴 「여민락(與民樂)」등 많은 곡을 직접 작곡하여 이를 널리 전파했고, 박연(朴堧, 1378~1458)의 도움을 받아 여러 뛰어난 음악 정책을 수행하였다 조선조에서 중시되었던 '예악'에서의 '악'은 감정을 억제하고 꾸밈이 없는 차분한 흐름으로 이성에 호소하는 음악이어야 했다. 예악정신을 담은 음악을 좋은 음악, 혹은 바르고 아정(雅正)한 음악으로 보아 이를 아악, 정악(正樂), 대악(大樂) 등으로 부르며 역대 왕들이 공식행사에서 이를 빠짐없이 연주하는 전통을 이어왔다.

조선왕조에서 대한제국으로 바뀐 뒤에 궁중음악은 조선조 궁중음악의 전통을 계승하면서 황제국의 면모에 맞도록 개편되었다. 아악의 헌가(軒架)를 궁가(宮架)로 바꾸고, 원구·종묘·사직 등 대사의 일무(佾舞)를 팔일무(八佾舞)로 격상시켰다.[47] 또한 진연, 진찬 등의 국연(國宴)의 의식절차는 조선 후기에 비해 매우 복잡하게 실행되었고, 그에 따른 주악(奏樂)과 정재의 공연도 늘어났다. 그러나 1905년 한일협약으로 주권 독립국가로서 대한제국의 존재는 국제적으로 완전히 소멸하고, 일본의 통감부가 설치되면서 궁내부는 전면 개정된다. 통감부 설치 이후 일본으로부터의 조선 내

---

47) 팔일무란 가로세로 8명의 무희가 줄 지어 춤을 추는 것으로, 무희의 숫자가 8*8=64로 64명이다. 천자 곧 황제가 출 수 있는 춤이며, 제후는 육일무, 공경대부는 사일무를 출 수 있다.

정간섭과 지배정책이 강화되면서, 1907년에는 교방사를 장악과로 고치고 갑오경장 직후 772명이나 되던 악원의 악사가 305명으로 감소된다. 그 이듬해 1908년에는 전악(典樂) 이하 90여명을 해산시키는 동시에 본래 시종원(侍從院)에 속해 있던 취타내취와 세악내취 48명을 장악과에 부속시키고 국악사장 이하 270여명으로 악사를 줄인다. 1910년 황실령 제34호로 일본의 황실업무를 담당하는 궁내성의 하위 부서로 이왕직이 설치되면서, 궁내성 하위에 설치된 장악원은 1911년 아악대로 개치되고 다시 아악부로 명칭이 바뀌면서 81명을 해고하여 189명으로 줄고, 1917년에는 44명을 해고함으로써 악원의 정수는 57명으로 감소되었다.[48] 이왕직아악부는 조선의 전례악을 담당하였지만, 의례 폐지로 인해 온전한 계승이 불가능했다. 매년 4회 거행되는 종묘대제 때에 무인(舞人) 36명을 포함하여 120명의 인원이 필요했으나 당시 아악부의 악인들로 부족하여 다른 일에 종사하는 사람들을 임시로 모집하여 제례를 봉행할 수밖에 없었다.[49]

이렇게 조선의 궁중음악이 바람 앞의 등불처럼 곧 꺼져 갈 위기에 처한 것을 가장 안타깝게 여긴 사람이 있으니 그는 일본 궁내성 악부(樂部)[50]의 악장인 우에 사네미치(上眞行)였다. 그는 옛 백제인들이 건설한 수도인 나라(奈良) 출신의 음악인으로 악사이면

---

48) 장사훈, 『증보한국음악사』(세광음악출판사, 1986) 483쪽 참조.
49) 田辺尙雄, 『中國·朝鮮音樂紀行』(東京 : 音樂之友社, 1970). 본고에서는 김성진 번역, "조선음악기행(Ⅱ)/다나베 히사오(田辺尙雄)"『한국음악사학보』24집 (한국음악사학회, 2000) 195쪽을 참고했음.
50) 일본의 악부는 궁내성 식부직 악부(宮內省式部職樂部)로서 일본의 천황 가족이 사는 황거(皇居)내 또는 황실관계의 행사에서 아악을 연주하는 조직이다.

서도 뛰어난 학자이고, 한학에도 정통했고 아악의 이론과 역사에 관해서도 해박한 사람이었다.

우에 사네미치

1921년 어느날 우에 학장은 조선 총독부에서 궁내성 악부 앞으로 보내온 「조선악개요(朝鮮樂槪要)」라는 손으로 쓴 일종의 보고서를 들고 그 수하로서 아악연습소의 강사를 하고 있는 다나베 히사오(田邊尙雄)를 찾아와 그 보고서를 보여주며 이런 말을 한다;

"이것을 보면, 조선 이왕직(李王職)에는 우리 일본 아악과는 다른 대규모 아악이 존재하고 있었다. 그런데 이왕직(李王職)이 재정 곤란에 빠져, 그가 경영하고 있는 동물원이나 혹은 아악부 가운데 하나를 당장 폐지하지 않을 수 없는 처지에 이르렀다. 그래서 총독부에 의논한 바, 총독부의 반응은 동물원은 민중을 위해 이익을 미치고 있지만, 이왕가의 아악 같은 것은 민중에게 아무런 이익도 되지 않으니, 아악을 폐지하고, 동물원을 남기라는 의견이었기 때문에, 이왕가에서는 수 백 년 동안 이어온 아악을 폐지키로 되어, 수 백 명의 악인(樂人)을 해산하고, 악장 명완벽(明完璧 70여 세)이하 6명의 노악사만 남겨서, 그 잔무를 처리하도록 하여 하다못해 기록만이라도 남겼으면 하기에, 1917년에 기록을 작성하고, 지금은 6명의 잔류 악사들이 악보의 정리나 하고 있으며, 그것이 끝나면 해산하게 되어, 이로써 이왕직 아악은 영원히 없어질 상태이다. 보존책을 취하는 것이 지금의 급선무이다. 어떻게든 해보고 싶다"[51]

당시 조선총독부에서 이왕직의 아악의 존폐와 관련하여 일본 궁내성 소속의 아악부에 이에 대한 자문을 구한 것임을 알 수 있다. 우에 악장이 나라(奈良)출신이라는 것을 보면 심정적으로 한반도를 자신의 고향으로 생각했을 가능성이 높고 그러므로 조선의 우수한 음악을 보존하고 싶었을 것이기에 당시 가장 똑똑한 후배로서 음악과 음향 등에 골고루 밝은 다나베를 찾아와 이런 말을 했을 것이다. 자기로서는 권한이나 능력이 없으니 젊은 자네가 어떻게든 해보라는 뜻이었다. 마침 다나베는 재단법인 계명회에서 "동양음악의 과학적 연구"라는 제목으로 연구비를 받게 되었으므로 그 연구비를 쓰기로 하고 그 돈으로 조선으로 건너간다. 이 때 비로소 조선의 음악에 큰 관심을 가지게 되면서 이를 보존해야 한다는 생각을 갖게 된다.

다나베의 생각은 이랬다 ;

"아악과 같은 고전의 가무歌舞는 일단 사라지면, 그것은 영원히 근절되고 만다. 이를테면 음악만을 악보로 남겨둔다 한들, 악보만으로는 완전하게 전할 수 있는 것은 아니다. 지금 이 기록을 보니 이왕가李王家 아악은, 세계의 문화 가운데 귀중한 예술인 듯 생각된다. 지금 총독부의 의견에 따라 이것을 영원히 절멸시켜 버리는 것은 일본 정부의 크나큰 책임이라 생각된다. 나는 지금 곧 조선에 가서 이것을 상세하게 조사하는 것과 함께 그 보존이 필요함을 총독부에 진언하여, 극력 그 폐지를 방지토록 노력하려고 한다."

---

51) 田邊尙雄 箸, 朴水觀 譯, 『朝鮮 中國音樂調查紀行』, 서울 갑우문화원 ,2001

이후 다나베는 조선을 방문하여 이왕직아악부를 시찰한다.

다나베 히사오

여기서 잠깐 다나베가 누구인지를 간단히 알아보자. 다나베 히사오는 1883년(명치 16)에 동경에서 태어났다. 다나베의 어머니가 소학교에서 창가를 가르치는 등 양악(洋樂)에 밝았고 일본이나 중국의 전통음악까지도 능숙하게 다루었다고 하니 그런 어머니로부터 음악적 영향을 받아 일찍부터 중국음악을 비롯한 동양음악에 관심을 가지게 되었다고 한다. 또한 어린 시절에 함께 살았던 외삼촌이 철학과 과학을 전공했던 데서 후에 음향학을 연구하는 학자가 될 수 있었다고 한다. 중학교와 고등학교에서 학업을 하면서 바이올린을 배웠고 1904년에 동경제국대학 이론물리학과에 입학해서도 동경음악학교의 관현악단 멤버로 발탁될 정도로 음악과 과학적 이론을 함께 공부해서 1907년에 "관악기의 음향학적 연구"라는 제목의 졸업논문으로 대학을 수석졸업하고 음악과 물리를 가르치면서 동양음악 연구를 계속해 1919년 궁내성 악부 아악연습소의 강사로서 음악이론과 음악사를 강의했다고 한다.

그는 1920년부터 정창원에 보관 중인 황실 악기의 음률조사를 시작으로 동양음악의 실지 조사에 힘을 쏟아 대정과 소화시대에 걸쳐 조선을 비롯해 오키나와 중국 등과 일본 각지의 음악을 폭넓게 조사했다. '조선음악조사'라는 것도 이러한 맥락에서 가장 첫 번째 이루어진 동양음악 실지조사였다. 이를 통해 그는 동양음악연구의 개척자가 되었다.

　그는 1921년부터 이왕직(李王職) 아악부(雅樂部)를 조사한 다음부터 동양 음악에 더욱 깊은 조예를 갖게 되었고 조선음악, 소위 백제. 신라. 고구려 등 3국의 음악이 어떻게 일본에 전파되었고 또 발전되어 갔는지, 그에 따른 직제는 무엇인지 등에 대해서 깊이 연구해 왔다. 이와 같은 연구를 통해서 오늘날 세계적으로 널리 알려진 일본의 아악은 고대 한국인, 소위 도래인(渡來人)에 의해서 발전 되어 왔음을 밝히기도 했다.

　다나베는 「고대 일본의 음악 연구」를 통해 이렇게 말했다.

　　"오늘날 일본의 아악은 세계적으로 잘 알려져 있다. 그 아악은 백제. 신라. 고구려로부터 건너온 도래인(渡來人)에 의해 창성(創成)되고 발전되어 왔으며 또 계속되어 오고 있다. 바꿔 말하면 일본이 세계에 자랑하는 아악은 일본 본토에 도래했던 조선인에 의해 다져진 예술이다."

　다나베는 공적 기관에서의 파견이 아니고 개인적인 조사명목으로, 소위 궁내성 아악부 강사의 직함을 가지고 조선으로 왔다. 1921년 4월1일이었다. 도착하자마자 다나베는 이왕가에 가서 취지를 말하고 아악을 상세히 조사하기 시작했다. 2주간의 체류에서 영화와 무용 등도 감상하고 평양기생학교도 방문

이왕직 옛청사

했다. 이리하여 조선 아악에 대한 조사를 마칠 수 있었다.

장악원은 본디 지금의 서울 명동 구 내무부 청사 자리에 위치해 있었다. 대지가 1만여 평이요, 건물이 수백 간이나 되었던 장악원은 임진왜란 이후에 건립되어 천 여 명의 장악원 인원을 수용할 수 있는 정도였으나 1904년 노일(露日)전쟁 때에 일본군의 주둔지로 빼앗기고 지금의 서울 종로구 당주동 128번지에 있던 봉상시(奉常寺) 일부를 사용하게 되었다. 그러므로 연주실조차 버젓한 것이 없는 궁색한 형편을 면치 못했다.

다나베는 이처럼 아악대의 상황이 어려웠던 무렵에 궁중음악 전통의 중요성을 인식하고 아악대 존속의 필요성을 역설하고 아울러 이를 위한 연주단의 처우개선, 청사 이전 등을 강조함으로써 궁중음악 전승의 새로운 국면을 개척하는 데 일익을 하였다. 무엇보다도 조선의 궁중음악이 일본 아악의 원류라는 점을 들어 그 존속을 건의한 것이 주효했던 것으로 보인다.[52] 그 결과 1922년

---

[52] 다나베 히사오(田辺尙雄)의 조선음악 조사 및 이왕직아악부의 존속 에 대한 조치 등에 대해서는 植村幸生, "植民地期朝鮮における 宮廷音樂の調査おめぐて-田辺尙雄 '朝鮮雅調査'の政治的文脈"『朝鮮史研究會論文集』35集(東京 : 朝鮮史研究會, 1997), 山本華子, "田辺尙雄と朝鮮李王家の雅樂(東京:東京藝術大學音樂學部理卒業論文, 1989)에서 논의되었으며, 田辺尙雄에 대한 비판적 검토가 김수현, "다

관제를 개정하고 그것이 발효되는 1925년에는 종로구 운니동에 새로운 건물이 완공되어 새로운 터전을 잡게 되었고 명칭도 아악대에서 승격된 아악부로 개칭되었다. 악원들의 처우도 개선되었다.

　왕조의 몰락과 국권상실로 인하여 겪은 이러한 궁중음악의 전승은 제도적인 면에서 큰 변화를 겪었을 뿐만 아니라 그 음악의 수용층 변화라는 획기적인 전환이 이루어졌다. 즉 과거에는 오직 왕실을 위해 연주하였던 음악들이 일반인을 위해 공개된 장소에서 연주되고 심지어는 방송을 통해서도 널리 퍼지게 된 것이다.

　이왕직 아악부는 1932년부터 특별 초청 인사들을 위해 아악부 내에서 아악이습회의 기념연주회를 열기 시작했으며 1930년,

이왕직아악부 연주회

Abb. 2. Koreanisches Orchester bei Palastmusik (S. 55).

나베히사오(田辺尙雄)의 '조선음악 조사(調査)'에 대한 비판적 검토 "『한국음악사학보』 22집(한국음악사학회, 1999)에서 이루어졌다

40년대에는 부민관에서 대대적인 공개 연주회를 가졌다. 이는 궁중음악의 향방을 단적으로 나타내주는 것으로서 조선조에 궁중의 여러 의식과 연향에서 고유의 기능을 담당하고 있던 음악이 공연예술로서 전환되어 가는 시대적 변천과정을 시사한다. 뿐만 아니라 이 시기에는 『조선악 개요(朝鮮樂槪要)』, 『조선아악요람(朝鮮雅樂要覽) 등의 여러가지 악서(樂書)의 출판, 『경종보』, 『대금보』, 『피리보』, 『당적보』, 『해금보』, 『아쟁보』, 『단소보』, 『현금보』 등의 악보제작과 오선보로의 채보, 음반취입 등의 작업이 이루어져 조선조의 음악전통이 현대로 전승되는 주요한 과도기적 사명을 수행하였다.

일제강점기에 조선음악에 대해서 조사한 대표적인 인물로는 가네쓰네 기요스케(兼常淸佐, 1912년경 조사), 다나베 히사오(田邊尙雄, 1921년 조사), 이시카와 기이치(石川義一, 1920~30년대), 다카하시 도루(高橋亨, 1930년대), 야마다 사나에(山田早苗, 1930년대), 히타카 에이스케(日高えいすけ, 1939년) 등이 있다. 이 중 가네쓰네는 조선음악 전반에 걸쳐 조사를 행하였고, 다나베는 이왕직아악부에서 연주하는 음악에 대해서 조사했으며, 이시카와는 주로 오선보 채보와 민요 조사에 중점을 두고 연구를 수행했다. 또한 다카하시는 문학·민속적 관점에서 민요나 산대극에 대한 글을 작성했고, 야마다는 이왕직아악부의 악기에 대해서 조사하고 사진첩과 함께 해설서를 남겼으며, 히타카는 『이왕가악기李王家樂器』의 집필과 편집을 맡았다고 알려진다.

1920년대 중반에 이미 조선 백자를 비롯한 도자기 연구가로
서 일가를 이룬 노리다카도 1927년 1월에 발표된 「분라쿠(文楽)
극장(劇場)[53]과 조선의 아악(雅楽)」이라는 글을 통해 조선의 전통
문화에 대한 깊은 애정과 애착을 드러내주었다.

"오랫동안 동양에서 살며 이상하게도 조선이기 때문에 남았던 그 전통
(=아악)을 더구나 지금 세상에서 단절시키다니 무슨 일인가?…중략…조
선에는 지방적으로 이렇다 할 것이 남아 있는 경우가 적으므로, 아악과 같
은 것은 이럴 때 한층 개방시켜 상설 아악관이라도 만들어 번성하게 했으
면 한다.……동양의 음악 흐름이 가늘어도 오래전부터 조선에 여러 세상
변천을 면하여 (아악만이) 유일하게 남아 있다. 그것이 서기 1927년에 그
흔적을 끊게 된다고 하면 세계의 다른 곳에는 없는 무엇과도 바꿀 수 없는
것을 잃는 손실을, 오래도록 후세들에게 원망 받게 되지 않겠는가?……그
러한 의미에서 말하자면, 조선의 아악과 같은 것은 이 토지의 소유물도 왕
가의 소유물도 아니며 인류의 소유물 보존을 위탁받은 것이라 생각해야
한다.……우선 발 아래(=조선 땅)에 다 퍼낼 수 없는 샘이 있다는 것을 알
아야만 한다. 그리고 그것에 의해 키워지고 스스로를 살게 해 감으로써 마
음의 생활과 환경을 풍요롭게 해야 한다. 주위의 산이나 건물, 도기나 목공
품, 이러한 것들에도 아악과 마찬가지로 그 땅이 아니면 맛볼 수 없는 깊

---

53) 분라쿠(文楽)는 일본의 전통 인형극이다. 원래 이름은 닌교조루리(人形浄瑠璃)이
며, 인형이라는 뜻인 '닌교'(人形)와 이야기체 음악인 '조루리'(浄瑠璃)가 합쳐진
말이다. '분라쿠'는 인형극 닌교조루리가 펼쳐지는 극장의 이름이었으나, 그 뜻
이 확장되어 현재는 닌교쿄루리의 대명사로 쓰이고 있다. 등신대의 인형을 3명이
함께 조종하는 것이 특징이며 숙련된 조종자에 의한 섬세한 조종으로 세밀한 동
작과 표정 연기가 가능하다. 일본의 주요무형문화재로 지정되어 있으며 2009년
9월에는 세계무형유산에 등록되었다.

은 것이 있다."

이것은 1926년 조선의 아악을 폐지한다는 움직임이 일자 경성일보(京城日報)에서 그 애석함을 표현한 한 논설에 촉발되어 노리다카가 『경성잡필(京城雜筆)』1927년 신년호에 실은 글이다. 발췌한 인용부만 보더라도 노리다카가 조선에만 유일하게 남은 아악의 전통을 단절시키려는 시도를 강력한 어조로 규탄하고 있는 것을 알 수 있다. 노리타카는 1926년 12월의 오사카아사히 신문(大阪朝日新聞)의 프랑스 대사가 일본의 분라쿠(文楽, 인형극)극장 소실 사건에 대해 쓴 논평과 대조하여, 조선의 아악을 중단하는 것에 대한 개탄을 강하게 표명하며 위의 글을 맺고 있다. 일본의 분라쿠가 위대한 예술인만큼 조선의 아악도 측정할 수 없는 깊이의 생명과 영구성을 갖는 위대한 예술이라 역설하며, 조선 아악의 폐지는 후세와 세계 인류로부터 원망을 받을 손실이라고 개탄한 것이다.

정리하자면 음악인이자 음악학자, 음향학자였던 다나베는 일찍이 조선에 와서 우리 아악의 진가를 체험하고는 귀국 후에 기울어가는 조선 아악대의 재건을 일본정부에 적극 건의하였다. 존폐의 위기에 처하여 있던 아악대는 다나베의 건의가 받아들여져 그 형세가 나아지게 되었으니, 1922년에는 관제의 개정으로 악원의 처우가 개선되었

고, 1925년에는 종로구 당주동 소재 봉상사 건물 한 귀퉁이에 우거하다가 운니동에 새로 건축된 독립건물로 이전하게 되었다. 그 명칭 또한 아악대에서 아악부로 개칭되었다.

한 나라의 음악기관의 존폐가 외국의 음악학자에게 달려 있었던 당시의 상황은 우리들에게 많은 것을 시사하여 주고 있다 하겠다. 어쨌든 이왕직아악부(李王職雅樂部)가 그 치욕적인 명칭과 더불어 파란만장한 역경과 시대적인 악조건 속에서도 수백 년 이래의 한국 전통음악의 뼈대를 이어주는 중추적 역할을 수행하여 온 것은 그나마 불행 중 다행이 아닐 수 없다.

일본에서 다나베에 대한 평가는 상당히 긍정적이다. 그는 동양음악의 권위자로 칭송받고 있다. "서양의 합리주의 정신에 근거한 과학적 연구의 지도적 지위를 갖는 사람"(吉川英史)이라는 평가가 그것이고 무엇보다도 동양각지를 돌며 실지조사를 하면서 축음기를 사용해 채록을 하고 일본음악을 오선보로 채보하는 등 당시로서는 획기적인 연구방법으로 공적을 쌓았다고 칭송받고 있다.[54]

그는 일생동안 단 한 번도 전임교수를 역임한 적도 없으며 박사학위를 취득한 적도 없다. 그러나 그는 수 없이 많은 저술활동을 했다. 그의 대표적인 저서들을 보면 『서양음악사대요』(1913), 『일본음악강화(講話)』(1919), 『일본음악의 연구(1926)』, 『일본음악사』(1927), 『동양음악론』(1929), 『서양음악사(1930)』, 『음악원론』

---

54) 김수현 「다나베 히사오의 '조선음악 조사'에 대한 비판적 검토」 『한국음악사학보』 22집. 121~123쪽

이왕직 4기생 졸업연주회

(1936),『동양음악의 인상(印象)』(1941),『대동아(大東亞)의 음악』
(1943), 『음악음향학』(1951),『음악통론』(1959),『일본의 악기』
(1963), 그리고『중국 조선음악 연구기행』(1970) 등 방대하다. 그
는 80세가 넘은 1965년 경부터 건강이 좋지 않아 입원을 하게 되
었지만 병상에서도 집필활동을 계속하다가 1984년에 100세를
일기로 인생을 마감하게 된다.

1945년 해방 이후 국악을 담당하는 기관이 해체되자 음악인
들은 다시 경제적으로나 사회적으로 많은 어려움을 겪어야 했다.
월북 작곡가인 김순남씨가 보다 못해 미군 군악대 대장을 데려다
음악을 들려주고 보급품이던 레이션 박스 교환권을 지원받은 일
은 서글프기까지 하다. 그러다가 8월15일 대한민국정부가 수립되
면서 그 해 11월에 아악부의 국영화(國營化) 등에 관한 안건이 국
회에서 만장일치로 통과되었고, 1950년 1월에 대통령령으로 국
립국악원의 직제가 공포되었다. 해방이 되고 6.25전쟁이 터졌다.
이 전쟁의 와중에 이승만 대통령은 부산 피난 시절인 1951년 부

산에서 국립국악원을 출범시켰다. 생각해 보면 부산 피난 시절의 정부에서 국립국악원을 출범시켰다는 것은 놀라운 일이다. 세상이 발칵 뒤집히는 전쟁 통에 어떻게 그런 생각을 할 겨를이 있었단 말인가? 참으로 놀라운 일이다.

이와 같이 조선총독부도 식민지의 전통음악을 퇴출 대상의 예외로 인정하였고, 이승만 대통령은 6.25 전쟁 중에도 국립국악원을 개원하였다. 그리하여 국립국악원이 안정되어 일정한 궤도에 오르자 후진양성의 뜻을 세우고 국악원 부설 국악사 양성소를 설치하게 되었다. 중학교과정 3년과 고등학교과정 3년 등 모두 6년제 과정의 전문연주자 교육이 이루어졌으며, 이들은 현재 국립국악원 연주단의 중추적 역할을 담당하고 있다.

1960년대 이후부터 국립국악원과 부설 국악사 양성소는 전통음악 전승을 위한 제도적·교육적인 면에서 한국전통음악의 발전을 위한 틀을 잡아가며 사회적인 공감대를 넓혀가는 데 적지 않은 공헌을 하였고, 한국전통음악에 대한 자각심과 자부심은 민족적 자각과 전통문화예술에 대한 재인식 내지 새로운 가치관의 정립에 기여한 바 크다고 하겠다.

다나베가 우리 궁중음악을 보호하도록 한 데 대해 국악인들이나 국악 연구자들은 사실 고마워하고 있다. 성경린, 전인평, 이정면씨 같은 분이 대표적이다. 그러나 다나베의 음악적 성과에 대해서 문제를 제기한 사람도 있다. 가장 날카로운 문제제기를 한 사람은 우에무라 유키오(植村幸生)이라고 할 수 있다. 그는 "다나베의 조사는 3.1운동에 연이은 사이토 총독 치하의 일련의 식민지 통치 정책, 소위 '문화정치'시대가 한창일 때에 실시되었다, 그러한 까닭에 다나베의 조사활동, 그리고 궁정음악의 손속에 이른 경위도 문화통치라는 정치적 문맥에서 재검토 재평가되어야 할 문제라고 할 수 있다."[55] 고 지적했다.

실제로 3·1운동 이후 일제는 소위 문화정치를 펴면서 정치선전을 강화하였다. 1920년 4월 총독부는 관방에 활동사진반을 두어 전국 각지로 순회 영사회를 실시하여, 한국의 민족춤이나 이왕직 아악부의 연주광경을 보여주어 한국인들의 호기심과 흥미를 갖게 하는 정치선전을 하였다.[56] 그러므로 다나베가 조선아악의 존치와 대우개선을 조선총독부에 건의하여 이를 관철한 것도 총독부가 한국음악을 보호하고 있다는 정치선전의 일환으로 볼 수 있다는 시각이 일본에서건 한국에서건 존재할 수 있다. 그러나 모든 것을 선전책으로만 보는 것은, 조선의 궁중음악을 보존하려고 애를 쓴 다나베의 마음, 그리고 그의 스승이라고 할 궁내부 악부의 우에 악장의 뛰어난 예술은 인류의 문화유산이라며 이를 보존하기 위한 노력을 아끼지 않은 그들의 진정된 마음을 잊어버리는 것이 된다. 우리를 위해서 좋은 일을 한 것은 그것 그대로 봐줄 필요가 있다.

이와 같은 경력을 갖고 있는 다나베는 조선 왕조 아악의 명맥

---

55) 김수현 상게서 120쪽.
56) 일제가 문화시설을 확충하여 일선융화를 위한 정치선전으로 이용한 곳이 바로 1920년 7월에 준공한 경성상업회의소와 1927년 관영방송국인 경성방송국(JODK) 개국이었다. 경성상업회의소의 2층에 위치한 '경성공회당'은 종로의 중앙기독청년회관(YMCA)과 함께 음악회 개최장소로서 유명해졌다. 경성방송국은 명창대회를 열거나, 명창들을 불러 방송함으로써 "조선사람들이 대단히 기뻐하기를" 기대했다. 실제로 1927년 8월 12일부터 5일간 李東伯·申錦紅·姜笑春·李花中仙·金秋月 등 5인을 하루 한사람씩 불러 방송하였으며, 신문들은 이를 "한국 성악을 대표한 이들의 소리가 전파에 싸이여 천하에 퍼지게 되는 것을 全鮮의 조선사람들은 대단히 기뻐한다더라"고 썼다.

을 이어가는데 한몫을 했을 뿐만 아니라 아리랑을 일본에 소개하는 등 우리 음악을 위한 공헌을 하게 된다. 일본에 아리랑을 전한 사람들로 시노부 준페이, 고가 마사오 등이 있는데 그들과 함께 다나베 히사오도 애조롭고 아름다운 민요 아리랑을 본성 그대로 전해주었다.

악학궤범

　조선 예술을 사랑한 다나베의 마음은 2대를 건너 자식으로까지 이어지고 있다.

　2001년 3.19(월) 한국의 문화관광부는 일본인 다나베 히데오(田邊秀雄, 88세)씨가 기증한『진작의궤(進爵儀軌)』1책, 『악학궤범(樂學軌範)』3책, 古음반 43점을 공개했다. 『진작의궤』는 1828년(純祖 28, 戊子年) 순조비인 순원왕후(純元王后) 金氏(1789~1857)가 40세 되던 해 2월 탄일을 맞아 거행된 궁중 연회 의식을 수록한 책으로, 완질(完帙)의 경우 권수(卷首)·권 2·부편(附編)으로 구성되나 이 기증본은 권수와 부편으로 구성된 1책(冊)이다. 이 진작의궤는 현재 서울대학교내 규장각에 4종, 한국정신문화연구원내 장서각에 2종이 소장되어 있고, 완질이 아니고 일부인 권수뿐이라는 점에서 자료적 가치의 한계가 있으나, 1828년의 궁중연회 음악과 무용 관련 도식을 담고 있다는 점에서 나름대로의 가치는 충분한 것으로 평가된다.

『악학궤범』은 1493년(성종 24년) 조선시대 악보·악서 등을 정리하여 성현(成俔)등이 왕명을 받아 편찬한 책으로, 이 기증본은 서문·본문 외에 남태온(南泰溫)의 어제악학궤범서문(御製樂學軌範序文)·윤득화(尹得和)의 어제하황은(御製荷皇恩) 3章·이정구(李廷龜)의 발문(跋文) 등이 첨부된 영조 19년(1743년) 간행 목판본을 베껴쓴 필사본이다. 필사 시기는 내용이나 지질로 보아 1910년대 이후인 것으로 추정되며, 필사주체는 장악원(掌樂院)으로 보인다. 『악학궤범』은 현재 일본 호우사(蓬左)문고에 임진왜란 이전 판본이 소장되어 있고, 서울대학교 규장각에 광해군 2년(1610년)본과 효종 6년(1655년)본이, 국립국악원과 국립중앙도서관에 영조19년(1743년)본이 각각 소장되어 있어, 동 기증본이 다른 판본에 비해 상대적으로 시기가 뒤떨어지고 필사주체도 궁중이 아니지만 『악학궤범』 자체가 가지는 가치나 그 역사성 등을 감안할 때이 필사본도 나름대로의 가치가 있는 것으로 평가된다.

다나베 히데오씨가 기증한 SP(Standard Play, 1분당 77 1/2회전) 음반은 다양한 장르를 수록하고 있으며 1930년대의 국악 상황을 아는데 귀중한 자료로 평가된다. 동 음반들은 국내 개인 SP음반 애호가들도 소장하고 있어 유일한 것은 아니지만, SP음반이 절대 부족한 현 상황에서 자료 보존이라는 중요한 의미를 가진다.

기증음반의 내용은 영산회상과 가곡 뿐 아니라 판소리와 산조,

잡가, 민요에 이르기까지 다양하다. 또한 연주자 역시 김계선(金桂善)이나 지용구(池龍九), 이화중선(李花中仙), 심상건(沈相健) 등 당시 가장 유명했던 연주자들을 망라하고 있다는 점에서 그 가치가 높이 평가된다. 또한 이 SP음반들은 지금도 사용할 수 있을 정도로 음반 보존과 음질이 비교적 양호한 상태이다.

기증자료들은 모두 다나베 히데오의 부친인 다나베 히사오가 1920~1930년대 수집했던 자료로서 그 아들이 동 음반 등을 모두 녹음하여 지난 1980년에 그 자료를 국립국악원에 기증한 바 있다. 이 자료들에 대한 기증식은 2001년 3.19(월) 18:30, 주일 한국문화원 강당에서 열렸고 그 뒤에 국립국악원 박물관에서 소장되어 연구 및 방송 자료로 활용되고 있다.

부자 모두 한국인과 한국인의 음악을 아끼고 사랑했기에 아버지는 이를 지켜주고 아들은 그 자료들을 보존해주었다고 하겠다.

암만 그려도
다 못그렸어요

- 가타야마 탄

    1940년 6월 19일 도쿄의 신주쿠(新宿)에서는 전시회가 열린다. 가타야마 탄(堅山坦)이란 화가의 첫 번째 개인전이었다. 당시 도쿄에서는 이름이 알려지지 않은 이 화가의 전시회는 그러나 화단의 화제가 되었다. 그것은 도쿄에서 열리는 일본인 화가의 전시회인데도 전시회의 제목이 〈조선 풍경전(朝鮮風景展)〉이고, 전시된 작품이 모두 한국의 풍경을 그린 것이었기 때문이었다. 당시 일본인에게 '조선(朝鮮)'이라 불린 한국은 일본의 식민지였으니 일본인이 한국의 풍경을 그린 작품을 도쿄에서 전시회를 연다는 것은 매우 이색적인 광경이었다.

    당시의 미술잡지「탑영(塔影)」은 가타야마 탄이 1923년에 조선에 건너가 활동하면서 조선미술전람회의 심사에도 참여하였으며, 경성에서 〈유서회(柳絮會)〉라는 화숙을 열고 있는 화가로서 그의 첫 개인전이라고 전하고 있다. 출품된 작품들은 조선 전역의 아름다운 풍경을 담은 것들로 경성을 중심으로 경기도, 황해도 등 조선 중앙에서부터 조선의 남쪽 끝자락인 경상남도에서 북쪽 끝 함경도에 이르기까지 조선 전역의 풍경을 아우르고 있다. 〈동대문외(東大門外)〉, 〈장수산(長壽山)〉, 〈춘일(春日)〉, 〈조춘(早春)〉, 귀로(歸路)〉, 〈해인사 풍경(海印寺 風景)〉, 〈추광요락(秋光搖落)〉, 〈고랑포 추색(高浪浦 秋色)〉, 〈의주 수성문(義州 水成門)〉 등 9점의 제목이 잡지에 남아있다.

반도(半島)의 근영(近影) 가타야마畵

전시회의 촌평을 보면 "가타야마 탄의 작품은 조선의 민족적인 애수를 시정의 깊이를 담아 독자적으로 해석한 작품"들로서 "작품은 주로 견을 바탕으로 사용하여 옅게 채색하고, 맑은 다갈색을 잘 구사하였으며, 고도의 선염을 구사"하였다고 기술하고 있다. 기법은 일본화를 그리는 방식이며 작품의 분위기는 조선의 향토색을 잘 드러내는 갈색 톤을 사용하였다는 의미이다. 그러면서 "점묘를 사용한 표현이 특별하며, 빼어난 인물 묘사와 조선의 색감"을 잘 나타내고 있다고 했다. 일본인이었지만 조선의 풍속을 조선인 못지않게 잘 표현한 화가였다는 평이다.[57]

가타야마 탄 이전에 일본인 미술가들은 언제부터 한국 땅에 왔을까? 아마도 청일전쟁(1894~1895)과 러일전쟁(1904~1905)의 종군화가들이 그 시작이었을 것이다. 일본이 한국과 나아가서는 중국까지도 점령하고 지배하려는 야욕이 노골화될 때였다. 이때 일본의 화가들은 일본의 침략과 식민지화 과정 속에서 종군화가, 혹은 미술교사 같은 공적인 임무로 오기 시작해서, 1905년 을사보호조약(최근 우리는 이를 을사늑약이라고 부르고 있다)의 체결 이후에는 민간들도 한국을 여행하거나 또는 체류했고, 일본인들의 이주가 정책적으로 이루어지던 시기부터 화가들의 한국 정착이 늘어났다. 한국을 일시적으로 유람하여 작품을 남기고, 전시회 또는 휘호회를 가졌던 화가들을 포함한다면 일본 화가들의 내한 활동은 한국 근대화단의 형성기에 긍정적이든 부정적이든 상당한 영향을 미쳤다.[58]

1919년 3.1 운동을 계기로 일본이 조선에 대한 정책을 무단통치에서 이른바 문화정치로 전환하는 과정에서 조선미술전람회라는 공모전을 열기 시작하면서 한국에 와 있던 일본인 미술가들의 실태나 활동상황이 구체적으로 드러나기 시작한다. 조선미술전

---

57) 황정수 「가장 조선적인 일본인 화가 가타야마 탄(堅山坦)」.한국미술정보개발원 홈페이지.
58) 강민기 「근대 한일화가들의 교유」『한국근현대미술사학』제27집 2014 상반기

람회에 대해서는 당시의 총독부 나가노 칸(長野幹) 학무국장이 "인심의 향상과 융화를 통해 견실한 사상을 함양하고 국민정신의 부흥을 위한 것"이라고 밝혔지만 우리측 연구가들은 이것이 한국인 미술가들이 모인 큰 단체인 서화협회를 포섭 내지는 와해시키려는 목적에서 큰 전시회를 만든 것으로 보고 있다.[59] 당시에 한국의 전통화가들은 1911년에 서화미술회, 1915년에는 서화연구회를 발족시켰고, 1918년에는 전통미술만이 아니라 서양화도 참가하는 종합적인 미술단체로서 서화협회(書畵協會)가 결성되어 있었다. 한국에 건너온 일본인 서양화가들도 1915년에 조선미술협회를 조직하는 등 각종 미술단체가 결성돼 활동을 하고 있었다.

1922년 일본제국주의의 문화통치 의지에 따라 창설된 조선미술전람회는 이후 식민지 조선미술의 중심으로 자리 잡는다. 조선미술전람회의 경향은 곧 조선 미술의 경향이 되었고, 미전에 출품하는 이들은 자신들의 입지를 위해 전람회의 경향에 따를 수밖에 없었다. 조선미술전람회는 태생부터 일본의 제국미술전람회의 체제를 본받고 있었고 전람회 운영이나 심사위원 위촉도 모두 일본 내지의 간섭을 받을 수밖에 없는 상황이었다. 1회(1922년)에서 6회(1927년)까지의 동양화부 심사는 일본의 저명한 화가들이 서울에 와서 심사를 하였다. 여기에 조선의 민심을 다스리기 위해 조선의 원로 화가들인 이도영(李道榮, 1884-1933), 서병오(徐丙五, 1862-1935) 등을 심사위원으로 참여시켰으나 이들의 역할은 미

---

59) 李仲熙 (1997) 「朝鮮美術展覧会」の創設について. 近代画説, 6, 21-39. 明治美術学会. 참조

111

조선미술전람회 1922년

미하였다. 11회(1932년)에서 15회(1936년)까지는 일본인들에 의해서만 심사가 이루어졌다. 그러다가 16회(1937년)부터는 조선에 거주하는 한국인 화가와 일본인 화가 중에서 심사에 참여하게 된다. 16회 전람회에서 처음으로 조선출신 심사위원이 나오는데 김은호(金殷鎬, 1892-1979), 가토 쇼린(加藤松林, 1898~1983), 마쓰다 마사오(松田正雄, 1891-1941) 등 세 명이었다. 제17회부터는 동양화부 심사위원에 가토 쇼린과 이상범(李象範, 1897-1972), 마쓰다 마사오, 가타야마 탄, 김은호 등 5명이 되었다.

이처럼 가타야마 탄은 1938년에 조선미술전람회의 심사위원이 된다. 같이 심사를 맡은 가토 쇼린, 마쓰다 마사오, 가타야마 탄은 모두 일본인으로 태어나 일본의 정책을 따르며 살았지만 조선에 건너와 살며 조선의 정취에 반해, 한 평생 조선을 그리며 조선을 사랑한 사람들이었다는 공통점이 있다. 가토 쇼린은 경성에 건너와 시미즈 도운(淸水東雲, 1869년경-1929년경)에게서 그림을 배우기 시작하여 한평생을 조선을 소재로 한 내용만을 그림으

로 그렸던 화가였다. 마쓰다 마사오는 조선의 전통적인 풍속을 소재로 한 그림을 주로 그렸으며, 특히 조선의 전통 풍속을 목판화로 제작한 작업은 독보적인 위치에 있었다. 그는 1941년 경성에서 삶을 마감하여 조선과 깊은 인연을 남겼다. 가타야마 탄은 조선의 풍광 중에서도 특히 조선의 풍경 속에 자리 잡은 전통 가옥과 인물들을 그렸는데, 유독 '조선의 정취를 잘 표현한 화가'라는 평가를 받았다.

> ☞가토 쇼린(加藤松林, 1898~1983)
>
> 가토 쇼린은 일제 강점기에 활동한 일본인 화가 중에서 조선 미술계의 발전을 위해 노력하고 헌신한 사람 중의 단연 돋보이는 인물이다. 그럼에도 불구하고 조선에서도 조국 일본에서도 인정받지 못한 '경계인'이다. 그는 와세다 대학을 나온 뒤에 20세 때 부친의 사업 관계로 경성으로 이주해 살면서 그림을 배우고자 하였으나 스승을 만나지 못하다가 시미즈 도운(清水東雲)이 경영하는 경성화실의 존재를 듣고 찾아가 그림을 배운다. 곧 조선미술전람회가 시작되자 제1회부터 마지막 제23회까지 한 번도 빠지지 않고 출품하여 상을 받고, 출품자로 시작하여 추천작가·심사위원에 이른다.
>
> 그는 한반도 전국을 여행 다니며 풍경을 그리고, 기행문을 쓰기도 했다. 조선 팔도를 누비며 조선의 산수와 풍속을 화폭에 담았고 특히 금강산에 매료돼 금강산의 사계를 그린 것으로도 유명하다. 그가 남긴 그림들은 정치색을 띠지 않고 객관적으로 자연과 풍속을 담은 작품들이다. 당시 한반도에서 활동하던 화가들의 작품에서 자주 보이는 일제의

식민정치를 찬양하는 작품들도 없다.

가토 쇼린은 1945년 패전 이후 도쿄를 거쳐 오사카 인근으로 이주해 살며 재일동포들과 활발히 교류를 했다. 교토(京都) 소재 민족학교인 국제학원에서 미술교사로 교편을 잡기도 했으며, 화가인 부인 역시 오사카의 민족학교인 금강학원에서 미술을 가르쳤다. 조선 서민들의 일상을 즐겨 그리며, 조선을 각별히 사랑했던 그는 1983년 오츠시(大津市)에서 84세로 타계했다.

가타야마 탄은 1923년에 조선에 건너 온 것으로 알려져 있다. 그가 알려진 것은 미술가로서 활동을 하고나서부터이다. 그가 처음 조선미술전람회에 출품한 것은 1924년으로 조선에 온 바로 다음 해부터 작품을 출품하기 시작했다. 주로 동양화 부분에 출품하는데, 처음 출품한 제4회에서 특선하여 4등상을 받았고 이후 입상을 거듭해 7번에 걸쳐 특선을 하였다. 그는 동양화뿐만 아니라 서양화에도 조예가 있어 제5회전과 제13회전에서는 서양화부에서 〈정물〉이라는 제목의 작품으로 입선을 한다. 종합을 해 보면 그는 조선미술전람회 3회부터 출품하여 7회를 제외하고 마지막 회까지 관계하였으며 출품자로서 수상을 거듭하자 그의 명성이 올라가 결국에는 17회부터 쭉 심사위원을 맡게 된다.

당시 전람회에 출품된 그의 작품들에 대해서 일본인 심사위원들이나 조선인 평론가들에게 모두 지나칠 만큼 좋은 평가를 받았다. 조선 미술 전람회에 출품했던 작가들 중에서 이만치 좋은 평가를 받은 화가를 찾기란 매우 어렵다고 한다. 그것은 '조선의 특색을 가장 잘 표현한 작가'라는 평가처럼 조선을 마음으로부터 사랑

하고 느낀 때문이 아닐까?

　일본에 있을 때 두각을 나타낸 유명한 화가는 아니었던 가타야마는 예술창작활동을 열심히 하면서 대외적인 활동에도 나섰다. 그는 조선미술전람회가 창설되고 동양화부에 사군자가 포함되어 있는 것을 보고 경성에 있는 화가들과 〈화우다화회(畵友茶話會)〉를 조직하여 사군자와 서예를 조선미술전람회에서 빼달라는 청원서를 제출한다. 서예와 사군자가 미술적 가치가 있음은 인정하지만 미술의 회화적인 요소와는 성질이 달라 조선미술전람회에서 서(書)와 사군자(四君子)를 제외하여야 한다고 건의한 것이다. 또한 조선미술전람회의 운영 방식 개선에 대해서도 관청의 지배에서 독립시켜야 한다는 건의서를 총독부에 내기도 했다.　이들은 "신성한 예술과 그 작품을 일반 민중에 소개하는 데에도 반드시 당국의 절대 지배를 받고 있는 것은 불가한 일"이라 하며 조선미술전람회는 작가들이 주체가 되어야 한다고 주장하였다. 1927년

1월 초에는 새로 설립된 조선동양화가협회(朝鮮東洋畫家協會)의 주요 멤버로서도 활동했다. 이 협회는 조선총독부의 후원을 받아 조선의 이상범(李象範), 이한복(李漢福), 재조선 일본인 동양화가 가토 쇼린(加藤松林), 가타야마 탄(堅山坦), 미토 반쇼(三戸 萬象) 등 관전인 조선미술전람회와 일본의 제국미술전람회(帝國美術展覽會)를 중심으로 활동한 작가들이 모여 조직한 것으로 창립발기인에는 한 해 전에 결성된 화우다화회(畫友茶話會)의 동인들이 다수 포함되었다.[60]

조선미술전람회의 연륜이 쌓이자 총독부는 제14회부터 추천작가 제도를 도입한다. 제14회에 시작된 동양화부 첫 추천작가는 5명으로 가토 쇼린과 이상범, 마쓰다 마사오, 가타야마 탄, 이영일 등이었다. 이어 다음해(1938년)부터는 앞에서 언급한 대로 심사위원으로 위촉되어 조선에 거주하는 화가로서는 최고의 반열에 오르게 된다.

맨 앞에서 가타야마의 도쿄 개인전 소식을 전해주었지만 일본 전시를 마친 가타야마 탄은 이듬해 1941년 3월11일에서 3월15일까지 4일 동안 서울의 정자옥(丁子屋) 화랑에서 두 번째 개인전이 연다. 〈견산탄 개전(堅山坦 個展)〉이라는 제목으로 열린 전시회도 일본 못지않게 화제가 되었다고 한다. 이 때 출품 작품들도 주로 조선의 풍광을 화폭에 옮긴 작품들이다. 조선의 평화로운 농촌 풍경을 그린 〈춘일지지(春日遲遲)〉이나 경복궁 내의 아름다운 정자인 향원정을 그린 〈향원정(香遠亭)〉과 같은 조선의 정서를 잘 담

---

60) 朝鮮東洋畫家協會는 李漢福, 李象範, 三戸萬象, 加藤松林, 堅山坦, 合原松芳, 松田黎光, 大舘長節 등이 참여했다. 『每日申報』(1927. 2. 4. 4면) 참조.

은 것들이었다.

이렇듯 좋은 작품을 하였고, 심사 참여의 위치에까지 올랐던
그의 평상시 화가로서의 생활에 대해서는 잘려져 있지 않다. 당시
일본인 문화계 인사나 김기창(金基昶, 1903-2001) 등 조선의 화
가들과 가까이 지내는 등 원만한 인간관계를 유지하였다는 것은
단편적으로 알려 있다. 동양화의 가토 쇼우린(加藤松林)은 한국의
장우성과, 서양화의 야마다 신이찌(山田新一), 야마구찌 나가오(山
口長男)는 한국의 도상봉, 김환기 등과 친분을 갖고 있었고 한국의
도자기를 연구하는 아사카와 노리다까(淺川伯教)는 도상봉과 交遊
했다.[61] 그러나 그의 개인적인 삶은 잘 알려져 있지 않았다. 당시
일본인 화가들은 조선에 오면 주로 학교의 선생이나 화숙을 여는
것이 일반적이었다. 그도 경성에서 화숙을 열었던 것으로 확인된
다. 그의 화숙 이름은 〈유서회(柳絮會)〉였다. 화숙이 있었던 장소

61) 한글과 한자문화 연재
   장우성 畵壇풍상 七十年12 日本旅行 張 遇 聖 月田美術文化財團 理事長 / 本聯合會 顧問

는 경성부(京城府) 앵정정(櫻井町) 2정목(丁目) 181번지로 현재 중구 인현동 2가에 해당하는 곳이었다. 김은호나 김기창의 집에서 그리 멀지 않은 곳에 있었다. 그는 교토 출신의 시조파(四條派) 화가로 교토 지역 화가들이 대개 여러 화목에 능한 장점을 가지고 있었듯이, 그도 다양한 분야의 그림에 모두 능하였다. 그 중에서도 특히 풍경과 화조에 장점이 있었다.

1935년 제14회 조선미술전람회

이 해에 한국인의 작품 중에서는 단연 김기창(金基昶, 1903-2001)의 작품이 화제의 대상이었다. 그는 1931년 10회 조선미술전람회에 처음 등장한 이래 연거푸 입상의 쾌거를 이루고 있었다. 그는 이당(以堂) 김은호(金殷鎬, 1892-1979)의 제자로 농아라는 신체적 결함을 극복하고 훌륭한 성과를 이루어 많은 이들의 관심을 받고 있었다. 그가 출품한 작품은 〈금운(琴韻)〉과 〈엽귀(饁歸)〉두 점이었다. 〈금운〉은 특선에 들었고, 〈엽귀〉는 입선에 머물렀다. 일본인 심사위원들의 심사와는 달리 당시 한국 평자들은 〈금운〉보다는 〈엽귀〉에 더욱 좋은 평가를 하였다. 민족간의 정서상의 차이가 아닌가 생각된다.

〈엽귀〉에 대해 조각가이자 평론을 겸하였던 김복진(金復鎭, 1901-1940)은 "인물화로서 가작"이라 하였다. 또한 비평의 눈이 매서웠던 화가 김종태(金鍾泰, 1906-1938)는 "비난할 곳 없는 작품입니다. 그러나 제작에 대한 예술적 욕구에 숙(熟)이 적었습니

다. 그것이 이유 없이 작품의 레벨을 한층 낮게 한 것입니다."라
하였다. 직접적으로 나쁜 평가를 할 부분은 없지만, 어딘가 아쉬
운 부분이 있다는 점을 부드럽게 표현하였다.

김기창 〈엽귀〉

가타야마 〈구〉

그런데 이 해에 가타야마 탄도 〈구(丘)〉라는 제목의 작품을 출
품한다. 이 두 작품은 유사한 소재를 바탕으로 그려 당시 화제가
되었다. 이 작품은 도판으로만 흑백으로 남아있었으나 가타야마
를 연구하던 황정수가 2016년 7월에 기적과 같이 작품을 만나 공
개함으로서 그의 대표작이 세상으로 돌아왔다.

두 사람은 경성이라는 같은 공간에서 생활하고 같은 전람회에
출품하기 위해서 유사한 그림을 그렸지만 그 결과는 매우 다르게
표현되었다. 김기창이 당시의 시대적 조류인 일본화 기법과 향토
색을 반영한 그림을 그렸지만, 그의 태생적인 한국인의 감성은 그

의 작품을 일본화로 남겨두지 않았다. 한국인의 감성과 일본화의 기법이 만나 자신만의 독창적인 일면을 가진 작품을 만들어 내었다. 김기창은 같은 지역에서 활동하던 일본인 선배인 가타야마 탄 등이 형성한 일본화풍의 영향을 받지만 그들의 의식에 매몰된 것만은 아닌 결과를 보여준다. 역시 미술의 창조는 태생과 환경이 한데 어울려야 함을 잘 보여준다.[62]

가타야마 탄은 일제강점기 미술사에서 빼 놓을 수 없는 의미 있는 작가이다. 일제강점기라는 치명적인 상처를 안고 있는 우리 근대미술사에서 조선을 사랑하고 조선의 미술 발전을 위해 노력한 몇 안 되는 일본인 중의 한 명이기도 하다. 그의 그림은 조선의 풍속에서 벗어난 적이 거의 없고, 그의 미술계에서의 활동도 일본의 제국주의적인 정책에 호흡을 함께 하지 않은 순수한 미술작업이었다.

가타야마 탄은 해방이 되고 일본으로 돌아간 뒤 고향인 교토에 자리를 잡고 생활한다. 조선에서는 뛰어난 화가였지만, 오랜 세월 고향을 떠나 생활한 탓에 돌아간 고향에서는 화가로서의 대접을 받지 못한다. 작가로서의 의식이 강했던 그는 일본에서도 주위의 편견에 아랑곳하지 않고 남은 평생 그림을 그린다. 여전히 그의 그림은 맑고 투명한 동양화였다. 이렇듯 화가로서 한 평생을 살다 간 그의 작품이 거의 남아 있지 않은 것은 아쉬운 일이 아닐 수 없다고 그의 생애를 연구한 황정수 씨는 말한다.

---

62) 황정수(미술사) 「가타야마 탄의 〈구(丘)〉와 김기창의 〈엽귀(饁歸)〉」 한국미술정보 개발원 홈피

농가에서 물 긷는 부인들

　　다만 최근에 관련 자료를 수집하던 수집가를 통해 일제강점기
에 일본인 화가들이 엽서의 제작 뿐 만 아니라 봉함엽서에도 많은
그림을 그렸다는 사실이 드러나 봉함엽서 속에서 가타야마를 만
날 수 있다.[63] 봉함엽서를 그린 사람의 사인은 '편산탄(片山坦)'인
데, 편산탄(片山坦)'은 '견(堅)'과 '편(片)'의 일본어 발음이 '가타'
로 서로 같다는 것에서 나온 오기로 보인다. 봉함 엽서에서 발견
한 가타야마 탄의 그림은 한국의 자연과 사람들의 일상생활을 자
연스럽게 그린 것들이다. 이들을 통해 볼 때 가타야마 탄은 질박한
향토색을 나타내기 보다는 아름다운 자연을 섬세한 감성으로 표
현하는 작가이다.

　　그가 남긴 봉함엽서 한 점은 〈농가에서 물 긷는 부인들〉이고,
또 한 점은 〈대동강변〉이란 작품이다. 〈농가에서 물 긷는 부인들〉
은 농가의 공동 우물에서 두레박으로 물을 길어가는 여인들의 풍

---

63) 우편엽서. 조선총독부철도국(朝鮮總督府鐵道國)에서 발행한 엽서임. 제목은 '조
　　선관광지약도(朝鮮觀光地略圖)'임. 지도에는 국유철도영업선(國有鐵道營業線), 사
　　철영업선(私鐵營業線), 항로(航路), 관광유람지(觀光遊覽地)가 나타나 있음. 앞면
　　한쪽 가장자리에 '朝鮮印刷株式會社印行'이 인쇄됨. 속지에는 경복궁 향원정에
　　서 있는 2명의 여인을 그린 그림이 칼라로 인쇄됨. 하단에는 '景福宮後庭香遠亭
　　(京城)', '片山 坦筆'이 인쇄됨. 뒷면에는 조선총독부철도국 상표와 봉황그림이 인
　　쇄됨. 하단에 발행처가 한자로 인쇄됨.

목판화 〈농가에서 물 긷는 부인들〉

속을 그리고 있다. 한국 여인들의 일상적인 생활 중에서도 가장 대표적인 모습이다. 가타야마 탄의 그림은 자연스러운 필선과 부드러운 색채 감각을 특징으로 하고 있다. 미술에 대한 교양을 지니지 않은 이들이라도 누구나 거부감 없이 받아들일 만한 대중적인 요소를 갖고 있다. 통신 수단인 엽서 같은 매체에 사용되는 그림으로는 더할 수 없는 장점을 가지고 있다.

「반도의 근영(半島の近影)」속 목판화도 있다. 이 작품은 많은 이들이 좋아하였는지 조선총독부철도국에서 조선 관광을 홍보하기 위하여 1937년에 만든 책 「반도의 근영(半島の近影)」의 대표 삽화로도 사용되고 있었다. 조선총독부철도국은 이 책의 홍보가 철도국의 영업을 향상시켜줄 것이라는 믿음이 있었는지 호화 장정본의 장정을 하였으며, 가타야마 탄의 그림 또한 우끼요에식 목판화로 제작하여 책의 서두에 집어넣었다. 철도국 입장에서도 조선

대동강변

의 대표적인 모습을 표현할 수 있는 대표적인 작가로 가타야마 탄
을 인정한 셈이다.

〈대동강변〉이란 작품은 어머니와 딸로 보이는 한국 여인 두 명
이 평양성 아래 대동강변으로 내려와 대동강을 수평으로 바라다
보고 있는 장면이다. 가타야마 탄의 장점인 누구에게나 편안함을
주는 것 같은 자연스러움이 엿보이는 작품이다.

중일전쟁 이후 재조선 일본인 미술가들의 활동여건은 급격한
변화를 맞이하였다. 그 급격한 변화는 조선이 중국 침략의 병참기
지화하고 일제의 식민통치가 전시체제로 전환해간 것을 배경으로
초래되었다. 그리고 그와 같은 변화로 인해 일본과의 관계도 이전
과는 다르게 설정되었다. 특히 '내선일체'의 구호 아래 창씨개명
이 이루어지고 국민정신총동원법의 제정으로 일견 대등한 듯이
보이는 관계가 설정됨으로써 미술계도 이전과는 다른 과제를 안
게 되었다. 예를 들어 이전까지 조선적 지역색을 강조하던 조선의
미술계도 조선의 지역적 특수성을 강조하기보다는 점차 '내선일

체'의 슬로건이나 황민화 정책 아래 화필보국(畫筆報國), 직역봉공(職役奉公) 등 국가주의 슬로건을 전면에 내세우게 되었던 것이다.[64]

2015년 일본에서는 한국과 일본의 미술가들의 작품을 한자리에 모아서 비교하는 큰 전시회를 열었다. 이름하여 "다시 만남: 한일 근대 미술가들의 눈- '조선'에서 그리다". 이 전시회는 1910년대에서 1945년 사이 근대라는 시점을 공유하던 한국과 일본의 미술인들이 일본이 아닌 조선에서 서로 어떻게 만나 어떻게 교류하고 어떤 활동을 했는지를 작품을 통해 살펴보는 중요한 전시회로서 해방 70주년을 맞아 한일 양국이 특별히 기획한 의미 있는 행사였으나 한국에서는 전시가 이뤄지지 않았고 일본에서만 6군데를 돌며 순회전을 했다.

이를 통해 적어도 침략이니 지배니 하는 정치적인 의미를 떠난

---

64) 김용철 「총력전시기 재조선일본인 미술가의 역할과 위상」 『일본학보』 2014년 8월호. 통권 100호

예술의 만남과 교류를 다시 볼 수는 있고 그 가운데에는 아사카와 노리다카와 아사카와 다쿠미 등 한국을 사랑한 일본인들의 작품이 꽤 있지만 가타야마가 남긴 제대로 된 작품이 없다는 것이 가장 큰 아쉬움이다. 또 당시는 우리 미술인들은 어찌됐건 일본 총독부나 일본 정부의 눈치, 견제를 받지 않을 수 없었다는 데서 순수한 의미의 교류의 증거로만 대하기는 어렵다는 측면도 있다. 그러나 우리들이 어려울 때에 우리들의 모습을 담아주고 이를 소개해 준 일본인 미술인들이 있었음을 기억하는 것은 한 일 두 나라의 앞으로의 관계발전을 위해서도 꼭 필요한 일이라 하겠다. 일본 전시에만 그친 이 전시회의 한국전을 기다리는 이유가 거기에 있다.

荒井龍男 《尼僧舞》 1943年 個人蔵

가타야마 탄은 비록 일본인이었으나 20여년 이상을 서울에 살며 진정으로 조선의 정서를 화면에 담고자 노력한, 조선을 사랑한 대표적인 화가였다. 그 또한 아사카와 노리다카(淺川伯敎), 아사카와 다쿠미(淺川巧) 형제나, 야나기 무네요시처럼 조선을 사랑한 예술인으로, 우리의 친구로서 기억해야 할 일본인 중의 한 명이 아니겠는가?

조선어를
지키세요

– 오구라 신페이

양주동의 충격

5살 때 사서삼경을 줄줄 외웠다는 신동. 고향 개성에서 한학을 공부하다가 서울에서 고등학교를 졸업하고 일본의 와세다 대학에서 영문학을 전공하고 부전공으로 불문학을 한 뒤에 졸업하고 나서는 약관의 나이에 곧바로 평양의 숭실전문학교에서 교수가 된다. 그리고서는 시인이자 문학평론가로 이름을 날리게 된다. 그는 영문학 강의로도 큰 명성을 얻는다. 가르치고 글 쓰는 여가엔 거리에 나가 길가에서 노인들·지게꾼들과 함께 장기두기로 일과를 삼는다. 엄청난 술꾼이지만 수필도 쓰고 번역도 해 내면서 생기는 원고료로 또 술을 마신다. 자신이 얻은 학문적 성취에 대한 자부심으로 스스로를 국보라고 내세운다. 당시 대한민국의 3대 천재라고 스스로 자랑도 하고 남들도 인정해 준 뛰어난 걸물... 이 사람이 누구인지 아실 것이다. 바로 양주동 박사다.

세상 아쉬울 것 없던 일제 시대의 이 천재를 완전히 뒤집어놓은 사건이 생겼다. 한창 잘 나간다고 기고만장하던 1929년 그는 한 일본인 학자가 쓴 『鄕歌及び吏讀の硏究(향가 및 이두의 연구)』라는 책을 도서관에서 만나고는 뒤로 넘어지고 만다. 처음 호기심에서 읽기 시작한 그 책은 금방 경이와 감탄으로 바뀌었고 하룻밤 사이에 그것을 다 읽고 나서는 비분강개로 잠을 이룰 수가 없었다. 우리 문학의 가장 오랜 유산, 더구나 우리 문화 내지 사상의 현존 최고원류(最古源流)가 되는 이 귀중한 『향가』의 해독을 근 천년 이래 아무도 우리의 손으로 해독도 하지 못하고 그냥 방치하고 있었는데 그것을 외국인인 일본인이 해독해낸 것에 대한 심한 부끄러움이었다. 그것은 또한 당시 우리가 일본에 나라를 빼앗긴 것이 단순히 총칼이 없어서 그렇게 된 것이 아니라는 것, 우리는 문화와 언어, 그리고 학문연구까지 그들에게 빼앗겨 있구나 하는 사실을 통절하게 깨닫게 된다.

일본어에서 한국어로

천하의 천재이자 술꾼인 양주동을 이렇게 자각하도록 한 문제의 책『향가 및 이두의 연구』를 쓴 사람이 바로 당시 총독부 관리로 서울에 와 있으면서 경성제국대학에서도 강의를 하는 오구라 신페이(小倉進平)라는 사람이었다. 그러나 그 책 한 권도 그냥 나온 것이 아니었다.

1882년 일본 동북지방의 미야기현 센다이시에서 출생한 오구라는 1903년 동경제대 문과대학 문학과에 입학하여 언어학을 전공하고 대학원에서는 4년 동안 일본어학(음운사)을 연구하였다. 이 기간 동안, 그는 「國語撥音の歷史的觀察(일본어 撥音의 역사적 관찰)」(1908) 등 일본어 음운사와 관련된 몇 편의 논문을 발표하였다. 그러다가 관리로의 길을 택해 1911년 6월 3일 조선총독부 학무국 편집과 편수서기로 임명되었다. 오구라는 서울로 와서 총독부에 근무하면서 경성고등보통학교(현재 경기고등학교) 교유(敎諭) 및 경성의학전문학교(현 서울대학교 의과대학의 전신) 교수로 학생들에게 일본어를 가르쳤으며 1919년 6월에는 총독부 편수관(고등관 5등)이 되었다.

조선총독부에서 오구라 신페이는 교과서에 관한 일(구체적으로는 편집과의 서무 및 교과서 편수와 검정 업무)에다가 『조선어사전(朝鮮語辭典)』(1920, 조선총독부) 편찬 관련 일을 담당하였다. 그러한 가운데 학사 시찰을 명목으로 전국 각지에서 방언 조사를 진행하였다. 1912년의 제주도를 시작으로 황해도(1913), 경상남도(1915), 경상북도(1916), 함경남도(1917), 충청남도와 전라남도(1918), 함경남도(1920), 전라북도와 충청북도(1921), 경상북도(1922), 강원도(1923) 등에서 방언 조사를 행하였다. 무려 10년이 넘는 긴 조사였다. 조사결과는 틈틈이 발표하였다. 이러한 조사연구는 그가 대학에서 했던 언어학과 일본음운사 연구가 바탕이 되었음은 물론이고 그의 관심이었던 일본음운사연구의 완성을 위해서도 조선어 연구는 필수였다. 그가 이러한 연구를 수행하면서 가장 유리했던 것은 총독부에 소장되어 있던 조선시대 규장각(1920년대 말에 경성 제대로 이관)의 고서·고문헌을 마음대로 볼 수 있었다는 점이다. 그는 거기에다 자신의 수집품을 바탕으로 향가 및 문헌에 대한 조사·연구도 진행하였다. 1920년에 간행된『조선어학사(朝鮮語學史)』는 그런 연구의 1차 결실이었다. 당시 총독부에서도『조선어사전(朝鮮語辭典)』을 펴냈다. 그리고는 한국어의 역사를 보충하고 이를 토대로 일본어와의 관계를 밝히는 연구를 계속했다.

조선총독부는 그의 연구 성과를 인정하고 그를 1926년에 개교하는 경성제국대학의 교수로 발탁하기 위해 1924년 8월부터 1926년 4월까지 유럽으로 언어학 연수를 보내주었다. 귀국 후 곧바로 경성제대 조선어학·조선문학 전공 교수(고등관 3등)로 부임한 그는 교수로서 연구활동을 하면서 총독부 부속도서관장 (1926-1929) 그리고 제2차 언문철자법 조사회 위원(1929)으로 활동하기도 했다. 경성제대에서는 이희승(1896-1989)·방종현 (1905-1952)·이숭녕(1908-1994)·김형규(1911-1996)·김사엽 (1912-1992) 등의 국어학자들이 그의 밑에서 공부를 했다. 1927년에는『鄕歌及び吏讀の硏究(향가 및 이두의 연구)』로 문학박사학위를 받았고 그 연구서가 1929년 출간되면서 그것이 양주동에게 충격을 준 것인데, 이 책은 오구라 신페이, 나아가서는 당시 일본인 학자들이 한 한국어에 대한 역사적 연구의 집대성이라 할 만 하다.

아무튼 오구라의 책을 읽은 양주동은 나라를 잃은 식민지의 백성으로서

"내가 혁명가가 못되어 총·칼을 들고 저들에게 대들지는 못하나마 어려서부터 학문과 문자에는 약간의 〈천분(天分)〉이 있어 맘속 깊이 원(願)도 열(熱)도 있는 터이니 그것을 무기로 하여 그 빼앗긴 문화유산을 학문적으로나마 결사적으로 전취(戰取) 탈환(奪還)하겠다는, 내 딴에 사뭇 비장한 발원과 결의를 했다. 소창(小倉)씨의 저서를 읽은 다음날 나는 우선 장기판을 패어서 불 때고, 영미 문학서는 잠깐 궤 속에 집어넣어 두고, 상경(上京)하여 한글 고문헌 장서가 여러분 - 고 방종현, 육당(六堂)(최남선), 일석(一石) (이희승李熙昇), 가람 (이병기李秉岐) 제씨-를 역방(歷訪)하여 그 귀중한 문헌들을 한두 달 동안의 기한으로 빌었다. 그 국보급의 장서들을 아낌없이 빌려주던 제가의 후의를 나는 잊을 수 없다."[65]

라고 당시의 상태를 전한다. 그리고는 그 책들을 빌어 큰 보따리 짐을 만들어 등에 지고 아침에 끙끙 걸어 역으로 나가는 길에 위당(爲堂) 정인보(鄭寅普)를 우연히 만난다. 궁금해 하는 위당에게 "예, 가만히 두고 기다려보십시오. 몇 달 뒤에 우리 문화사상 깜짝 놀랄 일이 생겨나리다!" 이렇게 하고는 내려가서 우선 한 달 동안은 문헌 수집에 골몰하고 글자그대로 머리를 싸매고 불철주야로 심혈을 기울여 여러 문헌을 섭렵, 연구한 결과 약 반 년 만에 우선 소창씨의 석독(釋讀)의 태반이 오류임과 그것을 깨뜨릴 학적 준비가 완성되었다고 했다.

───────────
65) 「향가연구의 회고」『양주동전집 3 국학연구논고』344쪽. 동국대학교 1995.

과연 양주동은 천재일뿐더러 지독한 노력가였다. 자신의 입으로 반년 만에 대충 향가에 관한 연구를 끝낼 수 있었다고 할 정도로, 그리고 그것을 하며 몹시 건강을 상해 사경(死境)에까지 갔다 온 것을 생각하면 양주동이 오구라의 책에서 받은 충격을 상상할 수 있을 것이다. 양주동 박사는 이렇게 연구한 결과를 1942년에 『조선고가연구 朝鮮古歌研究』란 이름으로 펴내었는데, 이것은 오구라를 뛰어넘는 연구로 평가받고 있다. 그러나 오구라의 선행연구가 없었다면 양주동의 연구는 불가능했다는 데서 오구라의 학문적인 노력을 평가하지 않을 수 없다.

향가의 재탄생

오구라(小倉)의 향가 해석도 처음은 아니었다. 지금 남아있는 향가는 25수이지만 오구라보다 앞서 향가 3수를 최초의 조선어로 해독한 아유가이 후사노신(鮎貝房之進), 또 그보다 앞서 향가가 난해한 한자의 조합이 아니라 고대 조선어를 사용하여 표기한 신라의 노래임을 깨닫고, 일본어를 사용하여 조선어 발음을 표기하고, 일본어로 뜻을 달아 향가 해독의 효시가 된 가나자와 쇼자부로(金澤庄三郎) 등이 있었다. 이들 일본의 언어학자들은 근대적인 학문의 개념으로 일본의 언어를 연구하면서 그보다 먼저 형성된 한국어를 공부하게 되었고 그 과정에서 그때까지 한국인 학자들이 감히 해석의 엄두도 내지 않았던 『삼국유사』속에 한문으로 실려있던 향가를 일부 나마 해석해낼 수 있었던 것이고 그것을 오구라가 이어받아 향가 전체로 확대했으며 양주동 박사가 이를 전면적으로 재검토해 오구라가 찾아내지 못한 고대 우리 언어의 미묘한 표현이나 용법을 찾아내어 마침내 천 몇 백 년 전의 우리나라 사람들의 노래를 살려낼 수 있었던 것이다.

양주동 박사의 향가연구는 지금 읽어보아도 놀랄 정도로 많은 자료를 섭렵했고 섬세한 용법을 비교 검토하면서 전혀 새로운 각도에서 해독을 하고 어학적인 해설을 해놓음으로서 향가 연구에 커다란 공헌을 남겼으며, 육당 최남선은 양주동의『고가연구』에 대해 앞으로 100년 후에 살아남을 책은 이 책밖에 없다고 극찬을 아끼지 않을 정도였다. 필자는 그러한 명 연구가 가능하게 자극을 준 오구라와 일본인 학자들의 노력을 거듭 평가하기 위해 이 글을 쓴 것이다. 사실 일본학자들이 한글, 그것도 고대 신라어를 연구한 것은 그들의 역사인『日本書紀(일본서기)』나 고대 시가집인『萬葉集(만엽집)』에 나오는 고대의 노래를 풀고 싶은 마음이 있었을 것임을 부인할 수 없다. 그 만엽집의 노래는 아직까지도 일본인들이 완전히 해독하지 못하고 있는데, 그 노래들이 만들어진 동시대로 보이는 삼국시대의 백제나 신라, 그리고 통일신라 이후의 고대 한국어에 그 비밀이 있지 않을까 하는 점 때문에 고대 한국어 연구에 그처럼 천착했다고 보인다. 그러므로 그들의 학구열을 순수한 학문적인 것만으로 보기에는 좀 그렇지만, 그렇더라도 그들이 암흑과 같은 한국 고대어를 찾아 먼저 향가를 차례로 해석해 낸 그 노력과 열의는, 비록 몇 가지 오류가 있다고 하더라도, 결코 폄하될 수 없다.

향가 해석의 어려움

삼국유사에 실린 향가를 보면 뜻을 알 수 없는 한자들이 많이 나와 보통의 한문실력으로는 이해가 안된다. 『삼국유사』 권5, 감통(感通), 융천사 혜성가 조(條)에 보면 이런 설명이 나온다;

"제5 거열랑, 제6 실처랑(혹은 돌처랑이라고 함), 제7 보동랑 등 세 화랑의 무리들이 금강산에 유람하려 했다. 그런데 혜성이 심대성(心大星)을 범하는 일이 생기자 낭도들은 의아하게 생각하고 가지 않으려 했다. 그 때 융천사가 노래를 지어 부르자 혜성의 변괴가 없어지고 때마침 일본의 군대도 되돌아가 도리어 복이 되었다. 대왕이 기뻐하여 낭도들을 금강산에 보내어 유람하게 하였다. 노래는 이러하다."

이후 아래와 같은 노래가 실려 있다.
舊理東尸汀叱
乾達婆矣遊烏隱城叱肹良望良古
倭理叱軍置來叱多
烽燒邪隱邊也藪耶
三花矣岳音見賜烏尸聞古
月置八切爾數於將來尸波衣
道尸掃尸星利望良古
彗星也白反也人是有叱多
後句 達阿羅浮去伊叱等邪
此也友物北(*叱)所音叱彗叱只有叱故

정말로 알기 어려운 노래이다. 이것을 양주동 박사는 이렇게 풀이했다;

예전 동해 물가
건달바의 논 성을 바라보고,
"왜군도 왔다!" 봉화를 든 변방이 있어라.
삼화의 산 구경 오심을 듣고
달도 부지런히 등불을 켜는데
길 쓸 별 바라보고
"혜성이여!" 사뢴 사람이 있구나.
아으 달은 저 아래로 떠 갔더라.
이보아 무슨 혜성이 있을꼬.

그런데 후학들의 해석은 조금 달라진다.
서울대 명예교수를 지낸 김완진의 해석은 다음과 같다

옛날 동(東)쪽 물가
건달파(乾達婆)의 논 성(城)을랑 바라고
왜군(倭軍)도 왔다
횃불 올린 어여 수풀이여.
세 화랑(花郎)의 산(山) 보신다는 말씀 듣고,
달도 갈라 그어 잦아들려 하는데,
길 쓸 별 바라고,
혜성(彗星)이여 하고 사뢴 사람이 있다

아아, 달은 떠가 버렸더라

이에 어울릴 무슨 혜성(彗星)을 함께 하였습니까.

이러한 해석의 근거를 서로 자세히 들고 있지만 아마추어가 판단할 수 없는 영역이라고 하겠다. 아마도 향가를 구성하는 조사나 명사, 또는 대명사 표기를 어떻게 했을까에 대한 의견 차이 때문일 것이다. 아무튼 이런 어려운 향가를 오구라는 전부 나름대로 해석을 한 것이고, 양주동은 오구라의 일본어 해석을 재반박하면서 이를 우리 말에서 근거와 법칙을 다 찾는 연구를 수행해 냄으로서 나중에 이런 후학들의 연구가 가능해졌다.

조선방언 조사 연구

이 무렵, 일본 어학계에서는 방언학회의 창립(1928)이 무르익어 가는 가운데 민속학자 야나기타 구니오(柳田國男, 1875-1962)가〈蝸牛考(달팽이고)〉(『東京人類學雜誌(동경인류학잡지)』, 1927)를 통해 '方言周圈論(방언주권론)'을 발표하였다. 이는 '달팽이'라는 단어의 방언형들이 보이는 분포를 통해, 정치·문화의 중심지에서 멀리 떨어진 지역일수록 오래된 단어 형태를 보존하고 있음을 주장한 논문인데, 오구라 신페이도 이런 연구에 자극을 받아 1928년 이후부터 단어 하나하나의 역사를 살핌으로서 언어의 발달을 추적하는 논문들을 잇달아 발표한다.

1933년 3월 31일, 오구라 신페이는 동경제대 언어학과의 교수(고등관 2등, 이듬해에는 고등관 1등)로 임명되었다. 즉 동경에 가서 살게 되었다. 그러한 가운데, 경성제대 교수를 겸임하여 매년 한 차례씩 한국에서 와서 집중 강의를 진행하면서 한국어 방언에 대해 조사도 병행하였다. 동경제대에서는「언어학개론言語學概論」,「언어학연습言語學演習」, 경성제대에서는「조선어학개론朝鮮語學概論」,「조선어학사朝鮮語學史」등을 강의하였다. 동경제대 교수로서 그는「조선방언채집담朝鮮方言採集談」을 발표하는 등 대내외 활동으로 자신이 해 온 여러 과제들을 끊임없이 보완·정리하는 작업을 수행하였다. 오구라는 자신의 방언 조사·연구를 집대성한『조선 방언의 연구 朝鮮語方言の研究』(상권 및 하권)를 간행하던 중에 상권을 발행하고 난 뒤 건강을 너무 상해 정년퇴직한 그 이듬해(1944년) 2월 8일에 세상을 떠났다. 거의 마무리 단계에 들어서 있던『조선 방언의 연구』하권은 그의 제자 시바타 다케시(柴田武, 1918-2007)에 의해 그해 5월에 출간되었다. 이 책은 실로 일본과 한국을 오간 그의 일생을 대표하는 업적이자, 유작이었다.

다만 그 일생을 집대성하는 결과가 죽은 후에 간행되었기에[66] 그 뒤 조선어 방언연구가 코노 로쿠로(河野六郎 1912-1998)에게 이어져 몇 개의 유명한 연구결과로 이어지긴 했지만 오구라에 의해 수집된 조선어 방언의 자료가 전체로 보면 일본에서 충분히

---

66) 간행의 경위는 하권 말미에 붙어있는 柴田武의 후기에 자세히 나와 있다. 상권은 오구라 자신에 의해 교정되었고 하권은 再校의 도중인 1944년(소화 19년) 1월에 병으로 드러눕게 되어 그 뒤의 교정은 언어학연구실의 柴田武, 三根谷徹 두 명에게 의뢰되었다. 그 후 2월에 오구라가 세상을 뜨자 두 사람의 손에 의해 그 해에 간행되었다. 후기가 쓰여진 것은 5월15일. 발행일은 9월10일이다.

활용되었다고는 할 수 없는 상태라고 후학들은 아쉬워한다.

한국어방언연구는 한국에서는 전후에 김형규(1974), 최학근 (1978) 등의 업적이 있고 한국정신문화연구원에 의해 전국적으로 조직적인 방언조사가 행해져 한국정신문화연구원편(1987-1995) 『한국방언자료집』전 9권, 그리고 그 가운데 153개 항목을 뽑아 언어지도화(言語地圖化)한 『한국언어지도』가 간행되었다. 그러나 전후에는 한반도 전역에 대한 조사가 행해지지 못한 때문에 오구라의 조사 자료는 의연히 중요한 가치를 갖게 되었고 또 조사 시점도 이제 와서는 중요하게 되었다. 조사 연대는 1910년대로부터 1930년대에 걸쳐있어서 오늘날에는 그 자체가 역사적인 자료로 다시 볼 수 있다.[67]

오구라의 조사는 당시 8도 전역에서 무려 155개 항목에 대해 全道的으로 행해졌다. 새벽, 별, 노을, 더위, 가랑비, 여름 가을 저녁 마을 들판 언덕 길 산 묘 등의 각 단어를 지역마다 어떻게 발음하는 지를 조사해서 이를 로마자의 국제발음기호로 표기한 것이다. 물론 한국어 가운데 '으', '어'를 일본어나 영어 발음기로로 표기할 방법이 마땅치 않아 별도의 기호를 정해 사용하기도 했지만 어쨌든 조사는 다방면에 걸쳐 철저하게 이뤄졌기에 나중에 학문적인 자료로 활용하는 데는 아주 효과적이라 할 수 있다.

---

67) 福井玲「小倉進平의 조선어방언조사에 대하여」『東京大學言語學論集』37. 2016.9. 42쪽

방언과 독도

그의 조선어 방언조사가 얼마나 철저했는가를 알게 해주는 사례가 하나 있다. 그것은 독도에 대해 일본이 자기네 땅이라고 주장하는데 대한 반박의 과정에서 나오는 '石島(석도)'라는 명칭 문제이다.

일본이 1905년 독도를 자기네 영토로 편입했다고 하면서 그이유 중 하나로 드는 것이 이 섬이 주인이 없는 섬으로, 한국은 이를 자기네 영토로 고시한 적이 없다고 주장하고 있다. 그러나 우리는 1900년(光武 4) 10월 25일에 대한제국 황제 칙령(勅令) 제41호로 고종황제의 재가를 받아 울릉도가 한국의 영토임을 10월 27일《官報(관보)》에 게재함으로써 반포되었다. 이때부터 울릉도를 행정구역상의 군(郡)으로 승격시킨다는 것으로, 제2조에서 울릉도의 부속도서로 죽도와 석도를 들었다.[68] 이 2조에 나오는 석도가 곧 독도이다. 그러나 일본 측은 석도가 이름이 다른데 어찌 독도냐, 석도가 독도라는 사실을 입증할 문헌자료나 근거가 없다는 이유로 우리 측 주장을 의도적으로 무시해 왔다.

이런 논란 속에 최근 우리문화가꾸기회가 당시 석도가 독도의 전라사투리임을 확인하는 1938년 문세영 편찬의 『조선어대사전』 초판본을 찾아내어 이를 공개함으로써 이러한 논란에 종지부를

---

68) 法令의 원문은 다음과 같다.
　　勅令 第四十一號 鬱陵島를 鬱島로 改稱ᄒ고 島監을 郡守로 改正ᄒ 件.
　　第一條 鬱陵島를 鬱島라 改稱ᄒ야 江原道에 附屬ᄒ고 島監을 郡守로 改正ᄒ야 官制中에 編 入ᄒ고 郡等은 五等으로 홀 事.
　　第二條 郡廳 位實ᄂ 台霞洞으로 定ᄒ고 區域은 鬱陵全島와 竹島 石島를 管轄홀 事.

찍었다. 일본의 고서점가에서 '조선어사전'을 입수한 이훈석 우리문화가꾸기회 상임이사는 "우리나라 지명이나 고유명사 중에 소리 나는 대로 표기한 한자가 많고, '돌=독=석'으로 쓴 사례는 무수히 많아 굳이 설명할 필요조차 느끼지 못하지만, 지금껏 일본은 문헌 근거가 없다는 이유로 우리 쪽 주장을 무시해왔다"고 말했다. 하지만 일제의 통제 속에서 조선어사전간행회 주도로 박문서관에서 펴낸 '조선어사전' 초판본에서 분명하게 용례를 밝혀놓은 만큼 "일본 쪽 '억지'에 반박할 수 있는 소중한 자료"라고 그는 평가했다.

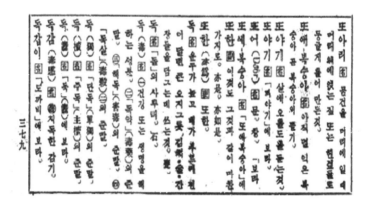

그런데 오구라의 조선어 방언 연구는 이 독도에 대해서도 조사를 해 놓았다. 1944년에 나온 《朝鮮語方言の硏究》(岩波書店, 1944) 218쪽에서 219쪽 사이에 石(석)이라는 글자의 발음에 대해 (1) [tol] (2) [tok] (3) [tuk]으로 발음한다고 했다.[69] 돌 석(石)을 독으로 발음하는 곳은 전라남도 여수 순천 고흥 보성 등에서 그

렇게 발음한다고 했다. 그리고 1900년 당시에 독도라는 지명을 기록하면서 당시 울릉도에 많이 살던 전라남도 사람들이 독도를 돌섬, 혹은 독섬이라고 한데서 독이 곧 돌, 곧 석(石)이므로 이를 석도로 기록했다는 뜻이 된다.[70] 다시 말하면 오구라는 엄밀한 방언 조사에 의해 울릉도의 부속도서인 독도를 당시 석도로 기록해 놓았음을 스스로 입증한 것이 된다. 이 책이 나온 것이 1944년이니 1938년에 나온 조선어대사전과 같은 시대임이 증명된 것이다. 더구나 오구라의 방언 조사는 1910년대에 집중적으로 이루어졌으므로 그의 조사가 일본이 독도를 강제로 편입시킨 그 당시 상황을 있는 그대로를 기록한 것으로 보아 틀리지 않는다. 오구라의 철저한 조사는 뜻밖에도 독도의 한국 영유권을 확인시켜주는 역할도 하고 있다.

---

69) 참고로 원문을 소개하면 다음과 같다. 石 (1) [tol] [全南] 濟州·城山·西歸·大靜·麗水·順天·康津·靈光·光州. [慶南] 蔚山·梁山·東萊· 釜山·金海·馬山·巨濟·統營·晋州·南每·河東·咸陽·居昌·陜川·昌寧·密陽. [慶北] 永川·慶州·浦項·興 海·盈德·大邱·高靈·義城·咸昌·聞慶·醴泉·安東·榮州·靑松(道內多くの地方にありては主格(石が)を [tor-i]の外[tol-gi]といふ. 忠淸南北道·江原道なвтまた聞じ). [忠南] 鴻山·靑陽·舒川·洪城·天 安. [忠北] 淸州·報恩·鎭川·槐山·忠州·丹陽·堤川. [江原] 通川·長箭·高城·杆城·襄陽·注文津·江 陵·三陟·蔚珍·平海·寧越·平昌·原州·橫城·洪川·春川·麟蹄. (2) [tok] [全南] 西歸·大靜·麗水·順 天·筏橋·高興·寶城·長興·康津·海南·靈岩·木浦·咸平·靈光·羅州·長城·潭陽·玉果·谷城·求禮. [全北] 雲峰·南原·淳昌·井邑·金堤·群山·全州·任實·長水·鎭安·茂朱·錦山. [慶南] 梁山·河東·居昌·陜川·昌寧·密陽. [慶北] 金泉·尙州(こ〉では主格を[tok-i] [tok-hi]などといふ)·咸昌·聞慶. [忠南] 公州·江景·鴻山·靑陽·舒川·藍浦·洪城·海美·瑞山·沔川·禮山·鳥致院. [忠北] 淸州·報恩. (3) [tuk] [忠南] 保寧.

70) 독도의 편입과정과 전라도 방언에 관해서는 이 글을 참조하세요
宋 炳 基「韓末利權侵奪에 관한 硏究 ―獨島問題의 一考察 : 鬱陵島의 地方官制 編入과 石島―」『國史館論叢 第23輯』

뿌리를 찾는 연구

오구라 신페이는 일본어를 연구하다가 어떻게 조선어와 인연
을 맺게 되었을까?

"먼저 내가 조선어를 알게 된 것은 가나자와(金澤)[71] 선생의 덕분이다. 메
이지 39년(1906년) 내가 동경제대 언어학과를 졸업할 당시 가나자와 선
생은 일선양어동계론(日鮮兩語同系論)을 발표하여 학계에 물의를 일으켰
을 때였다. 나도 이때 조선어에 대한 이상한 흥미와 아울러 연구하고 싶은
충동을 받게 되어 우선 언문(諺文)을 가나자와 선생에게 배워 일한합병이

---

71) 가나자와쇼자부로(金澤庄三郎 1872-1967)을 말함. 1902년 동경제대 박사학위
논문에서 일본어와 한국어가 같은 계통이라는 주장을 담은 「日韓語動詞論」,
1910년에는 「日韓両国語同系論」을 발표했고 1929년에 『일선 동조론』으로 그의
학설을 역사 민속학 등에까지 확산시켜 일본의 대조선 정책의 중요한 근거를 제
공했다.

되기 전 메이지 43년(1910년)에 조선에 와서 소위 총독부 편집서기란 직함으로 남산정(南山町)에 머물면서 국어(일본어)는 조금도 모르는 최모(崔某)를 청하여 "문을 열어주시오", "천만에 말씀입니다"라는 향용 쓰는 말부터 손짓발짓을 통하여 배웠다. 그러나 관청에 매인 몸이었던 만큼 말을 배우며 규장각(奎章閣)에서 고문서(古文書)를 찾아보기에 시간이 없어 안타까운 적이 많았다. 아유카이 후사노신(鮎貝房之進),[72] 마에마 쿄사쿠(前間恭作)[73] 두 선생의 지도를 많이 받았다."[74]

위 대담에서 보면 오구라가 한국어학에 관심을 갖게 된 것은 대학 졸업 이후이다. 그러다 조선총독부 근무를 하면서부터 본격적으로 한국어를 배우기 시작했고, 업무의 여가에 연구를 병행하기 시작하였다. 여기서 특기할 점은 그가 당시 업무 관계로 규장각에서 고문서를 탐독했다는 점과, 아유가이 후사노신과 마에마 쿄사쿠로부터 사사받았다는 점이다. 이들의 영향을 받아 한국어 연구와 함께 자연스럽게 한국어학 관련 고서 수집을 진행했을 것으로 보인다. 이 당시에 그는 한국어 연구를 위한 기초 자료를 다수

---

72) 아유카이 후사노신(鮎貝房之進 1864-1946) 일본 미야기 현 게센누마 시 출신의 언어, 역사학자. 일본의 주요 한국어(조선어)연구자였으며 지명, 왕명 등 언어학 및 역사학을 아우르는 많은 연구업적을 남겼다. 그러나 일찍이 한국어를 익혀 1894년에 이미 조선으로 건너와서 명성황후 시해 계획에 참여했다는 점, 식민지 시대 조선 고서와 골동품 등을 수집하면서 총독부가 원하는 대로 '조선 문화'에 대한 '해석'을 만들어냈다는 비판을 받고 있다.

73) 마에마 쿄사쿠(1868~1942). 일본의 한국어연구가. 쓰시마 섬(對馬島) 출신으로 일찍이 한국어를 익혀 1891년 유학생으로 조선에 와서 1911년까지 총독부 통역관으로 근무하면서 고서 연구에 전념하여, 수천 권의 고서를 수집하여 해제(解題)를 붙였다. 저서에 ≪조선의 판본(版本)≫, ≪용가고어전(龍歌古語箋)≫, ≪계림유사여언고(鷄林類事麗言攷)≫ 따위가 있다.

74) 매일신보 1942년 10월 19일 3면 기사. "新羅語 研究 爲해 말 타고 다니며 方言採集" 朝鮮語研究에 半生 바친 小倉博士 談

수집했고 또한 그 때에 수집한 장서가 훗날 그의 연구에 밑바탕이 되었으리라는 사실은 어렵지 않게 짐작할 수 있다.

오구라의 집안은 학자집안이다. 부친(小倉茗園)은 사업가였지만 시를 잘 썼고 형(小倉博)은 국문학자(일어일문학자), 동생으로는 지질학자(小倉勉), 건축학자(小倉強), 식물학자(小倉謙)가 차례로 나왔다. 그는 대학에서 습득한 학풍대로 철저히 과학적이고 역사적인 연구를 견지하고자 노력하였다. 학창시절에 접한 『삼국유사』에서 '고유 신라어' (향찰)로 적힌 향가를 발견하고, 이를 일본 고대어의 풀이 방법을 찾고 싶어했다. 그것이 1929년에 발표된 향가연구결과이다. 그러나 한자 용법상의 착오, 의미 불통의 해독, 어법과 어휘상의 착오 등이 많이 나타났는데, 양주동이 이같은 오구라의 단점을 재빨리 극복한 것으로 평가된다. 특히 말음첨기(末音添記)의 개념을 세워 임한 해독은 향가의 시가성(詩歌性)을 살리는 데 크게 기여하였다고 한다.

양주동 등 한국인들의 향가 후속 연구에 대해 오구라가 구체적으로 언급한 것은 끝내 없었다고 한다. 조영호 박사가 동경대 오구라문고[75]에 남아있는 오구라의 기증 도서 가운데서 오구라 본인이

---

75) 동경대학 부속도서관의 오구라문고는 오구라 신페이가 수집한 조선본 문헌 자료들을 수장한 것이다. 오구라의 장서는 그의 사후에 동경대학 문학부 언어학연구실에 소장되어 현재 문학부 언어학연구실과 문학부 한적코너에 나누어 관리 및 공개되고 있다. 문학부 언어학연구실에는 주로 양장의 간본이 소장되어 있고, 한적코너에는 조선본을 중심으로 한 선장본이 소장되어 있다. 오구라 신페이는 한국어 연구를 하며 관련 자료를 집중적으로 수집하여 현재 국어학 관련 콜렉션으로는 대표적인 문고라 할 수 있다. 오구라문고의 한국본은 약 730여 종으로 경서류, 종교서류, 의학서류, 병서류, 역학서류, 윤음류, 학습류, 문학작품언해, 운서류, 시가류, 소설류, 사서류, 훈민정음관계서 등 다양한 자료가 소장되어 있다

소장했던 『향가 및 이두의 연구鄕歌及び吏讀の硏究』를 직접 보았는데, 거기에는 30여 종의 책과 자료에서 인용하여 모두 69군데에 메모를 책에 붙여 놓은 것을 보았다고 한다. 이것은 원저의 미비한 점을 보완하려는 목적으로 작성하였을 것으로 조영호 박사는 추정한다.

한국어 연구의 선구자

그렇더라도 그가 고대 한국어와 일제 시대 우리 방언을 조사, 연구해놓은 것은 우리 언어학을 연구하는 아주 중요한 자료이다. 또 그가 해 놓은 향가 해독 연구도 대단한 일이었다. 그가 남긴 저서는 중요한 것만 해도 10권이 넘는다.[76] 언어학에 대한 그의 연구를 이희승 등 우리 학자들이 이어받음으로서 한국어 연구가 일층 진전을 가져오게 되었다. 그는 한국어를 연구하면서 단순히 일본의 많은 연구자들과 같이 당시 총독부나 일본제국주의의 정책에만 따르는 관변학자는 아니었다. 일본이 조선어 대신에 일본어를 강요할 때에도 이것이 옳지 않다고 비판적인 입장을 보이기도 했다. 어느 언어든 각기 저마다 고유의 국민적 혹인 민족적 정신이 깃들어 있기에 언어의 강제교육은 민족의 자존심에 상처를 주는

---

76) 주요한 저서(著書)는 『朝鮮語学史』大阪屋号書店 1920年 / 『国語及朝鮮語のため』ウツボヤ書籍店 1920年 / 『国語及朝鮮語発音概説』大阪屋号 / 近沢印刷所出版部 1923 / 『南部朝鮮の方言』朝鮮史学会、1924年 のち第一書房 / 『朝鮮語と日本語』 1934年 / 『朝鮮語の系統』1935年 / 『朝鮮語における謙譲法・尊敬法の助動詞』東洋文庫、1938年 / 『朝鮮語方言の研究（上・下）」』岩波書店、1944年 등이 있다.

것이어서 이런 정책으로는 진정한 동화가 있을 수 없다는 것이었다. 다만 1940년에 "조선의 학문은 곧 일본의 학문이므로 일본의 학자를 만나 자기 주장을 펼치기 위해서는 일본어가 필요하다"고 말했다. 일본 위주의 사고가 은연중에 드러난 발언이라고 하겠지만 언어의 효용성 차원에서 말한 것으로 풀 수 있다. 그는 언어학자로서 민족의 강제적 통합을 위해 어느 언어를 말살하는 것은 옳지 않다는 생각을 드러내었다.

그가 책으로 펴 낸 『朝鮮語方言の 研究』에 수록된 정보를 바탕으로 일본에서는 조선어 방언지도를 만드는 일이 진척되고 있다. 오구라의 학문을 이어받은 동경대학교 인문사회계연구과(東京大学人文社会系研究科) 한국조선문화연구실(韓国朝鮮文化研究室)에서는 후쿠이 레이(福井玲)[77]교수 등에 의해 2017년 3월에 언어지도와 그 해석 제1집이 발표되었다.[78] 방대한 작업이어서 그 결과가 주목되고 있다.

우리는 해방 이후 한글을 가장 뛰어난 문자로 자랑하면서 한글날을 제정해서 기리고 한글을 널리 세계로 알리며 보급도 하고 있다. 그러나 우리의 문자역사를 보면 세종대왕이 여러 학자들과 함께 만들어 낸 이 좋은 글자를 우리가 거의 쓰지 않고 공식적으로는 오로지 한문으로만 쓰고 있다가 근세에 갑오경장 이후에 국한문 혼용으로 쓰기 시작했고, 독립신문 등에서 한글만을 쓰기 시작해

---

77) 이 교수의 전공은 조선어의 역사언어학적인 연구와 현대어 제방언을 기술하는 방법의 연구이다
....동경대 홈페이지 http://www.l.u-tokyo.ac.jp/teacher/database
78) 小倉進平『朝鮮語方言の研究』所載資料による言語地図とその解釈 第1集(PDF 版)

오늘날 일반 국민들이 모두 다 편하게 쓰고 있다. 그러한 한글과 한국말을 언어학적으로 도전해서 이의 표기법이랄까 문법 같은 것을 연구한 일본인 학자들의 노력을 평가하는 이유는, 그들이 우리의 언어인 한글을 근대적인 음운학 개념으로 먼저 연구하고 밝혀주었기 때문이다. 일본은 우리를 점령하고 식민지 지배로 우리에게 고통을 주었지만 당시 우리보다 일찍이 서양의 근대학문을 접하고 이를 터득한 뒤에 사회 각 방면에서 연구를 수행해 많은 업적을 이뤄놓은 것을 인정해야 한다. 그들의 노력이 애초부터 조선인(한국인)을 사랑해서 시작된 것은 아니고 당시 자국의 정치적, 학문적 필요에 의한 것이겠지만 그들은 학문의 세계에서, 또 예술의 세계에서 먼저 공부를 하였고, 그 과정에서 우리를 이해하고 같이 연구하고 가르쳐 준 친구들이 있었던 것이다. 그런 사람 중에 오구라 신페이를 잊을 수 없다.

땅 속 역사를
캐는 법

- 아리미쓰 교이치

호우총

우리가 일제로부터 해방된 지 열 달도 안 된 1946년 5월 3일 경북 경주읍 노서리의 민가 사이에 있던 한 고분 앞에 당시 국립박물관장이던 김재원 박사를 비롯해 최순봉 경주분관장, 미 국무성 볼즈 박사, 하버드대학 워너 박사 등이 모여서 지신에게 땅을 파는 것을 미리 알리는 개토제(開土祭)와 함께 발굴을 시작했다. 여기에는 39살의 한 일본인도 있었다. 그는 발굴작업이 시작되자 어디서부터 어떻게 파들어가는지를 설명해주었다.

이 일본인이 아리미쓰 교이치(有光敎一)였다. 조선총독부에서 박물관 주임, 곧 박물관장을 지내던 사람이었다. 1945년 해방은 됐지만, 한국 고고학계는 무덤을 제대로 발굴해 본 한국인 고고학자가 없었다. 일제는 그동안의 많은 발굴에 정식으로 고고학을 배운 한국인들을 참여시키지 않았기 때문이다. 패망직후인 1945년 9월, 독일 뮌헨대에서 박사학위를 받은 김재원 박사가 미 군정청의 통치하에 있는 조선총독부 박물관을 인수하여 초대관장으로 취임했다. 이런 현실을 누구보다도 잘 아는 김재원 관장은 일본으로 돌아가려던 아리미쓰의 귀국길을 늦추도록 붙잡아놓으면서 미 군정청에 아리미쓰의 체류연장을 허락받았다. 그리고는 그를 통해 발굴 노하우를 빨리 배우기 위해 경주의 이 무덤발굴을 서두른 것이다. 미국정부가 발굴비용을 대고 미국의 학자들이 참관하는 가운데 발굴을 시작한 지 열흘 만에 귀중한 유물이 쏟아져 나왔다.

사실 이 무덤은 일제강점기인 1933년 4월 3일 이 근처에 살던 주민 김 씨가 자신의 집안 뜰 동북 모서리에 호박을 심으려고 구덩이를 파다가 우연히 순금으로 만든 귀걸이 등 신라시대 유물 수십점을 발견하게 되어 세상에 알려졌고 이에 총독부박물관에서 아리미쓰가 경주로 파견되어 현황조사를 한 곳이다. 이때 아리미쓰는 이곳을 바로 인접해 있는 140호분에 딸린 무덤일 가능성을 생각하였고 이처럼 딸린 무덤에서 훌륭한 순금제의 신라 유물이 출토되었다면 아마도 본무덤 격인 140호분에서는 더 많은 유물이 들어 있을 거라고 확신하고는 이 무덤을 주목하고 있었다. 그러므로 해방 이후 우리가 발굴조사의 노하우를 배우기에는 그러지 않아도 궁금증이 남았던 이 무덤의 발굴이 가장 효과적이었을 것이다. 아무튼 무덤에서는 금동관 파편과 금은상감 환두대도(環頭大刀)를 비롯하여 수백여 점의 유물들이 발굴되었는데, 그 가운데서 특히 눈길을 끈 것이 바로 청동제 그릇 하나였다. 작은 솥처럼 생긴 이 그릇의 밑바닥에 글자가 새겨져 있었는데, 이처럼 글자가 새

겨진 그릇은 발굴된 예가 극히 드물었기 때문이다. 이 그릇은 그릇
과 뚜껑의 표면에는 세 가닥의 돌림대(隆起帶)가 있고, 뚜껑에는
다시 윗부분에 한 가닥의 돌림대를 돌리고 나서 꽃잎 문양 위에
구슬 같은 손잡이 꼭지를 달았다. 그릇 밑받침에는 '을묘년 국강
상 광개토지호태왕 호우십(乙卯年國岡上廣開土地好太王壺玕十)'이
라고 돋을새김한 4행 16자의 명문(銘文)이 새겨져 있었다. '을묘
년에 국강상에 영원히 잠드신 광개토지호태왕을 기념하는 항아
리'라는 뜻이다.

을묘년(乙卯年)이라면 광개토대왕이 죽은 후 3년째가 되는
415년(장수왕 3년)이 된다. 그릇에 새겨진 글씨체는 만주에 있는
광개토대왕비 비문의 글씨체와 거의 일치한다. 이로 미루어 이 그
릇은 광개토대왕을 기념하기 위하여 고구려 장수왕 때에 광개토대
왕비를 먼저 만들고 그 다음 해에 이 그릇을 만든 것으로 보인다.

발굴조사에서 출토된 호우

왜 고구려에서 만든 중요한 유물
이 신라 땅에 와 묻혀있을까?

동방의 강국 고구려의 광개토대왕
이 돌아가시고 뒤를 이은 장수왕은 즉
위 2년(414)만에 부왕인 광개토대왕
비를 세웠고 이어 각종 기념물을 만들
었다. 이 청동 그릇도 이때 만들어진
것임이 틀림없는데 을묘년(乙卯年)은
신라에서는 18대 실성왕(實聖王) 14
년에 해당된다. 이 때의 신라는 작고

약한 나라로 고구려의 도움을 많이 받았다. 광개토대왕비에는 신라가 백제나 왜구로부터의 침공을 받을 때 고구려의 지원을 받았다는 사실을 기록하고 있다. 실성왕 11년(412)에는 전왕(前王)인 내물왕(奈勿王)의 왕자 복호(일명 보해)가 고구려 인질로 갔고, 그 후 눌지왕 2년에 박제상과 함께 돌아온 일도 있다. 이런 역사적 사실을 미루어 볼 때 이 무덤은 신라 복호 왕자와 깊은 관계가 있는 무덤이 아닐까 보여지는데 호우가 나왔다고 해서 이 무덤은 그 뒤에 '호우총'으로 불린다.

1946년 호우총 발굴 당시의 모습

아무튼 아리미쓰가 참여한 발굴 조사는 뜻하지 않은 큰 성과를 남겼고, 귀국을 늦추면서까지 한국 고고학에 도움을 준 그를 김재원 관장이 미군 지프차에 태워 곧바로 부산의 부두에까지 배웅해 주었음은 물론이다. 이 호우총의 발굴은 광복 후 최초의 고고학적인 학술발굴이란 점 외에 발굴주관국은 우리나라이고 발굴지도는 일본사람, 발굴장비와 발굴비용은 미국이 담당한 최초의 국제발굴이었다는 것도 빼놓을 수 없는 의미를 지니고 있다.[79)]

조선 땅으로

아리미쓰 교이치는 1907년 일본 야마구치에서 태어나 후쿠오카에서 고등학교를 나온 뒤 교토에서 경도(京都)제국대학을 졸업했다. 이어 그 대학의 동방문화연구소에 들어가 연구업무에 종사하다가 1931년 조선고적연구회 경주연구소의 연구원으로 조선에 들어왔고, 곧 조선총독부의 촉탁으로 뽑혀 전국의 발굴조사업무를 담당했다. 당시 총독부는 고고학을 전공한 한국인이 아직 나오기 전이었지만 그 후로도 전국에서의 발굴조사에 조선인(한국인)들을 현장 인부로만 썼을 뿐이고, 발굴자체를 맡기지 않았다. 그러기에 해방 전의 중요한 발굴 현장은 아리미쓰가 조사를 많이 맡았다. 부산 영선동 신석기시대 조개무지, 평양 고구려 벽화 무덤, 백제 무령왕릉 발굴의 전조를 알린 공주 송산리 29호분, 전남 나주 반남면 마한 독무덤, 경주 쪽샘지구의 갑총 을총 등이 그의 손에 의해 조사되었다.

79) 조유전 [한국사 미스터리] (22)「경주 호우총의 비밀」『경향신문』 2003.10.27

영선동 패총 조사

부산시 영도구 영선동 1가에 있는 부산 영선동 패총(釜山 瀛仙洞 貝塚)은 아리미쓰가 1933년에 조사한 곳이다. 이 유적은 원래 해안에서 약 170m 떨어진 곳에 약 100평과 120평 넓이의 패총 2개소가 50m~60m 간격으로 있었다고 하는데, 이후 도로공사 및 시가지 개발로 인해 완전히 소멸되어 지금은 정확한 위치를 알 수 없다. 여기서 출토된 신석기시대의 유물인 토기, 석기, 골각기, 조개팔찌 등은 동아대박물관에 소장되어 있으며 발굴 유물 중 주구가 달린 융기문 토기는 보물 제597호로 지정되어 있다. 도시계획 등으로 현대식 건물이 건립되어 유적지의 흔적을 찾아 볼 수 없어 유물 출토 지역임을 널리 알리기 위해 건립한 기념비가 부산은행 앞에 있다.[80]

경주 월성 조사

경주 월성에 대한 근대 학문적 조사는 1902년 동경(東京)제국대학 교수 세키노 다다시(關野貞)에 의해 시작되었지만, 이때의 조사는 지표에 대한 답사 정도에 그쳤고, 고고학적 조사는 1914년 조선총독부 소속 도리이 류조(鳥居龍藏)에 의해 처음 실시되었다. 또 1922년에는 조선총독부 소속의 후지다 료사쿠(藤田亮策), 우

메하라 스에지(梅原末治), 고이즈미 아키오(小泉顯夫)가 월성의 서남쪽 월정교(月精橋) 부근 남천(南川)에 면하여 단면이 노출된 성벽부분'을 발굴조사하였다. 이후에 아리미쓰가 다시 지표조사를 하였다.

일제강점기에 있은 월성의 시·발굴조사에 대해서는 그 결과가 정식 보고되지 않았고 발굴자들의 단편적인 기록이 남아있을 뿐인데, 광복 후 1992년에 아리미쓰는 이러한 기록들을 취합하여 발표했다. 그에 의하면 1914년과 1922년의 발굴 위치는 월성 성벽을 축조하기 이전의 성벽 하부 포함층이며, 발굴자들은 포함층을 상·중·하 3층으로 구분하였으나 아리미쓰는 여기서 출토된 토기들이 층위적으로 구분되지는 않는 것으로 보았다. 그는 포함층 출토 토기들을 1920년에 발굴조사된 김해패총에서 출토된 토기들과 같은 시기의 것으로 보았다.[81]

김인문 묘비의 발견

1931년 12월 11일, 조선고적연구회 경주주재연구원이었던 일본인 아리미쓰 교이치(有光敎一)와 조수 이성우(李盛雨)에 의해 경주시 서악리 서악서원(西岳書院)의 누문 아래에서 묘비의 비신 일부가 발견되었다. 비편의 내용을 보니 김인문(金仁問·629~694)의 묘비임이 분명했다. 그러나 간기가 없어 세워진 연대나 서자 찬

---

81) 최병현 「신라 왕성 : 세계유산 경주 월성의 조사·연구와 정비·복원의 방향『경주 월성발굴과 세계문화유산 연구』27쪽. 국립경주문화재연구소 2016.8.30

자 등의 정보를 알 수 없다. 이전에 태종무열왕릉비와 문무왕릉비를 통해서 확인했듯이 통일신라에 접어들면 비문의 형식이 정형화된다. 김인문의 묘비 또한 정형화된 비신에 정간선(井間線)을 긋고 절제된 구양순체로 새겼다. 초당(初唐)의 해서(楷書) 특히 구양순체가 일세를 풍미하는 가운데 세워진 비라는 점에서 신라의 서예문화를 엿볼 수 있는 귀중한 자료이다.

반남고분군의 조사

전남 나주 영산강 유역의 반남이란 작은 면의 자미산 일대에는 크고 작은 고분 30여기가 모여 있다. 이 지역이 백제 영토였으니 부여·공주의 고분보다 작으리라는 예상을 가지고 이곳을 방문한 사람들은 일단 그 엄청난 규모에 놀라움을 금치 못할 것이다. 예를 들어 덕산리 3호분의 경우 무덤의 남북 둘레가 46m이고 높이가 9m에 달한다. 이런 엄청난 규모는 백제 왕실의 고분들보다 훨씬 커서 통일신라나 가야 왕실의 고분들과 비교해야 할 것이다. 이 정도 고분을 조성할 수 있었던 정치권력이라면 적어도 고구려·백제·신라·가야에 뒤지지 않는 세력을 지니고 있었어야 한다. 도대체 이 거대한 고분군의 주인공은 누구일까.[82]

이 반남고분군은 매장 방법도 한반도의 다른 지역에서는 찾아볼 수 없을 정도로 특이하기 때문에 관심의 대상이다. 거대한 하나

---

82) 이덕일 이희근 「나주 반남 고분의 주인공은 누구인가」『잃어버린 역사를 찾아서 제 280호』 1999.3.1

의 봉토(封土) 내에 수 개 혹은 수십 개 이상의 시신을 담은 옹관(甕棺·항아리관)이 합장돼 있는 것으로, 몇몇 고분 조사에서 밝혀지고 있듯 봉토 주위에 도랑이 존재했던 점도 특이하다. 옹관 규모도 큰 것은 그 길이가 3m, 무게가 0.5t이나 되는 것도 적지 않다. 그 안에는 금동관(金銅冠) 및 금동제(金銅製)의 호화로운 장신구와 환두대도(環頭大刀) 등 무기류들이 부장돼 있었다.

처음 이 고분들을 주목했던 사람은 일본인들이었다. 반남고분군이 일본의 고분들과 겉모양이 유사했기 때문이다. 신촌리 9호분에서 발견한 금동관 역시 일본 구마모토(雄本)현의 후나야마(船山) 고분에서 출토한 것과 유사하다. 반남고분군을 최초로 조사한 기관은 조선총독부 고적조사위원회(古蹟調査委員會)다. 1917~18년 야쓰이 세이이치(谷井濟一) 등 4명의 위원이 나주군 반남면 신촌·덕산·대안리 일대 고분들 가운데 신촌리 9호분, 덕산리 1호·4호분과 대안리 8호·9호분 등을 발굴·조사했으나 대대적인 발굴 조사와 달리 야쓰이가 단 한 쪽짜리 보고서만 세상에 내놓는 것으로 발표를 갈음했다. 다음은 당시 내놓은 보고서 전문이다.

☞**야쓰이 세이이치(谷井濟一)**

  야쓰이 세이이치는 1880년 와카야마현(和歌山縣)에서 태어났다. 1907년 도쿄제국대학 문과대학 사학과를 졸업하고, 같은 해 교토제국대학 대학원에 입학하지만, 1908년 도쿄로 돌아와 도쿄제실박물관의 수장 자료를 정리하는 일을 하였다. 1909년 세키노(關野貞)의 한국 조사에 조수로 내정된 이마니시 류(今西龍)가 다른 조사에 참가중인 관계로 야쓰이가 대신 참가하게 되었다. 이때 야쓰이의 사진촬영 기술이 인선에 도움을 주었다고 한다. 이후 세키노가 서양으로 유학하기 전까지 실시한 거의 모든 조사의 실무를 담당하였고, 『조선고적도보』의 편집에도 주도적인 역할을 하였다. 그는 1909년도부터 많은 유적을 굴착 조사하였는데, 1913년의 고구려 유적 조사, 1916년의 낙랑 고분 발굴 조사를 현장에서 주도하였다. 뿐만 아니라 부여 능산리 고분, 나주 반남면 고분군의 발굴 조사로도 알려져 있다. 총독부가 실시하는 정식 조사 이외 울산 등지에 산재한 왜성(倭城) 연구에도 힘을 쏟았다. 1921년 부친의 병으로 일본에 돌아간 후 와카야마시의 공안위원, 시의 문화재 보호위원, 회사 간부 등을 역임하다가 1959년(80세)에 사망하였다.

  야쓰이의 한국관은 1909년 『한홍엽(韓紅葉)』에 실린「상세(上世)의 일한관계(日韓關係)」에 적나라하게 드러난다. 한반도는 고대부터 일본의 지배를 받아왔기 때문에 일본의 보호를 받는 것은 지극히 당연한 것으로 보고, 소위 『일본서기(日本書紀)』, 『고사기(古事記)』의 '신공황후 신라정벌설(神功皇后 新羅征伐說)'에 기초한 일선동조론에 가까운 역사관을 드러냈다. 나주 옹관묘 발굴을 마친 후 그 보고에서 피장자를 왜인으로 규정한 바 있다... 야쓰이가 남긴 글을 보면, 제국이 식민 지배하는 한반도의 고적 조사 현장에서 활약하는 자신의 존재가치를 적극적으로 확인시키고 선전하였을 뿐만 아니라, 제국의 식민지 정책과 자신을 일체화시켜 그들만을 위한 굴절된 애국을 실천하고자 했음을 알 수 있다. 이러한 야쓰이의 한국관은 그의 스승이 쿠로사카 가쓰미(黑坂勝美)라는 사실을 생각하면 그 형성 배경을 추측할 수 있다

.....출처:동북아역스넷

"반남면 자미산 주위 신촌·덕산리 및 대안리 대지 위에 수십 기의 고분이 산재하고 있다. 이들 고분의 겉모양은 원형(圓形) 또는 방대형(方臺形)이며 한 봉토 내에 1개 또는 여러 개의 도제 옹관(陶製甕棺)을 간직하고 있다. 지금 조사결과를 대략 말하면 먼저 지반 위에 흙을 쌓고 그 위에 도제의 큰 항아리를 가로놓은 뒤 이에 성장(盛裝)한 시체를 오늘날에도 한반도에서 행해지고 있는 것처럼 천으로 감아서 판자에 얹은 뒤 머리쪽부터 큰 항아리 속에 끼워 넣고 큰 항아리의 아가리에서 낮거나, 또는 아가리를 깨서 낮게 한 작은 단지를 가진 판자를 아래로부터 받친 뒤 약간 작은 항아리를 큰 항아리 안에 끼워 넣어서 시체의 다리 부분을 덮고 크고 작은 항아리가 맞닿은 곳에 점토(粘土)를 발라 옹관 밖의 발이 있는 쪽에 제물(祭物)을 넣은 단지를 안치하여 흙을 덮는다. 여기에서 발견된 유물 중에는 금동관과 금동신발, 칼(大刀·刀子)과 도끼·창·화살·톱이 있고, 귀고리·곡옥(曲玉)·관옥(管玉)·다면옥(多面玉)·작은 구슬 등 낱낱이 열거할 겨를이 없을 정도다. 이들 고분은 그 장법(葬法)과 관계 유물 등으로 미뤄 아마 왜인(倭人)의 것일 것이다. 그 자세한 보고는 후일 '나주 반남면의 왜인의 유적'이라는 제목으로 특별 보고로서 제출하게 될 것이다."

이들은 훗날 내놓겠다던 '나주 반남면의 왜인의 유적'이란 보고서를 끝내 내놓지 못했다.

그러나 이 간단한 한쪽짜리 보고서의 내용도 당시 고고학계를 흥분시키기에 충분한 정보를 담고 있었다. 그런데 이 보고서를 보고 먼저 움직인 것은 고고학계가 아니라 도굴꾼들이었다. 보고서 내용 중 '금동관·금동신발, 칼과 도끼' '귀고리· 곡옥(曲玉)· 관옥(管玉)· 다면옥(多面玉)' 등은 이들의 모험심에 불을 붙이기에 충분했던 것이다.

1차 발굴조사 20여 년 후인 1938년 일제는 다시 신촌리 6호·7호분과 덕산리 2호·3호·5호분 등 옹관고분 5기와 흥덕리 석실분(石室墳)을 발굴·조사했는데, 이 때에 아리미쓰가 조사를 맡게 된다. 아리미쓰는 그 사이에 벌어진 도굴을 보고는 입을 다물지 못하고 "도굴의 횡액(橫厄)으로 이처럼 유례가 드문 유적이 원래 상태를 거의 잃어버리게 됐다"면서 "거의 대부분의 고분이 도굴당해 완전한 봉토가 거의 없었다"고 개탄했다. 이런 도굴은 사실상 일제가 조장한 셈이었다. 일제는 1차 조사 후 한쪽짜리 보고서에서 '금동관·금동신발' 등의 유물이 나왔음을 발표하고도 이 지역에 대한 아무런 보호조치를 취하지 않았다. 이는 도굴꾼들에게 도굴 장소를 안내한 격이었다.[83]

신촌리 6호분에서는 5기의 옹관(甕棺)과 함께 몇 점의 토기와 유리구슬·청동환(靑銅環)등이 출토되었다. 이 고분은 조사 당시부터 길이 30m 내외 규모의 거대한 분구가 일본의 전방후원분(前方後圓墳)을 닮았다고 해서 주목되어 왔으나 1997년의 정비복원 작업시 이루어진 기초조사 결과 두 개의 사다리꼴분구가 연결되어 장고형(長鼓形)을 띠고 있고 그 주변에는 도랑이 설치되어 있음이 밝혀졌다. 7호분은 아리미쓰가 1939년 조사했을 때에 3기의 옹관과 함께 토기·유리구슬 등이 출토되었지만 지금은 남아있지 않다.

흥덕리 석실분(石室墳)은 1938년 경찰관주재소 공사 때에 발견되어 1939년 아리미쓰가 정리조사했는데 하나의 벽을 사이에 두고 2개의 석실이 나란히 만들어진 쌍실분(雙室墳)으로서 조사 당시의 분구는 지름이 14m 정도였다. 일반적으로 하나의 석실분은 그 자체가 추가장을 통한 합장이 가능한 구조를 가지고 있지만 흥덕리 고분은 두 개의 석실을 나란히 배치하여 합장시킨 이례적인 것이다.

총독부 박물관 주임

이런 발굴과 조사 작업을 하다가 1941년부터는 조선총독부 박물관의 주임, 곧 관장이 되어 박물관의 유물 정리와 전시, 유물

---

83) 이덕일 이희근 「나주 반남 고분의 주인공은 누구인가」『잃어버린 역사를 찾아서 제 280호』1999.3.1

발굴 작업을 주관하게 된다. 1945년 일제 패망을 맞은 후 다른 일본인 학자들은 다 일본으로 돌아갔지만 아리미쓰만은 한국에 남아서 그가 알고 있던 지식을 한국인들에게 전수해 주고 발굴과정도 지도하고는 1946년에 일본 교토로 돌아간다. 1957년에는 교토대학의 교수가 되어 우메하라(梅原末治)의 후계자로서 교토대학 문학부 고고학연구실의 제3대 주임으로 활동했고 퇴직후에는 나라(奈良)현립 가시하라(橿原)고고학연구소장, 그리고 교토의 고려미술관 연구소 소장을 맡는 등 활발한 연구활동을 계속했다.

그는 일제강점기에 발굴한 이후 몇몇 보고서를 발간하지 못한 점에 대해 부끄러워해서, 팔십 노구에도 불구하고 이를 해결하고자 노력하여 3권의 발굴보고서를 발간하였다. 2007년에는 한국 고고학사를 정리하는 데 귀중한 자료인 『조선고고학70년(朝鮮考古學 七十年)』을 100세의 나이에 출간하였다. 그러다가 2011년 5월11일에 103살 때에 세상을 떠났다.

1907년 생으로써 환갑을 맞은 1967년에 아리미쓰는 한국에 들어왔다. 당시 여러 학자들이 잔치를 챙겨주었다. 이 정도로 대접받은 일본인도 아리미쓰를 빼고는 없었을 것으로 보인

다. 그만큼 한국 고고학계에서 그의 공로를 높이 평가해 주었다.

일본의 교도통신은 아리미쓰가 타계하자 "한반도 고고학 발전

을 위해 진력한 아리미쓰 교이치"라는 제목으로 한 달 후인 2011
년 6월17일 그를 추도하는 글을 전했다.

전 나라현립 가시하라 고고학연구소장 아리미쓰 교이치
5월 11일, 103세를 일기로 타계
구로사와 쓰네오 = 黒沢恒雄【교도통신】

타계하기 전까지 소장으로 근무한 고려미술관연구소(교토시 = 京都市)에는 2년
전까지 매주 출근했다. 교토부 오야마자키정(大山崎町)의 자택에서 전철과 버스를 갈
아타고 출근했고 90세 중반을 넘어서는 때때로 택시를 이용했다. 자료를 조사하고 원고
를 작성하는 연구자로써의 생활을 지속했다.

전 오사카시(大阪市)문화재협회 조사부장 나가지마 기미치카(永島暉臣慎 = 69)
는 아리미쓰와의 만남을 "학자라는 말이 딱 어울리는 분이었다. 이런 훌륭한 분이 계실
까라고 감격했다"라고 회고했다. 오사카외대(현 오사카대) 조선어학과에 재학 중 교토
대로부터 시간강사로 온 아리미쓰에게 매료됐다. 이를 계기로 교토대 강의를 청강했고
조선고고학자의 길로 들어섰다.

아리미쓰가 1980년부터 소장으로 근무한 나라현립 가시하라(奈良県立橿原)고
고학연구소. 스가야 후미노리(菅谷文則 = 68) 현 소장은 "산적 집단 같던 연구소를 근
대적인 시스템으로 변모시키셨다. 철학자 같은 풍모와 의연한 자세를 가지고 계셨다"고
아리미쓰를 평가했다.

종전 후에는 한국의 국립박물관 개설을 위해 일본인 연구자로써는 유일하게 남아
업무를 지속했다. 당시 관장이던 김재원과는 가족들끼리도 교류가 지속돼 장례식에는
김재원의 딸이 참석했다. 6년 전 교도통신이 북조선(북한)의 고구려 벽화고분 사진전을

개최했을 때 아리미쓰와 대화를 나누었는데 그 때 강렬히 기억에 남는 장면이 있었다.

김재원(왼쪽)과 아리미쓰

"한국으로 조사 여행 중에 환갑을 맞이했었습니다. 그 날 김재원이 서울의 한 호텔로 초대해서 갔더니 거기에 한국 각지의 고고학 연구자들이 모여 축하해주었습니다"
이렇게 말하며 웃음 짓던 눈은 그날 서울의 하늘을 생각하는 것처럼 보였다.

아리미쓰가 세상을 뜬 지 1년만인 2012년 4월 1일부터 두 달 동안 교토의 고려미술관에서 '조선고고학의 파이오니어-아리미쓰 교이치'란 제목으로 특별전이 열렸다. 5부로 나뉜 전시는 아리미쓰가 교토제국대학을 나와 조선에서 조사활동을 벌였던 일제 강점기와 해방 뒤 경주 호우총·은령총 발굴 시기를 먼저 풀어간다.

이어 조선에서 돌아온 지 60여 년 만에 평양 유적 조사 보고서를 펴내는 등 일본에서 더욱 왕성하게 펼쳐진 고인의 조선 유적 연구 업적과 김재원 등 한국 지인들과 고려미술관을 세운 재일동포 고정조문과의 인연 등을 담은 자료들을 보여주었다. 전시장에서는 회고록도 공개되었다. 아리미쓰는 조선 잔류를 명령받은 1945년 12월31일 밤 서울 하늘을 올려다보며 이렇게 적었다.

"이상한 운명이라고 밖에 말할 수 없다…그믐날 밤하늘을 올려다보면, 온 하늘의 별은 지상의 소동이나 개인의 감상에 관계없이 반짝반짝 아름답게 빛나고 있다."

조선의 농법은
과학입니다

– 다카하시 노보루

농업침략

1905년 11월 17일 을사조약(乙巳條約)을 체결함으로써 대한제국의 외교권과 내정 간섭권을 획득한 일본은 1906년 2월 1일 통감부(統監府)를 서울에 설치하고 초대 통감인 이토 히로부미(伊藤博文)를 통해 한국을 병탄하는 작업을 착착 추진하였다. 1906년 3월까지 청나라 미국 영국 독일 프랑스 등의 주한외국 공관이 철수하고 영사관으로 대체됐으며, 한국의 재외공관도 폐쇄됐다. 일본은 을사조약 이전에 체결된 기존 조약을 근거로 일제 관헌의 제반 정무를 감독하고 한일의정서 체결 이후 한국 정부에 파견된 고문관에 대한 감독권도 행사했다. 또 한국 정부의 각 부서에 다수의 일본인을 고용해 한국의 내정을 완전히 장악했다.

1906년 6월에는 한국의 농축산 기술의 향상과 종자개량을 목적으로 권업모범장(勸業模範場)이라는 연구기관 설립을 준비했다. 물론 당시까지는 대한제국이 살아있었기에 5개월 후인 11월이 연구기관 준비를 한국정부에 이관시켜 1907년 5월에 대한제국 농상공부 권업모범장으로 수원에서 개장했다. 그러다가 1910년 한일강제합병이 이뤄지면서 곧바로 조선총독부 권업모범장이 되었다. 조선총독부는 곧 전국에 5개의 지장(支場)을 세웠다. 일제가 이처럼 서둘러 농업관련 연구기관을 세운 것은 조선을 일본의 식량공급지로 만들자는 목적 아래 조선의 농업형태를 바꾸려는 것이었다. 이를 위해 종래의 조선 농업을 전근대적이라고 규정하고 일본농업을 규범으로 한 농법을 급속히 보급했다. 권업모범장이란 이름 자체가 바로 이러한 일본식 농법을 권한다는 듯이 들어가 있다.

이렇게 일본식 농법으로 바뀌면서 가장 큰 변화는 종자의 자급이 이뤄지지 않고 일본의 영농회사들로부터 수입을 해야 했다는 점이다. 일본의 치하에서 조선은 일본으로부터 연간 3천석, 돈으로는 795만 엔에 달하는 종자를 수입했다. 쌀 10㎏에 5엔 하던 시기였으니 엄청난 액수가 아닐 수 없다. 일본의 관리들은 조선 전역에서 일본식 농법의 우수성을 강조하며 일본의 종자를 심도록 독려했고 이렇게 생산한 쌀 등 농작물은 항구를 통해 일본으로 실어내 갔다.

일제가 패망하고 한국이 독립했지만 종자문제는 한국의 경제를 압박했다. 갑자기 종자가 끊기니 한국으로서는 어떻게든 종자를 확보해야 해서 불법적으로 수입하는 실정이었다. 한국으로서는 종자의 자급자족이 가장 급한 일이 되었다. 이 때 우리를 살려

준 사람이 바로 우장춘 박사이다. 우장춘은 일본에서의 안정된 생활을 포기하고 한국으로 와서 3년 여에 걸친 노력 끝에 한국의 풍토에 맞는 무와 배추 종자를 대량으로 생산할 수 있게 되었다. 그는 다른 농작물의 품질도 개량하면서 젊은 농학자들을 키웠다. 우장춘을 한국 농업발전의 아버지라고 하는 이유가 여기에 있다.

이런 상황에서 일제시대에 조선의 전통농법의 우수성을 현장에서 체득하고 이를 지켜 후세에 전하려 한 일본인 농학자가 있었다. 그 사람이 바로 다카하시 노보루(高橋昇)였다.[84]

큐슈에서 성장

1892년(明治 25) 12월, 일본 후쿠오카 남부의 야메군(八女郡) 고쓰마(上妻)라는 곳에서 태어난 다카하시는 가케하시 이와지로(梯岩次郎)의 둘째아들로 태어나 그곳에서 소학교 중학교를 거쳐 가고시마에서 고등학교를 나오고 뛰어난 머리로 동경제국대학 농학부(農学部)를 졸업하는데 이 무렵 구로키마치(黒木町)의 다카하시(高橋) 집안에 양자로 들어가게 돼 다카하시로 성이 바뀐다. 다카하시의 아버지도 원래 이름이 아오키(靑木)이었다가 가케하시(梯) 집안의 양자가 되었는데 다카하시 노보루는 대학 때 다시 다카하시 집안에 양자가 된 것이다.[85]

---

84) 이후 다카하시 노보루의 생애에 관한 기록은 가와타 히로시 지음 김용권 옮김『다카하시 노보루 : 평생을 조선 농법 연구에 바친 일본인 농학자』(동아일보사. 2010년)에서 대부분 발췌했습니다. 인용이 많기 때문에 인용부분에 대해 일일이 주를 넣지 않고 생략합니다.

그가 중학생이었을 때, 러일전쟁에서 승리한 일본은 세계 정상급 나라가 되었다며 교만해졌다. 중국이나 조선에 대한 모멸의식이 높아진 때였다. 국민의식을 추스르기 위해 일본 천황의 이름으로 〈무신조서(戊申詔書)〉가 반포되어 각급 관청이나 학교에 배포되기도 했다.[86] 노보루는 농업과목에서 종자의 선택이나 논을 가는 방법을 배웠고 또 집안의 농사일을 도우며 컸다. 메이지(明治)천황이 죽고 다이쇼(大正)천황이 즉위했을 때인 1912년 가고시마 제7고등학교에 입학했다. 맨 처음 의과로 갔다가 곧 농과로 바꾸었다. 당시 이 고등학교는 정부에서 세운 몇 안 되는 학교여서 졸업만 하면 동경제국대학을 갈 수 있었다고 한다. 1915년에 도쿄에 있는 동경제국대학 농학부(원래는 농업학교였다가 나중에 동경제대로 편입됨)에 들어가 농업토목학 전문가인 우에노 에이자부로(上野英三郎) 등으로부터 개량된 농업법을 배웠다. 당시 우에노 교수는 모내기를 할 때에 종횡으로 열을 맞추는 '정조식(正條植)'을 개발해 보급할 때였다. 그 전까지 일본의 모내기도 못줄을 사용하지 않고 적당한 간격을 두고 심는 '산식(散植)'이었으나 정조식이라는 이 방법을 쓰면 논의 통풍이 좋아지고 제초기도 사용할 수 있어 노동력도 크게 줄일 수 있다는 이점이 있어 메이지 정

---

85) 일본에서는 양자를 받아들이는 일이 흔했고, 특히 명문가에서는 우수한 자제를 양자로 받아들였다 아버지 가케하시 이와지로의 3형제들도 다 성이 다르다. 즉 다들 양자로 들어왔다는 것이다.

86) '무신조서'는 러일전쟁 이후 농촌이 피폐해지면서 사회주의, 개인주의에 의한 '사상악화'가 문제되었을 때 황실을 중심으로 '근검', '관민협력', '상하 일치'하여 천황제하의 국민통합을 이룩하려는 목적에서 나왔다. 각 관청이나 소학교에서 봉독회가 열릴 때 '교육칙어'와 함께 암송되어 큰 영향을 미쳤다. 일종의 농촌개량운동겸 국민교화운동으로, 박정희 대통령이 주도한 한국의 새마을운동이 여기에 착안한 것이라는 주장들이 제기되었다.

부가 강력하게 보급하고 있었다.

다카하시 노보루가 동경제국대학 농학과를 우수한 성적으로 졸업한 것은 1918년 7월. 졸업 후 곧바로 농림성 농사시험장에서 연구생활을 시작한다. 유전학을 전공한 노보루의 연구주제는 벼의 품질개량이었다. 그런데 1년이 채 안된 1919년 6월 조선총독부는 노보루를 경기도 수원에 있는 조선총독부 권업모범장의 기수(技手)로 발령을 낸다.

당시 일본은 조선을 통치하면서 1910년대에는 토지를 빼앗고, 1920년대에는 쌀을 빼앗고, 1930년대 후반부터는 사람을 빼앗고 목숨을 빼앗았다. 한일합병이 된 1910년부터 1918년까지 행해진 토지조사사업은 토지를 빼앗기 위한 것이었다. 또한 당시 일본인들이 보기에는 조선의 농업은 많은 결점이 있었다. 비료도 없고 수리시설도 폐허가 되었고 기후와 토질에 맞는 신작물을 도입하지 않았다. 일제는 이러한 조선의 농업을 일거에 바꾸어 그들을 위한 식량을 공급하려 했다.

조선으로

다카하시 노보루가 부산에 상륙한 것은 1919년 6월11일이었다. 서울역을 통해 다시 수원으로 내려갔다. 수원에 와서는 3년 전 개교한 수원고등농림학교의 교사로서 일하면서 권업모범장에서 강사를 맡았다. 그러면서 그의 연구테마였던 벼의 유전자 연구, 나아가서는 보리와 조, 콩 등 현지식물 연구도 시작했다.

그가 조선에 온 1년 후인 1920년 4월 일본은 황해도 사리원에 서선지장(西鮮支場)을 세웠다. 조선의 서쪽에 있는 모범장 지사라는 뜻일 게다. 노보루는 1924년 11월에 이 서선지장의 근무를 겸하게 되었다. 수원에서 사리원까지는 200킬로가 넘는 먼 길이지만 노보루는 여기를 기차로 오가면서 당시 지장장인 다케다 소시치로(武田總七郞)과 대화를 나누면서 많은 가르침을 받을 수 있었다. 다케다 지장장은 조선에 온지 10년을 넘었는데 조선의 전통적인 농법에 대해 관심이 높아지고 있었다. 그는 수원의 권업모범장이 당초부터 조선 재래의 농법에는 관심이 없었음을 인식하고 있던 차여서 새로 온 후배에게 조선의 재래농법을 조사해봐 달라고 당부했다.

"먼저 내 신조를 말해두고 싶은 것은, 조선 농업에 놀라운 점이 있다는 것일세. 수원 본장의 일본의 인간들은 구미의 농법을 절대시하는 경향이 있어. 나는 뭔가 잘못되었다고 생각하고 있었는데 여기에 와서 더욱 더 확실히 느끼게 되었다네. 이 지역 농민은 한 논에서 2년 동안에 3작을 하지. 2년3작법이라고 하는데 이를 보고 있으면 정말 합리적이 아닐 수 없어."

이렇게 그가 관찰한 것을 후배에게 알려주었다.

다케다가 관찰한 데 따르면 3척(1미터) 정도의 간격으로 이랑을 만들고 이 이랑에 4월경 조나 피를 뿌린다. 그리고 6월부터 8월의 우기 동안 습기에 약한 피는 이랑에서 자라 9월에 수확하게 되고, 그런 다음 가을에는 다시 고랑에 밀을 뿌린다. 고랑은 습기가 차서 발아하기 쉽고 발아한 보리는 이랑이 겨울 추위를 막아준다, 그리고 다음 해 5월에 이랑에다 이번에는 콩씨를 뿌린다. 7월에는 고랑에서 자란 밀을 수확하고 10월에는 콩을 수확한다. 콩은 땅에 질소분을 듬뿍 준다. 그리고 이 밭을 갈아 수분의 증발을 막고 10월에서 다음해 3월까지는 쉰다. 이것이 2년3작법이다. 조선 땅은 춥고 강우량이 적은데 여름에 집중해서 내리기 때문에 이 작법이 각 작물의 특성과 생육기간을 잘 살린 훌륭한 작법이라는 것이다.

해외연수

1년이 지난 1925년 말 우수한 직원에게 부여되는 해외연수의 기회가 뜻밖에도 노보루에게 왔다. 1926년 3월 1일 일본 고베를 출발해서 18일 샌프란시스코를 지나 북동쪽 있는 버클리에서 하숙을 하기 시작했다. 그의 유학생활을 소상히 알기는 어렵지만 그가 남긴 일기를 보면 캘리포니아 중부와 남부의 연구소와 농사시험장, 농장 등을 20여 곳 이상 시찰한 것을 알 수 있다. 그가 다닐 때에는 현지의 일본인회에서 도움을 많이 주었다. 캘리포니아의 농업시험장을 갔을 때에는 조선종 벼가 41종이나 시험재배되고 있는 것을 보게 된다. 6월28일에 이미 벼 이삭이 패었다. 조선에서는 빨라야 7월7일이다. 미국인들도 종자 전쟁에서는 지지 않으려는 듯 열성이었다. 사실 다카하시가 미국에서 누굴 만나고 말고 하는 것은 우리에게는 그리 중요한 일이 아닐 수 있지만 캘리포니아 농업시험장에서 그 당시 벌써 수십 종의 조선종 벼를 시험재배하고 있었다는 사실은 중요하지 않을 수 없다. 미국이 일찍부터 쌀을 재배해서 한국이나 아시아에 수출하려 준비했다는 것이고, 로키산맥에 산삼 씨를 뿌려 미국 삼을 수출한 것도 유명한 이야기이다. 그처럼 일찍부터 일본 중국 미국이 종자 전쟁에 뛰어들었는데 우리만 아무 생각이 없었다는 점은 짚어주고 가고 싶다.

어쨌든 노보루는 이어 국경을 넘어 멕시코를 방문했고 다시 국경을 넘어와 애리조나 주 투산에도 갔다. 남부와 동부도 차례로 찾았다. 그는 미국 학계에 일본의 유능한 신진 학자로 대접을 받았다. 1927년 5월에는 볼티모어 존스 홉킨스 대학에 가 있었다. 1928년 유럽 몇 군데를 보고 베를린에서부터 시베리아를 거쳐 하얼빈으로 오는 기차의 4등간에서 12일 동안 잠자며 6월10일에 하얼빈에 도착한다. 6월 23일에 서울에 도착한다.

서선지장장

우리가 주목해야 하는 것은 이제부터이다. 귀국한 후 석달 뒤에 정식으로 서선지장장에 임명된 것이다. "37살의 나이에 서선지장장으로 임명받았다"고 자신이 한국식 나이 계산법으로 일기에 쓴 것에서 보듯 그 자신은 전례 없는 나이에 승진한 것이다. 그리고 처음 조선에 올 때에는 기수(技手)였으나 이 때에 벌써 기사(技師)가 된다. 나중에 우리가 만날 아사카와 다쿠미는 평생 기수로 있었고 동경대학 출신인 농학박사 우장춘도 18년만에 기사가 되었는데, 노보루는 10년 만에 기사가 된 것이다. 그런 저런 자격과 신분 상승으로 노보루는 서선지장장으로 부임하면서 재량이 많아졌고 능력도 발휘할 수 있었다. 무엇보다도 강원도 춘천에서 근무하던 오치아이 히데오(落合秀男)를 그의 휘하에 거느리게 된 것이 그에게는 큰 힘이 되었다. 오치아이는 일찍이 현장의 농민들의 농업방식을 조사한 《강원도 농업실태 조사》보고서를 써 내었는데 이 보고서가 다카하시의 눈에 띄었다. 이 조사고보서는 그야말로 강원도 구석구석을 발로 뛰어 만든 보고서로서 다카하시 자신이 수행하려는 연구와 맥을 같이하는 것이었다. 오치아이 같은 유능한 부하를 만난 다카하시의 의욕은 넘쳐났다.

다카하시가 서선지장이 될 무렵 조선에도 세계대공황의 여파가 밀려왔다. 1928년 그 해 농사는 풍작이었으나 쌀값이 폭락해 대부분이 소작농인 조선의 농민들은 쌀을 팔아도 미리 빌린 영농 자금 등을 갚을 길이 없었다. 농민의 70퍼센트가 춘궁 상태에 빠졌다. 농촌을 떠나 일본으로 건너가 저임금 노동자가 되거나 국경을 넘어 만주로 가는 사람들이 급증했다. 반면 일본인 대지주는 계속 증가해서, 100정보 이상을 소유한 일본인지주가 1942년에 567명에 이를 정도였다. 다카하시는 1934년부터 농민들의 사정을 들으며 그들의 어려움에 눈물을 흘린다. 1937년부터 농촌과 농민의 실태조사를 시작한다. 경상북도 중북부지방에서부터 시작해 경기도 황해도 경상남도 강원도 평안도 등을 다니며 조사를 하고 사진으로 담는다. 1940년까지 4년 동안에 집중적인 조사가 이루어졌다. 이런 조사 과정에서 조선인들은 그를 형제처럼 반겨주었다. 한글도 읽을 수 있고 말도 어느 정도 할 수 있었기 때문이다.

단 방언 때문에 통역은 항상 대동했다. 하루 조사를 마치면 저녁까지 얻어먹고는 침침한 온돌방에 앉아 그 사람들과 소주를 마시며 농법과 농기구에 관한 이야기를 들었다. 소주는 물론 자신이 가져간 것이다.

다카하시의 생각은 서선지장을 방문하는 일본의 농학자들을 만나는 자리에서 드러난다.

다카하시와 대학동기인 아사미 요이치(淺見與七)가 방문했을 때 다카하시는 이렇게 말한다:

서선지장 시절의 다카하시(왼쪽)

"아사미, 자네와 같은 도쿄 사람들은 서양의 책만 읽는데 그건 잘못된 거라고. 중요한 것을 잊고 있어. 동양의 농서를 읽으라고. 《제민요술(濟民要術)》을 제대로 읽은 학자가 몇 명이나 되나? 그러니 조선의 농서는 아무도 안 읽지. 모두 잘못 되었어.세종 시대에 나온 《농사직설》부터 《산림경제》, 그 밖에도 가장 놀라운 것은 19세기에 나온 《천일록(千一錄)》이야. 이걸 읽고 나는 깜짝 놀랐네. 내가 농업실태조사를 위해 농가를 방문해서 비료 만드는 법과 경작법을 듣고 감탄한 부분이 많은데 그게 다 《천일록》에 적혀 있더군. 농법뿐만 아니라 노동력의 분배와 농업경제까지도 써 있어. 일본의 농사보다 발전된 것이야"

다카하시가 서선지장장이 되었던 무렵, 농사시험장 안에 있던 젊은 기수들은 날마다 실험실 안의 일이나 실험에만 매달리고, 조선인 농가의 실태 조사 같은 것은 "진흙 냄새가 나는, 비과학적인 일"이라고 무시하는 경향이 있었단다. 그러나 다카하시는 "조선의 농민들은 몇 백 년에 걸쳐서 고유한 환경 안에서 궁리에 궁리를 거듭하여 가장 좋다고 생각하는 농법을 이룩해 왔다. 먼저 조선인 농가에 뛰어들어 그들에게서 농법을 겸허하게 배우는 것이 일의 첫 걸음이다"라며 농학자로서 처음으로 현장 활동을 앞장서면서 이 방법을 지도한다. 이러한 행동의 바탕에는, 당시 많은 일본인들이 가지고 있던 조선인을 멸시하는 생각은 티끌만큼도 없었고 "일본인과 조선인은 대등하다"라는 강한 인도주의가 깔려 있었다는 것이다.

그는 북으로는 조선과 중국의 국경지대인 함경북도부터 남으로는 제주도에 이르는, 조선 전역에 걸쳐서 200여 남짓의 농가를 찾아서 실태조사를 했다. 그 조사는 농법에 관한 것만이 아니라,

조사 대상 농민들의 생활, 심지어는 아침이나 저녁밥 등도 자세히 기록하였다. 우선 초기에 다카하시는 조선 전국에서 자라는 벼, 보리, 옥수수, 수수, 깨, 콩, 팥 등 주요작물 1만3천770종을 수집했다. 아카하시는 이를 형태학적으로 정리해 〈작물품종 명명규정〉을 제안했다. 주요 품종에 대해서는 컬러 스케치를 남겼다. 이와 함께 200여장의 조선 농업지도가 만들어졌다.

품종특성 정리가 끝나자 농작물의 생장과정을 조사하는 식물 생리학적 연구에 몰두했다. 수집한 작물을 종별로 재배해서 그 생장과정을 조사했다. 이 연구에는 다카하시의 조수들이 참여했다. 그는 뭔가 새로운 생각이 나면 젊은 연구원들을 숱하게 불러내어 밤을 새우며 공동연구를 했다.

사진으로 보는 그의 모습은 땅딸막한 체격에 턱수염을 기르고 있어, 위엄이 있는 만큼 온정이 느껴지는 모습인데, 한국에 있을 때 수하의 직원들이 남긴 기록에 따르면, 다카하시는 스스로 계획한 것은 철저히 이루려는, 불굴의 정신을 가진 사람이었다고 한다. 당시 직원들의 술회가 『다카하시 노보루』 책에 나온다.

"다카하시 지장장은 실험이든지 기획이든지가 생각나면, 낮이든 밤이든 갑자기 부하들을 불러 모았다. 그리고 밤새 논의한다. 배가 고프면 감자에 버터를 발라 먹으면서 계속 이야기했다."

"다카하시 선생은 생활 속에서 부하들에게 '업무'란 어떠한 일인가, '먹고 자는 걸 잊을 정도로 몰입하는 업무가 멋있다' 등을 가르쳤다."

다카하시의 다음 연구는 작물과 환경의 연관성으로 발전했다. 즉 일정한 풍토에는 어떤 작물이 적합한가를 조사했다. 이는 필연적으로 농법연구로 이어졌다. 이 조사는 전국적으로 실시됐다.

조선농업 연구에 매진

정리해보면 다카하시 씨가 조선에서 먼저 손을 댄 품종 특성 조사는, 말하자면 형태학적인 연구로서 작물을 하나의 정지한 것으로 다루고 있다. 뒤이어 작물을 살아 있는 것으로서 그 생활 현상을 밝히려고 한 것이 생리학적인 연구이고, 또 작물을 무리로서 파악하고 환경과의 관련을 추급했다. 2년 3작, 사이짓기·섞어짓기를 연구한 시기다. 여기까지는 자연과학의 영역을 벗어나지 않았다. 다음으로 인간의 요소가 더해졌다. 다카하시 씨가 자주 했던 말에 "작물은 짓는 것이다"라고 하는 것이 있다. 인간이 관여하여 비로소 작물이 있다. 당연히 작물과 인간을 결부하여 생각해야 한다. 그것이 실태 조사였다. 최후에 거기까지 풍부한 경험을 살찌우고, 조선 농업의 전체를 재편하는 데 노력한 것이다. 도식화하자면 형태학形態學 → 생리학生

理學 → 생태학生態學 → 인간학人間學의 길이다

1933년에는 동경제국대학에 논문을 제출해 1935년에 농학박
사가 된다. 'Studies on the Linkage Relation between the
Factors for Endosperm Characters and Sterility in Rice
Plant with Special Reference to Fertilization(「벼에서 배유
질胚乳質 인자와 불임성不稔性 인자와의 연쇄 관계, 특히 선택 수
정에 대한 연구」)'라는 긴 제목의 논문이었다. 당시 박사가 되면
워낙 박사 자체가 귀하기 때문에 라디오 방송에도 나왔다. 요즘 하
고는 값이 다르다. 이 연구는 벼에 있는 두 개의 유전자의 연쇄관
계를 최초로 밝혀낸 것이었다. 아직 DNA나 게놈이란 단어가 일
반화되지 않은 시대였다.

비슷한 때에 동경제국대학 농과대학 1년 후배인 우장춘이 논
문〈종의 합성〉을 완성해 그 이듬해에 박사학위를 받았다. 우장춘
은 양배추, 일본 유채, 서양유채 이렇게 각각 염색체 수가 다른 종
을 섞어 새로운 유채를 만들었다. 이것이 그를 유명하게 한 '우장
춘 트라이앵글'이다. 우장춘은 염색체 수 9인 일본 양배추와 염색
체 수 10인 일본유채를 섞고 염색체 수 19인 서양 유채를 세포학
적으로 일치시켜 교배한 뒤, 그것이 1대에 그치지 않고 계속 종을
이어가도록 했다. 우장춘은 이후 일본의 연구소에 근무하고 있었
지만 사리원에 있던 다카하시를 자주 찾아와 서로의 연구정보를
교환하며 조선의 농업발전을 위한 여러 사업을 논의하고 추진했
다. 박사학위를 받은 다카하시는 고향에서 성대한 환영잔치에 참
석한 자리에서 "앞으로 조선에서 살겠다"는 뜻을 밝혔다. 사리원

으로 와서는 직원과 주위에서 축하선물로 값 비싼 독일제 라이카를 받아 그것으로 조선 전국을 조사하며 수 천 장의 사진을 남겼다. 그는 1944년에 다시 수원에서 근무하기까지 10년 이상에 걸쳐서 사리원에서 연구에 종사했다. 그의 조선 농업에 관한 조사·연구는 사리원 시대에 꽃을 피웠다고 해도 좋을 것이다.

다카하시의 조선 농업 연구의 중심을 이루는 것은 작부방식의 연구이다. 「조선 주요 농작물의 작부방식과 토지이용」이란 보고서가 그것이다. 그야말로 다카하시 씨의 대표작이라고 말할 수 있을 정도로 당시 전국 각지와 각 농가에서 행하고 있는 작부방식에 관해 방대하게 조사했다. 다카하시는 서양의 작부방식은 1년 경지이용률이 100%를 넘지 않는데 비해서 동아시아에서는 경지이용률이 100%를 넘는다며, 그렇기에 서양의 작부방식 이론과는 다른 이론이 요구된다고 말한다. 그 목소리는 서양과는 다른 동아시아의 작부방식의 독자성을 처음으로 명확히 지적한 그의 선임 지장 다케다 소시치로(武田總七郎)의 견해를 받아들여 그것을 바탕으로 더욱더 발전시킨 방법으로 조선의 작부방식에 관한 독자적인 분류법을 제시한다.

그가 만든 조선의 작부방식 분류는 (1) 농사짓는 땅의 이용 방식에 따른 분류, (2) 토지이용의 정도에 따른 분류 등 두 가지이다. 땅의 이용방식으로는 논농사법, 밭농사법, 논밭 번갈아 짓는 법의 세 가지가 있다. 토지 이용의 정도에 따른 분류로는 휴한식, 연작식, 윤재식, 조합식의 네 종류를 들고 있다. 조합식이란 "같은 밭에 1년에 1작 이상의 농사를 짓는 작부 순서를 정한 것을 반복

하는 것이다" 이 조합식 작부방식이 널리 보이는 것이 조선을 포함한 동아시아 농업의 특징이고, 매우 다양한 변화를 보이는 조합식 작부방식의 합리성을 이해하는 데에 다카하시 씨가 한 작부방식 연구의 첫 번째 목적이 있다고 말할 수 있을 듯하다.

환경중시농업

다음으로 다카하시가 조선의 작부방식으로 주목한 것이 간작(間作:사이짓기)과 혼작(混作:섞어짓기)이다. 사이짓기·섞어짓기의 정의에 대하여 다카하시 씨는 은사라고 할 수 있는 다케다 소시치로의 생각을 따르고 있다. 곧 다케다는 "사이짓기란 생활 시기를 달리하는 작물을 어떤 기간 같은 곳에 생육하게 하는 것으로, 곧 여름작물과 겨울작물을 조합한 경우"이며, "섞어짓기란 생활 기간을 같이하는 2종 이상의 작물을 같은 곳에 재배하는 것"라고 했다. 조선에서는 이 사이짓기, 섞어짓기가 널리 행해지고 있었는데, 그것들은 대체로 뒤쳐진 농법이라는 인식이 일본의 농학자 사이에서는 일반적이었다. 그에 대하여 다카하시는 밭농사의 조합식에 널리 보이는 섞어짓기와 밭농사의 섞어짓기 실태를 조선 팔도를 대상으로 조사하고, 거기에 합리성이 존재한다는 것을 발견한 것이다.

한국농업사학회 김영진 명예회장은 다카하시가 풍토라고 표현하는 오늘날의 환경중심의 '경험농학'을 중시한 과학자였다고 평가한다. 농산물은 환경의 산물임에도 일제는 환경이 전혀 다른

일본의 농법을 한국 농업
에 그대로 이식하고자 했
고 그런 목적이 있었기에
1906년에 수원에 농사연
구기관을 개설할 때도
'시험장'이라 하지 않고
'모범장'이라 했다는 것이다. 그러나 다카하시는 일제의 농사 연
구 방침에 아랑곳하지 않고 한국의 농업환경을 바탕으로 수 백 년
간 한국인이 경험적으로 발전시켜온 한국의 농법을 가장 합리적
인 농법으로 보고 앞으로 새로운 농업연구는 기존의 한국 농법을
이해하고 이를 출발점으로 해야 한다고 인식한 분이라고 말한
다.[87]

　1932년에 사리원에서는 농기전시회가 열린 적이 있다. 물론
다카하시가 준비해서 열린 것이다. 조선 농업은 소를 이용해 경작
하고 있었기에 쟁기는 없어서는 안 될 농기구였다. 농기 전시회를
통해 다카하시는 조선 전국 각지에서 쟁기와 호미를 각각 400점
가까이 수집했다. 호미는 대동소이했으나 쟁기는 크기와 형태가
지역마다 너무 달랐다. 이렇게 수집한 쟁기들을 하나하나 측정하
고 형태를 적어놓았다.

　배를 곯고 있는 조선농민들을 위해서 밀가루로 빵을 만들 수 있
도록 소형 제분기를 고안해 만들기도 했다. 이 제분기를 농민들에
게 저렴하게 공급하니 농민들은 밀가루를 빻으면서 겨도 같이 챙

---

87) 김영진「다카하시 노보루를 기억해야 하는 이유 」,『다카하시 노보루』동아일보사
　　2010. 5쪽.

겨 농촌에 닭을 키울 수 있게 되었다. 이에 따라 밀가루로 우동을 만들어 파는 집들이 생겨나기 시작했다. 이후 사리원 우동이 전국에 유명해졌다고 한다. 다카하시의 마음을 알 수 있는 일화이다.

일본으로

조선총독부의 권업모범장은 1929년에 농사시험장으로 명칭이 바뀌었는데, 제2차 세계대전으로 일본 전국이 악화되는 속에서, 조선에서 농업 시험 연구 체제의 총합화란 움직임이 나왔다. 다카하시 씨는 이 총합화의 중심적 추진 역할을 맡게 되었던 것 같은데, 1944년 새로운 체제가 발족함에 따라서 다카하시는 수원의 농업시험장의 총무부장이라는 요직에 취임하였으나 1년 여 후 일본의 패망하고 조선이 해방되는 8월15일을 맞는다.

1945년(昭和 20) 일본의 패전으로 모든 일본인들이 일본으로 돌아가는 때에 그는 한국 쪽의 요청을 받아 후진 지도를 위해 한국에 머문다. 우장춘 박사의 간청이 큰 역할을 했을 것이다. 이 기간 동안에 「이후의 조선 농업에 대하여」를 쓴다. 이 책에서 다카하시는 종자자급이 급선무라고 적었다. 대학 1년 후배인 우장춘과 함께 앞으로의 조선의 농업에 대해 깊은 고민을 한 결과였을 것이다. 관련자료들을 후진들에게 넘기고 설명할 것은 설명을 한 뒤 1946년 5월에 다카하시는 일본으로 귀국한다. 이 때에 방대한 자료와 원고를 조선의 농업시험장 시절의 부하직원들과 친구들에게 분담해서 일본으로 가져오게 했다. 귀국에 필요한 식량과 생활필

수품을 버리면서까지 자료를 챙겨왔다. 우선 살 집이 없어서 후쿠시마마치(福島町)의 친척 집에 들어가 살면서 2개월 동안 바쁘게 움직였다. 늘 집을 들락거렸고 나갔다 들어올 때는 큰 짐을 들고 들어왔다. 일본에 와서는 직장을 얻지 못한 부하들의 구직활동까지 도왔다. 이렇게 동분서주하다가 피로가 극에 달했던 모양이다

1946년 7월10일 아침, 오랜 집중호우 끝에 해가 나서 기분까지 맑아지던 날 아침, 평소 일찍 일어나는 다카하시가 늦게까지 일어나지 않았다. 아들 고시로가 우물에 가서 세수를 하고 돌아왔는데 누워계시던 아버지가 힘없이 중간 중간 끊기는 목소리로 "물, 물을 줘"라고 말하는 것이었다. 급히 물을 대령했지만 아버지는 물 컵을 받기도 전에 갑자기 경련을 일으키더니 굳어졌다, 심근경색이었다. 겨우 55세였다.

다카하시 노보루의 아들 고시로는 고등학교선생이 되어 결혼 후 가정을 꾸리며 조금 여유를 되찾았다. 1966년 고시로는 야메(八女)시에 집을 지었다. 새 집으로 이사하자 고모 댁에 두었던 아버지의 유품들을 가져왔다 큰 짐이 네 개였다. 짐을 풀자 원고와 사진, 조선의 지도 등이 쏟아졌다. 원고는 빨리 쓰느라 흘림체여서 판독이 쉽지는 않았지만 눈에 익은 아버지의 필적이었다. 곳곳에 농기구와 소의 그림, 농가의 구조 등이 그려져 있었다. 이름은 한글로 되어

있었다. 아버지가 20여 년 동안 연구 조사한 모든 것이 거기에 있었다. 아버지의 필적을 보고 있자니 어릴 때 사리원 시절의 아버지 모습이 떠올랐다. 언제나 커다란 테이블 앞에 턱을 괴고 앉아 만년필로 원고지에 무언가를 쓰고 있던 모습이었다. 20여 년에 걸쳐 모으고 쓴 이 많은 자료들을 분산해서 일본으로 가지고 들어와서 이제부터 조선 농업의 기초가 되는 연구를 집대성 하려던 시점에 숨을 거둔 것이다.

자신의 아버지의 생애를 건 연구, 이 연구가 공표된다면 아버지가 "조선의 흙이 되어도 좋다"고 말한 그 조선 농업에 대한 중요한 연구서가 될 것이라며 아들이 발을 벗고 나섰다. 아들 고시로를 중심으로, 이이누마 지로(飯沼二郎) 도쿄대 명예교수, 노보루 씨의 부하였던 오치아이 히데오(落合秀男) 등의 노력 덕에,『조선반도의 농법과 농민(朝鮮半島の農法と農民)』으로 일본 미래사(未来社)에서 1998년에 출판되었다. 무려 천292쪽, 무게 약 3kg의 큰 책이다. 한국 수원의 농촌진흥청에서 실물이 있는데, 책값만 10만 엔이었다. 이런 자료를 책으로 낸 그 아들과 주위의 연구자들의 집념이 대단하다. 이 책은 2009년에 농촌진흥청에서 한글로 번역하여 상 중 하 세 권으로 출판했다.

오늘날 한국 농업은 근대화되었고 재래농법은 자취를 감추었다. 그러나 환경친화적이며 지속가능한 농업을 하려면 자연환경에 적합한 재래농법에 대한 재인식이 필요하다. 그런 의미에서 다카하시 노보루가 남긴 조선의 전통농법에 대한 자료는 아주 중요하다.

대한제국이던 1906년에 처음으로 연구기관이 설립되었으니 2006년이면 100년이다. 한국농업근대화 100주년을 기념해서 한국 정부는 다카하시 노보루의 아들 고시로에게 관련유물의 기증을 의뢰했고 아들은 1만 6천여 점에 달하는 아버지의 자료를 선뜻 한국으로 기증했다. 그 자료들은 농촌진흥청 농업과학관에 보
관 전시되면서 농학연구자들에게 참고가 되고 있다. 자칫 역사 속에 묻힐 뻔 했던 다카하시 노보루의 조선 땅과 농작물 사랑의 기록들, "조선의 흙이 되어도 좋다"고 한 아버지의 마음이 아들인 고시로를 통해 다시 광명을 찾아 한국 땅에서 영원한 생명을 얻고 있는 것이다.

한국인은 핍박받는
민중이기에

– 후세 다쓰지

일본 토쿄(東京都) 토시마구(豊島区)의 상재사(常在寺)라는 절에 세워진 한 비석에 이런 글이 새겨져 있다.

"살아야 한다면 민중과 함께, 죽어야 한다면 민중을 위해"
生きべくんば民衆とともに、死すべくんば民衆のために

누구일까?

흔히 인권변호사로 알려지기 시작한 일본인 변호사 후세 다쓰지(布施辰治)의 묘비명이다. 민중을 위해서 살고 민중을 위해서 자식까지도 보낸 한 인권변호사의 일생을 이처럼 압축한 말은 없을 것이다. 그에게 있어서 민중은 누구였던가? 일본이란 거대한 국가기관의 압제에서 신음하는 일본 내의 피압박인들, 그 중에서도 조선(한국)인들이 그에게는 민중이었다. 그에게서 조선문제는 조선에 한정된 문제가 아니라 그가 추구하는 세계평화와 그것을 가로막는 혼란에 관한 전 세계의 문제이자 인류의 문제였다. 일본에서 그는 민중의 권리 투쟁 옹호에 힘쓴 인권 변호사이자 사회 운동가였고 일제시대 조선인(한국인)들에게는 모든 일본의 국가권력의 횡포에 대항해 그들을 대변하고 옹호해 준 아버지이자 어머니였다. 지금까지 한국을 사랑한 많은 일본인들을 소개했지만 이번에 소개하는 후세 다쓰지 변호사야말로 진정으로 한국인을 사랑한 가장 고마운 일본인이었다. 그를 통해 우리는 일본인도 우리의 친구가 될 수 있다는 희망을 가지게 된다.

布施辰治先生

후세 다쓰지(布施辰治)는 일본이 메이지 유신(明治維新)으로 본격적으로 근대국가의 길을 걷기 시작한 지 13년이 되는 1880년 11월에 미야기현(宮城縣)현의 이시노마키시(石巻市)의 한 농가에서 태어났다. 소년시대부터 중국 묵자(墨子)의 겸애사상(兼愛思想)을 접하였고 자라면서 그리스 정교회의 세례를 받고 그 쪽 신학교에 입학 하는 등 일찍부터 평화주의를 가까이 접했는데 신학교는 석 달 만에 자퇴를 하고 기독교 쪽에서 추진하는 톨스토이운동에 공감해서 활동을 같이 하기 시작했으나 종교적으로는 결혼을 계기로 부인의 신앙이었던 일련정종(日蓮正宗)으로 개종했다 처음에는 와세다(早稲田)대학, 나중에는 메이지(明治)대학으로 옮겨 졸업을 하고 22살에 판검사등용시험에 합격해 사법관시보(司法官試補)가 되었다가 우쓰노미야(宇都宮)지검(地檢) 검사 대리로 부임해 활동하던 중 생활고로 동반 자살을 시도하다 아들만 죽고 어머니는 살아난 사건을 만나게 되었는데, 어머니를 살인미수로 기소해야 하는 법률의 문제점에 회의를 느끼고 1년 만에 검사직 사표를 태고 변호사의 길을 택하게 된다.

메이지대학 졸업장

변호사로서 초기에는 자리를 잡지 못해 이런 저런 법률사무소를 전전하다가[88] 1917년에 스즈가 모리오케루(鈴ヶ森おはる) 살인사건을 이겨 피고인을 무죄로 만든 것으로 해서 일약 이름이 나기 시작해 1920년 무렵에는 일 년에 250건의 사건을 맡게 되어 하루에 4회나 법정에 출두하는 등 바쁜 변호사가 되었다. 이 무렵 그는 형사사건 외에도 민사사건도 맡으며 창녀폐지운동(廃娼運動), 보통선거운동 등 사회문제에도 적극적으로 나서기 시작했는

---

88) 진로를 고민하던 당시 일시 일본 장기(將棋) 프로기사가 되고자 해서 프로 3단의 단위까지 올라갔다고 한다.

데 그의 이름이 전국에 알려진 것은 항일 독립운동에 관한 사건을 변호하기 시작하면서부터였다고 하겠다. 1919년에는 2.8 독립선언의 주체였던 최팔용, 송계백 등을 변호하여 내란죄 혐의에 대한 무죄를 주장하였으며 1923년에 의열단원인 김시현의 변호, '대역죄(大逆罪)'로 기소된 박열과 가네코 후미코(1923년), 도쿄 '이중교'에 폭탄을 투척한 김지섭(1924년), 제2차 조선공산당 사건(1927년) 등이 그의 변호를 거친 대표적인 사건들이다.

후세 선생[89]이 조선인들의 항일운동에 관심을 가진 계기는 그보다 오래 전에 형성되어 있었다. 선생은 10세 전후 어린 시절 인근서당에서 한문을 익힐 때부터 이웃나라 조선과 중국에 대하여 막연하나마 흠모의 정과 인간적인 친근함을 느꼈던 것 같다. 어느 날 청일전쟁이 끝나고 제대한 어떤 동네아저씨로부터 "허둥지둥 달아나는 조선인들을 닥치는 대로 일본도로 치고 베는" 호쾌무비한 전쟁무용담을 듣게 된다. 이때 어린 후세는 오히려 그 칼에 힘없이 쓰러진 비무장 조선인들에 대한 무한한 동정심을 느꼈다고 한다. 그 후, 그는 메이지대학(당시는 메이지법률학교) 재학 중 청국·조선 유학생들과 자주 어울리면서 그 당시 한반도에서 요원의 불길처럼 타오르던 각 지방 의병운동을 다룬 '조선독립운동에 대하여 경의를 표함'이란 논문을 발표하게 되었다. 이 사건으로 당시 서슬이 시퍼렇던 검사국에 불려가 호되게 취조를 받기도 한다.[90]

1923년 9월1일 일본의 수도 도쿄 등 관동(關東)지방에는 사상

---

89) 후세 다쓰지 변호사란 이름과 직함 대신에 그를 존경하는 뜻에서 이후 이렇게 부르기로 한다
90) 정준영 '일본판 쉰들러 후세(布施辰治) 변호사' 「신동아」 2001년 2월

유례가 없는 대지진이 발생했다. 관동 대지진으로 수많은 일본인들이 죽고 집과 건물이 무너져 민심이 흉흉한 가운데 일본 경찰과 일본군은 조선인들이 이틈을 타서 내란을 일으키려한다는 헛소문을 퍼트리면서 길거리에서 일본의 자경단(自警團)들이 조선인들이 보이는 대로 죽창이나 칼로 학살하는 사건을 일으킨다. 이 때에 6천여 명의 조선인이 항변도 못하고 학살되었는데 당시 후세 선생은 죽창을 든 자경단에 쫓겨 우왕좌왕하는 조선인유학생들을 집으로 안내하여 따끈한 차를 대접하면서 피신시켰고 이 사건이 일본 정부와 일본 경찰, 군부에 의해 조작된 유언비어로 인한 사건임을 강력하게 비판하였다. 1926년 3월 두 번째로 조선을 방문했을 때에는 도착 직후 관동대지진에 대한 다음과 같은 사죄문을 동아일보와 조선일보에 우송했다.

"조선에 가면 모든 세계의 평화와 모든 인류의 행복을 추구하는 우리들 무산계급해방 운동자는 설령 일본에서 태어나 일본에 활동의 근거를 두고 있어도 일본민족이라는 민족적 틀에 빠지지 않으며 또 실제 운동에 있어서도 민족적 틀에 빠져있지 않다는 것을 증명하기 위해 진재(震災) 직후의 조선인 학살문제에 대한 솔직한 나의 소신과 소감을 모든 조선동포에게 말하려고 합니다. 일본인으로서 모든 조선 동포들에게 조선인 학살문제에 대해 마음으로부터 사죄를 표명하고 자책을 통감합니다."

그보다 먼저 1923년 8월3일 조선 첫 방문 때에는 담화를 발표했다.

"내가 조선에 온 것은 가장 굶주린 사람이 가장 절실하게 먹을 것을 구하듯 가장 비참한 생활을 하는 조선 사람들을 만나보면 인간생활이 개조되지 않으면 안 될 이상에 대해 깨닫게 될 것이 많으리라고 생각했기 때문입니다. 가장 곤경에 빠진 조선에 와서 조선 사람들과 만나보는 것은 가장 의미가 있습니다. 조선의 경치를 구경하러 온 것이 아니라 조선 사람의 기분에 접촉하고자 한 것이 내 방문의 주요한 목적입니다." [91]

당시 서울의 천도교 교당에서 열린 강연회에서 그는 "조선해방은 결코 조선에만 국한된 조선인만의 문제가 아니다"고 외치며 조선문제를 적극적인 세계평화운동으로 파악했다. 그는 나중에 '무산계급으로부터 본 조선해방문제'라는 글에서

"한일합방은 어떠한 미사여구로 치장하더라도 실제로는 자본주의적 제국주의의 침략이었다. 오늘날 일본 자본주의 아니 세계 자본주의는 아직 무너지지 않고 더욱 단말마적인 북위를 떨치고 있다. 자본주의적 제국주의로 인해 침략당한 조선민중이 더욱 착취당하고 억압받는 것은 당연한 귀결일 것이다. 그런데 소위 민중의 착취와 압박에 죽어가는 것은 조선민중만이 아니다. 세계의 무산계급이 착취당하고 극도의 압박을 받아 죽어가고 있다. 유독 조선민중의 착취와 압박이 눈에 띄는 것은 무대가 무대인 점과 미명아래 강제된 병합이 실로 너무나도 선명하고 참혹한 잔학상을

---

91) 「동아일보」1923년 8월 3일

폭로하기 때문이다."[92]

라고 일제의 조선통치를 강력하게 비판했다.

후세 선생의 활동 중에 대표가 될 만한 것이 관동대지진 이후에 터진 '박열 가네코 황태자 암살기도사건'을 무죄라고 변호한 것이다. 관동대지진이 일어난 이틀 후인 1923년 9월3일 오후 일본경찰은 검문검색을 벌여 박열(朴烈)과 가네코 후미코(金子文子) 부부를 강제연행한 후에 그들이 폭탄을 구입하여 황태자의 생일잔치에 터트리려 모의했다는 것을 내세워 '대역죄(大逆罪)' 혐의로 재판에 넘겨 4년 동안의 긴 재판 과정을 거쳐 그들 부부에게 '사형'을 선고한다. 사형 선고 직후 일본정부는 너무 심했다고 생

각하고는 이 기회에 천황의 은전을 보여주겠다며 '은사(恩赦)'라는 이름으로 무기형으로 감형해서 통보한다. 이때에 부인인 가네코 후미코(金子文子)[93]는 감형장(減刑狀)을 그 자리에서 찢어버리며 구차하게 천황으로부터 목숨을 구걸하지 않겠다고 강력하게 항의하기도 했다.[94] 그리고

---

92) 일본 공산당 기관지 적기(赤旗 아카하타) 창간호 1923년4월호
93) 두 사람은 옥중에서 최종 판결이 나기 직전에 결혼했기 때문에 일본식이라면 남편의 성을 따서 박문자(朴文子)라고 호칭하여야 하나 한국식은 성이 바뀌지 않기 때문에 결혼 전 이름을 그대로 쓴다.

두 부부가 별도 감옥으로 이송되자 부인 가네코는 삼끈으로 목을 매 끝내 자결했고 박열(朴烈) 열사는 23년간이나 옥고를 치른 끝에 일본이 패전하여 무조건 항복한 뒤에야 출옥했다. 이것이 박열 가네코 사건이다.

박열 재판

후세 선생은 이러한 박열과 가네코를 변호하기로 자청했다. 후세 선생은 박열과 가네코를 변호하면서 박열이 법정에 한국의 사모관대를 입고 나오도록 배려하기도 했다. 서슬이 퍼런 전쟁 중의 일본 법정에서 한국의 사모관대를 입고 나온 모습을 보고 후세 선생은 "겨우 25, 26세의 젊은 나이에 법정에서 어쩌면 그렇게 훌륭한 태도를 취할 수 있었는지 감탄할 따름이다"고 박열을 격찬했다. 박열은 일본경찰에 검속되었을 때부터 검찰에 넘겨진 후에도

---

94) 부인 가네코 후미코에 대해서는 2부에서 별도로 다룬다.

심문에 일절 응하지 않았으며 단 한 장의 조서도 남긴 것이 없다. 보호를 위해 검속된 자기를 경찰이 취조할 권한이 없다고 했고 경찰령에 의한 구류를 선고받은 후에는 "기결수에 대하여 취조할 일이 있으면 구류언도를 취소하라"고 버텼다. 검찰의 심문에 대해서도 현행범이 아닌 한 강제심문권이 없다는 이유를 밝히면서 '청취서' 한 장 남기지 않는 기지(機智)를 보였다. 박열 열사의 법정태도에서 특히 돋보이는 것은 동지들에 관해서는 철저한 '묵비권'으로 일관하여 14명 전원 면소를 유도한 것이다. 그러나 자기 문제에 대해서는 전후 17회에 걸쳐 예심판사를 상대하여 다음과 같은 내용으로 남아의 기개를 한껏 펼쳤다.

> "내가 말하려 하는 것은 내 조국 조선을 강탈한 강도 일본에 대한 증오를 그대(법정 판사)의 질문에 따라서 일본 국민과 일본 천황에게 알리고자 함이다. 우리 민족은 이와 같은 일본의 강도행위를 증오하기 때문에 차후로도 언제 누가 우리와 동일한 사건을 기획하지 않는다고 보장할 수 없다는 것을 판사를 통해 일황에게 통고하니, 하루라도 빨리 우리 조국 조선을 반환하지 않으면 언젠가 반드시 된통 당할 것임을 알리기 위해서이다." [95]

후세 선생은 박열과 가네코 여사의 옥중결혼 수속을 밟아준 데 이어, 1926년 7월23일에 가네코 여사가 자살하자 박열과 같이 활동한 흑우회(黑友會) 동지들과 함께 그녀의 유골을 화장하여 잠시 자기 집에 안치했다가 박열의 고향 경북 문경에 안장될 때까지 도와주었다.

---

95) 정준영 '일본판 쉰들러 후세(布施辰治) 변호사' 「신동아」 2001년 2월

후세 선생은 1925년에 드러난 나주농민 토지수탈사건에서도 변호를 맡아 이 사건을 동양척식주식회사의 합법적인 사기사건으로 규정하고 이를 널리 알리기도 했다. 1925년 7월13일 동아일보가 '흉악한 동양척식회사와 나주 농민토지분쟁 전말'이라는 제호로 보도하면서 알려진 이 사건은 1911년 2월12일(음력), 나주군 왕곡면 금산리에서 칼 찬 일본헌병과 순사들이 빙 둘러선 가운데 동척 직원이 '동척 소유'라는 팻말을 박기 시작하자 이 팻말박기를 막으려는 동네 이희춘 노파가 "남의 땅을 왜 이렇게 무법하게 강탈하느냐!" 며 울음 반 고함 반으로 계속 반항하자 일본헌병 상등병 나카지마(中島)가 노파의 목에 포승줄을 칭칭 감고 군도 자루와 몽둥이로 두들겨 패 그 자리에서 즉사한 사건이다. 이런 일이 이곳 한 곳만이 아니라 당시 나주들 왕곡면 영산면 세지면 등 곳곳마다 벌어지고 있었다고 한다.

이 사건의 발단은 1909년 가을 동양척식회사가 토지매수반과 관헌의 위력을 동원해 시가 200만 원 상당의 이곳 토지를 탐관오리였던 지주로부터 단돈 8만 원에 매매계약을 체결하고는 3개 면민들에게 앞으로 이 토지가 동양척식의 소유임을 인정하는 날인을 강요했는데 단 한 사람도 응하지 않은데 있었다. 동양척식은 헌병과 경찰의 힘을 빌려 지방 원로격인 이상협, 장홍술, 김운서 등을 불법 연행하여 혹독한 태형을 가하고 강제로 도장을 빼앗아 '동양척식 소유'로 이전시켰다. 이후 3개 면민과 동양척식 간에 피나는 싸움이 벌어지게 된 것이다.

후세 광주노동공제회 방문 (1926년3월)

1925년11월26일 일본의 토지이전등록에 협조한 조선인 조합장을 찾기 위해 그가 숨어들어간 가미야(神谷)의 집에 농민들이 쳐들어갔는데 당시 세지면 주재소 야마구치(山口) 순사부장이 일본도를 빼들고 위협하는 순간 그 근처 주민이 내리친 장작개비에 야마구치가 뒤통수를 맞고 중상을 입자 혼전이 벌어지면서 일대 농민반항사건이 되었다. 이때에 가담했던 주봉순, 나치구, 김원석, 염경선, 윤효병 등은 일경에 붙잡혀 고생하다 1926년 4월2일 기소유예로 석방되었다. 이 과정에서 농민들은 조선인들을 변호하는 것으로 이름이 높은 후세 변호사를 초청하기에 이르러, 후세 선생은 조선으로 건너오기 어려운 사정임에도 불구하고 1926년 3

월에 나주 영산포에 왔으나 일본 총독부의 방해공작으로 별다른 활동을 할 수가 없었다. 다만 이렇게 되어 이 사건이 전국에 보도되자 동양척식은 그 다음 해에 양보를 해서 일부 토지를 반환하는 것으로 사건이 수그러든다.

후세 선생은 그의 눈을 단순히 법정 안에 두지 않고 법 밖으로 나와 세상을 보았다. 거기서 힘없고 가난하고 무지한 민중들의 삶에 빛을 주는 것을 자신의 사명으로 생각했다.

"인간은 누구든 자신이 어떠한 삶을 살아가는 것이 좋은가에 대한 진정한 자신의 소리를 들어야 한다. 이는 양심의 소리이다. 나는 그 소리에 따라 엄숙히 '자기 혁명'을 선언한다. 사회운동의 급격한 조류를 느끼지 않을 수 없다 종래의 나는 '법정의 전사(戰士)'라고 말할 수 있는 변호사였다. 하지만 앞으로는 '사회운동에 투졸(鬪卒)한 변호사'로서 살아나갈 것을 민중의 한 사람으로서, 민중의 권위를 위해 선언한다. 나는 주요 활동소를 법정에서 사회로 옮기겠다."

고 한 것이 바로 그런 각오를 드러낸 자기 고백이다.

후세 선생은 1928년 제16회 중의원 총선거에서 노동농민당 공천 후보로 출마했지만 낙선되었다. 1929년 공산당 세력에 대한 탄압이 거세던 도중에 법정에서 공산당 탄압을 강력하게 비판했다가 변호사 활동을 일탈했다는 이유로 징계를 받아 1932년에 변호사 자격을 박탈당했고, 이후에도 두 번이나 더 회복과 박탈을 반복하였으며 신문지법과 치안유지법 위반으로 징역형을 두 차례 선고받아 복역하기도 하였다.

1945년, 일본의 패전 이후 변호사 자격을 회복한 뒤엔, 한신 교육투쟁(한신교육사건)이나 도쿄 조선 고등학교 사건 등등, 재일 한국인 사건 및 노동 운동에 대한 변호를 맡았다. 1946년에는 한 국을 위한 조선 건국 헌법 초안을 작성하기도 하였다. 자유법조단 을 창립해 법률자문운동을 벌였다,

1948년에는 재일한국인들이 일본식 탁주를 몰래 만들어 팔다 가 적발된 사건의 변호를 맡아주기도 했다. 1948년 가을부터 재 일동포들이 많이 사는 니가타현(新潟縣) 가카구비키군(中頸城郡) 일대 조선인 마을에서 밀주를 담구어 먹는다는 소문이 퍼져 나가 고 있었다. 일본 경찰은 세무서와 긴밀히 협의해서 많은 인원을 동 원해 이듬해인 1949년 4월7일 재일동포 마을에서 탁주 압수에

후세변호사 징계재판을 알리는 전단   한복을 입고 찍은 후세

들어간다. 압수는 오전 6시에 시작해 2시간 반 만인 8시 반에 끝

나고 마을 주민들 가운데 상당수가 다카다(高田)시(市)경찰서에 연행돼 조사를 받게 되었다. 그러자 10시 반 경부터 재일동포들이 경찰서에 몰려들기 시작해 낮 12시쯤에는 200여명이 되었고 이들은 연행한 사람들을 석방하라고 외쳤지만 일본 경찰은 이를 거부했고 이에 격분한 재일동포들이 돌을 던지기 시작해 유리창 열몇 장이 깨지는 불상사가 났다. 이튿날에도 동포 200여 명은 경찰서에 가서 석방을 요구했지만 성과가 없었다. 다음날인 4월9일 정오쯤 15명 가량의 동포여성들이 몰려가 세무서장과의 면담을 요구하였다. 이들은 퇴거를 명령받았지만 연좌데모를 시작했고 오후 1시쯤에는 동포남성들이 합세해서 세무서에 밀고 들어가려다 충돌이 생겨 부상자들이 생겼다. 이 사이 연행해 간 동포들을 문초해 밀주제조 사실을 확인한 일본 경찰은 4월10일에 이 지역 재일동포사무실을 수색하는 등 압박에 들어갔다. 그러자 4월11일에 동포들이 다시 집결하기 시작해 약 500명에 이르게 되었고 이들

다카다시 탁주 압수 장면

은 시가행진을 하면서 "경찰이 부당하게 조선인(재일동포)을 탄압하고 있다" 등의 구호를 외쳤다. 일본 경찰이 주모자 검거에 나서서 12명을 구속하는 강경진압에 나서서 사태를 수습했다 이 때에도 후세 변호사가 나서서 무료변론을 해 주었다. 선생은 법정에서 밀주를 만드는 방법 외에 살아갈 수가 없는 재인한국인들에게 있어서 살기 위해서 탁주를 만드는 것은 죄가 아니라고 변호했다.

1953년 9월 13일, 후세 선생은 그의 큰딸 집에서 외손자의 통곡 속에 임종을 맞았다. 글 맨 앞에 소개한 대로 그가 묻혀 있는 도쿄(東京都) 도시마구(豊島区)의 절 상재사(常在寺)에는 '살아서 민중과 함께, 죽어서도 민중을 위하여'라는 생전의 좌우명을 새긴 묘비가 세워졌다. 타계한 지 10년이 지난 1963년 선생의 장남(布施柑治)이 집필한 부친의 전기 '어느 변호사의 생애'는 많은 이들에게 또 다른 감동을 주고 있다고 한다.

선생의 서거 이후 뜻있는 일본인들은 그를 추모하는 모임을 정기적으로 개최하고 있다. 1959년 후세 선생 7주기 추모의 밤 안내장을 보면 "피압박자 해방을 위해 조선인과 중국인을 위해, 70여 년의 생애를 마친 위대한 선각자 후세 변호사의 재인식을, 이 기념의 밤에!"라고 쓰여 있다. 파란만장한 후세 선생에 대한 평가는 시대에 따라 그리고 사람에 따라 다를 수 있다. 일제시대에 일부 권력자로부터 '좌익변호사'라든가 '공산당 변호사'로 매도되기도 했었다. 그러나 이러한 비난은 그의 훌륭한 행적을 인정하면서도 이를 보편화하고 싶지 않은 사람들이 무책임하게 붙인 말이 아니겠는가? 그는 어느 법정에서 "나는 약한 자를 변호하는 해방운동자이지 결코 마르크스나 레닌을 표방하는 공산주의자가 아니다"라고 못박고 있다.

그의 장례식에서 어느 조선인은 다음과 같이 말했다

> "선생님은 우리 조선인에게 정말 아버지 맏형 같으며 또한 구원의 배와 같
> 은 존재였습니다. 지금 여기서 우리가 선생님과 영원히 이별할 수밖에 없
> 게 된 것이 가슴이 찢어지도록 슬픈 일입니다." [96]

우리나라에서는 광복 후 최근까지 '후세 다쓰지'라는 이름을 일반 대중은 알지 못했다. 또한 학계에서도 그를 조명해주지 않았다. 이에 대해 학계에서는 그가 "광복 후 좌파 변호사라는 이념적 굴레와 국민의 반일감정이 복합적으로 작용해 조명기회가 없었기 때문"이라고 설

후세의 필적

명한다. 하지만 그는 마르크스·레닌에 경도된 공산주의자가 아니라 민족과 사상을 떠나 사회적 약자와 피식민지 민족을 돕는 데 혼신의 힘을 기울였던 '의인(義人)'이었다. 광복 후 잊혀졌던 후세 변호사를 우리 민족의 은인으로 되살아나게 한 것은 오로지 정준영(鄭畯泳)씨의 공이다.

정준영씨는 1965년 고려대 정외과를 졸업한 뒤 수자원공사 창설멤버로 입사해 십 수 년간을 국토개발에 전념하였고 전두환

96) 이규수 후세 다쓰지의 한국 인식 한국근대사학회 2004
    simglorious.tistory.com/367

정권 말기에 서울시정 자문위원을 지내며 서대문형무소 복원과 보존에도 앞장섰다. 정씨는 1991년 어느 날 재일사학자 신기수씨가 일본에서 편찬한 '영상(映像)이 말하는 일한합병사'라는 사진도록을 보다가 '1911년 조선독립운동에 경의를 표한다'는 논문으로 일본 검사국에서 밤샘조사를 받은 사람이 있었다는 기사를 보고는 일본에 이런 사람이 있다는 사실에 충격을 받고는 그 사람이 정 씨의 고향인 진주에서 '일본인 중에 형평사(衡平社) 운동[97]'을 도운 고마운 일본인'이었음을 확인하고는 그를 추적하기 시작한다.

정준영씨는 1996년경 지인으로부터 후세 변호사의 큰 아들이 쓴 '어느 변호사의 일생'이란 일본 책을 선물받았다. 이후 정씨는 후세 변호사의 매니아로 본격 변신하게 된다. "인근 국립중앙도서관을 출근하다시피 찾아가 일제하 조선일보와 동아일보 기사들을 마이크로 필름으로 일일이 검색하며 후세에 대한 지식을 넓혀나갔습니다. 1999년 서울대 등 서울 시내 11개 대학신문 편집장들의 서면동의를 받아 '후세 변호사 연구모임'을 결성하고 후세를 알리기 위한 학술대회나 서명운동 등을 펼쳤습니다." 2000년 2월 MBC PD수첩에 방영된 '일본인 쉰들러, 후세 다쓰지', 2000년 11월 국회에서 가진 '후세 선생 기념 국제학술대회'도 정씨의 헌신적 노력의 결실이다.[98]

---

97) 형평사 운동(衡平社運動)은 1923년부터 일어난 백정들의 신분해방운동이다. 1923년 4월, 일본에서 전개된 수평운동의 영향을 받아 경상남도 진주에서 이학찬, 장지필 등 백정 출신과 강상호, 신현수, 천석구 등 양반 출신이 합심하여 조직을 결성했다. 당시 백정이라는 신분은 법제상으로는 해방되었으나 실질적으로는 여전했던 차별을 해소할 것을 요구했는데, 이에 개화 양반도 참여하는 등 많은 이들의 호응을 얻었다(위키백과)

정씨는 이렇게 축적한 자료를 바탕으로 2001년 3월 정부에 후세 변호사의 건국훈장 서훈을 신청했다. 그때까지 건국훈장을 수여한 외국인은 중국인 31명, 영국인 6명, 미국인 3명, 아일랜드인 3명, 캐나다인 1명 등 모두 44명이었다. "금방 추서가 결정되는 줄 알았습니다. 하지만 결정이 있기까지 3년 반이나 걸렸습니다. 이유를 알아보니 '일본 정부의 지도자들이 걸핏하면 망언을 일삼는데 자칫 후세 변호사에 대한 정부 포상이 악용될지 모른다'는 외무부의 우려 때문이라는 것이었습니다." 하지만 정부는 2004년 10월 12일 후세 변호사에게 건국훈장 애족장을 추서했다. 일본인으로는 처음이었다.

만년의 후세

　사실 이전까진 독립 운동이라는 것 자체가 일본 제국에 항거하는 것인데 "아무리 조선을 도왔다 해도 우리의 원수였던 일본의 국민을 독립 유공자로, 건국 기여자로 볼 수 있겠냐"는 우려와 반

---

98) "일본의 쉰들러, 후세 다쓰지를 아십니까" 「주간조선」 2083호 2009.12.04

대가 많았을 것이다. 그러나 어찌되었든 후세 선생의 행적은 워낙 엄청났고, 자국에서 탄압과 핍박을 받아가면서까지 이런 헌신을 한 점이 매우 높게 인정받았는데 업적 자체에는 누구도 의심을 품지 않았으나, 일본인이었다는 점과 사회주의 운동을 한 적 있다는 점 때문에 독립 유공자로 지정되는 데에 시간이 걸렸다고 하겠다. 그러나 정부로서도 그를 독립유공자로 지정한 것은 상당히 전향적인 조치로서 일본에서도 이점을 높이 평가하고 있다고 한다. 1980년 후세 선생의 고향인 미야기현 이시마키시에 현창비가 세워졌다. 후세 다쓰지 연구를 해 온 모리 다다시(森正) 나고야시립대 교수는 "현재 일본은 정신적인 토양이 취약할 뿐만 아니라 물질만능주의의 폐해까지 겹쳤다"고 한탄하면서 "후세 선생 같은 선각자에게 배우겠다는 전통을 일본은 별로 갖고 있지 않다"고 말했다고 한다.

필자는 KBS 보도본부 보도국에서 편집주간을 맡고 있던 2003년 정준영 씨를 만나 후세 변호사의 얘기를 듣고 그에 관한 보도를 주선한 바 있다. 그 당시에 알게 된 후세변호사의 한국 사랑이 결국 이같이 후세 선생뿐 아니라 당시 한국인의 친구였던 많은 일본인들의 행적을 전하는 이 책을 쓰게 만들었다. 후세선생은 굽힐 줄 모르고 민중을 위하는 재야정신, 자기가 추구하는 민중으로 조선인을 만나게 되어 그 지원활동으로 총독부의 미움을 사 변호사 자격을 무려 세 번이나 박탈당하고 두 차례나 투옥된 보기 드문 인물이다. 그것도 부족했는지 그의 셋째아들(종전 직전 당시 교토 대학생)까지 옥사하게 되었다. 말하자면 한국인을 위해 그

가족까지 희생한 대단한, 존경하지 않을 수 없는 위대한 인물이었다. 그야말로 2차 대전에서 유태인을 살린 독일의 쉰들러처럼 한국인을 살린 한국의 쉰들러인 것이다.

제2부

조선의 흙이
되겠어요

같이 살아야
보이는 것

– 아사카와 다쿠미

무념의 아름다움

"나는 종종 노련한 장인들의 작업장을 방문하여 그 숙달된 손놀림에 이끌려 자리를 뜰 수 없었던 적이 있다. 그곳에서는 특별한 기구나 복잡한 설계 없이도 작업이 순조롭게 진척되었다. 서두르지도 머뭇거리지도 않고 자신 있게 움직였다. 그 긴 담뱃대를 물고 허연 콧수염 사이로 가끔 생각이나 난 듯이 연기를 품어내면서 무념무상으로 작업을 했다. 그곳의 작업 모습은 조금도 무리한 부분이 없는 듯이 보였고 너무나도 평화로운 모습이었다.

사람에게는 한편으로 일벌과 같이 작업이라든가 생산과 같은 것에 본능적으로 이끌리는 면이 있다고 생각된다. 그렇지만 그러한 본능은 어느 때부터인가 자본이라는 것이 차지하는 부당한 특권에 의해 유린된 감이 있다. 그 다음에 남는 것은 모든 사람에게

서울 종로거리 1900년 대

걸린 생존상의 불안뿐이다. 그 불안은 사람이 만드는 모든 물건에
나타난다. 따라서 불쾌한 작품이 세상을 해롭게 하는 것이 아니라
불건전한 세상이 기형아를 낳는 것이다.

어떤 일이건 평생 싫증내지 않고 한 가지 일만 한다면 그 사람
은 행복하다고 생각한다. 인류 전체도 그런 사람들의 은혜를 입은
점이 많을 것이다. 단 자본에 맞서는 노동이 아니고 자본이 있어도
그것에 휘둘리지 않는 일, 또 적어도 자기 마음대로 행할 수 있는
일이 아니라면 인간에게 평안은 찾아오지 않을 것이다.

현재의 기계 공업에서 직공은 나이가 들면 거의 폐인이 되어버
린다. 이것은 직공뿐만 아니라 현 사회의 모든 계급에서 볼 수 있
는 현상이며, 사람은 일에 대한 흥미를 평생토록 가질 수 없게 되
었다. 그러나 예전의 장인들은 행복하게 일을 했던 것 같다. 이런
것을 생각하면서 나이 든 장인들의 손놀림을 바라보고 있으니 우
리의 생활을 정화하고, 분발하게 하는 불가사의한 힘을 느낄 수 있
었다"

아마도 필자는 서울 근처나 먼 시골에 있는 소반 공장을 방문했던 모양이다. 초가집 바닥을 조금 넓게 만들고 거기에 나무를 깎고 다듬고 말리고 하는 과정이 곳곳에 펼쳐져 있을 것이고 거기에 흰 바지저고리를 입은 사람들이 앉아서 일하고 있는 모습을 보았을 것이다. 그 광경을 보면서 거기에서 평생 싫증 내지 않고 자기가 맡은 일을 열심히 하는 사람들을 보고 그것이야말로 삶의 평안한 모습이고 그 마음이 그들이 만들어내는 물건에 담겨 있음을 확인하였을 것이다. 소반을 만드는 작은 공장에서 자본의 논리를 넘어서는 작업의 기쁨을 찾아낸다. 그것은 이 광경을 보고 글을 쓰는 필자의 마음에 이들에 대한 애정이 담겨있음을 느끼게 된다. 사랑하는 눈으로 보니 모든 정경이 사랑스럽고 의미 있는 것이 되지 않겠는가.

위의 글을 쓴 사람이 바로 일제시대 조선(한국)에 살다가 죽어서도 일본으로 돌아가지 않고 이 땅에 묻힘으로서 조선의 흙이 된

아사카와 다쿠미(淺川巧)라는 일본인이다. 그는 이렇게 자신이 본 아름다운 사람들이 만들어 낸 소반(小盤), 곧 작은 밥상이 얼마나 자연스럽고 인정스럽고 사랑스럽고 깔끔한지, 그 매력에 빠져 그 것을 모으고 사진과 그림으로 담아 이를 널리 알리는 책을 발간한 다. 그것이 우리나라의 소반이 아름답다는 것이 알려지는 첫 계기 이다.

"조선 목공품은 선이 만나는 부분이 모나지 않게 둥근 멋을 보여주는 것이 특징이다. 말하자면 면이 완만하게 이어져 있는 것이다. 반면의 귀를 한 예 로 들어보면 귀접이한 것, 능형으로 굴린 것, 둥그스름한 것 등 어느 것이 나 자연스러운 형태를 이루어 더욱더 많은 변화를 보여주고 있다.

다리 모양도 많은 변화를 보인다. 어느 것이나 건축의 기둥이나 동물의 네 다리를 연상케 하는 균형 잡힌 모습을 하고 있다. 똑바로 서 있는 것, 활 처럼 굽은 것, 밑으로 내려오면서 밖으로 튀어나와 특별히 안정된 느낌을 주는 것 등이다.

또한 그 사이에 배치된 간결하고 명확하며 풍부한 선의 부조와 투조의 문양은 훌륭한 건축에 장식되어 있는 현관이나 창을 연상시킨다. 보통 소 반에서 볼 수 있는 문양의 종류는 새, 나비, 물고기, 박쥐, 학, 매화, 대나무, 파초, 당초, 불로초(영지), 연꽃, 연꽃잎, 국화, 모란 백합ㆍ석류ㆍ초화(草 花) 만(卍) 태극 쌍희(囍) 수복(壽福) 완(完) 아(亞) 번개 모과와(木瓜渦), 구름, 안상(眼象), 능사형(綾紗形), 바퀴를 겹친 무늬, 마름모꼴 등이 있다. 모두 수복강녕(壽福康寧)을 상징하는 것이다."[99]

99) 『조선의 소반 / 조선도자명고』아사카와 다쿠미. 심우성 옮김. 학고재. 1996.

작은 소반이 밥상으로서의 기능과 역할을 하도록 만들어지는
데 머물지 않고 그 작은 소품 안에 온갖 것을 다 담아 형태에서나
문양에서나 조용히 소박하게 멋을 부렸음을 일찍 발견한 것이다.
이러한 작은 아름다움에 눈을 뜨면서 그의 미의식은 그 상위에 놓
이는 도자기 그릇의 아름다움도 자연스레 알게 되고 그것을 또 널
리 알리게 된다. 그야말로 마음으로부터 이러한 기물의 아름다움
을 사랑하게 되고 나아가서는 이러한 기물을 만들어낼 수 있었던
당시 조선 사람들을 사랑하게 된다.

조선으로 오다

아사카와 다쿠미는 우리가 첫
번째 일본인으로 알아본 아사카와
노리다카의 동생이다. 1891년 생
이니까 형인 노리다카보다 일곱 살
밑이고 태어나기 바로 전 해에 아버
지를 여읜 유복자였다. 태어난 곳
은 오늘의 야마나시(山梨)현 가부
토무라(甲村). 살림은 당연히 혼자
남은 어머니의 몫이었고 여장부였
던 어머니는 노리다카와 세 살 밑의 여동생, 일곱 살 밑의 다쿠미
등 세 자녀를 열심히 키웠다. 일곱 살 위의 형 노리다카는 자연히
아버지를 대신할 정도로 다쿠미의 생애에 큰 영향을 주었다. 형은

사범학교를 졸업하고 소학교 선생을 시작했는데 1910년에 창간된 문예잡지 『시라카바白樺』를 애독하면서 미술에 흥미가 생겨 조각을 배우기 시작했고, 앞에서 말한 대로, 그 동네에 살던 4살 위의 친구인 고미야마 세이조(小宮山淸三)를 통해 조선의 미술품들을 접하고 나서부터 조선으로 가고 싶다는 열망이 생긴다. 이리하여 1913년에 조선으로 건너가 경성(서울) 정동에 거처를 정한다.

다쿠미는 1909년에 고향인 야마나시(山梨)의 농림학교를 졸업하고 영림서(營林署)에 들어가 근무하면서 국유림의 벌채와 식목 등에 종사했다. 그러다가 1913년 형이 조선으로 건너가자 일 년 후에 형의 권유도 있고 해서 조선으로 건너가게 된다. 1914년 5월 경성(서울) 독립문 근처에 집을 마련하고는 곧 조선총독부 농상공과 산림과 용원(傭員)이 되어 그 전 해에 발족한 북아현동의 임업시

일제시대 동대문 밖 풍경

The Korean's Town out of the Todaimon, Keijo.　町人鮮外門大東　(所名城京).

험소에서 근무하면서 조선에서 생산되는 주요 수목과 외국에서 도입된 수종(樹種)들의 묘목 기르기 연구 등에 종사하게 된다.

다쿠미는 종자를 채집하기 위해 조선 각지를 돌아다니게 되었다. 이 때에 다쿠미는 어느 정도 한국말을 구사할 수 있었기에 조선 사람들과 쉽게 대화를 하면서 그들의 생활에 대해서도 점차 알고 점차 친구가 되어간다. 일본인들이 법의 맹점을 이용하거나 구입하는 등의 방법으로 전국의 산을 대거 차지하면서 곳곳에서 나무를 베어갔고 전통적으로 산에서 난 나무로 불을 때던 사람들은 갑자기 나무를 구할 데가 없어서 몰래 나무를 채취하다가 걸려서 혼이 나기도 하는 등 조선인들의 곤경도 깊이 알게 된다.

1916년 여름 형 노리다카의 초청으로 야나기 무네요시가 부산을 거쳐 서울에 왔다. 서울에 오자마자 다쿠미는 노리다카의 소개로 야나기를 만났다. 그날 밤부터 야나기는 다쿠미의 집에 머물렀다. 그리고 그 세 사람은 보름 동안 서울의 골동품 가게를 뒤졌다. 그들은 골동품을 보며 그 아름다움에 대해 서로 의견을 나누었다. 다쿠미는 미에 대한 야나기의 열정과 이론에 감동하고 조선의 미에 대한 관심이 더욱 고조되었다고 보여진다.

조선 사람 되기

1919년 3월 1일 조선에서 독립운동이 일어났다. 3월1일부터 5월말까지 연인원 200만명에 이르는 참가했고 이 과정에서 조선인 7천 여 명이 숨졌다. 일본 입장에서는 폭동을 진압하는 과정에서 발생한 피해라고 하겠지만 명백한 학살이었다. 일본에서는 조선에 육군 6개 대대를 증파해서 철저히 탄압했다. 일본이 장악한 언론과 일본의 지식인들은 독립운동의 발발원인을 왜곡하고 독립운동이니 뭐니 하는 망상적인 행동보다는 분발 노력하여 동양의 위대한 국민으로서 실력을 양성해야 한다는 식으로

계룡산 가마터 답사하는
노리다카+야나기+다쿠미
(1928년)

몰고 갔다. 일본의 역사학자들은 조선과 일본이 원래 같은 인종이며 같은 뿌리에서 나왔다는 이른바 일선동조론(日鮮同祖論)을 펴면서 조선이 독립해야 할 이유가 없다고도 했다. 이런 과정에서 야나기 무네요시가 5월20일부터 닷새 동안 『요미우리신문』에 「조선인을 생각한다」라는 문장을 발표했고 이 글이 번역돼 동아일보에 실려 조선인들의 대단한 호응을 받았음은 앞에서 말한 바 있다. 이때에 아사카와 다쿠미는 그의 친구인 야나기한테 편지를 보내어 그의 심정을 털어놓는다;

"저는 처음 조선에 왔을 무렵, 조선에 산다는 것이 마음에 걸리고 조선 사람들에게 미안한 마음이 들어, 몇 번이나 고향에 돌아갈까 생각하였습니다(....) 조선에 와서 조선 사람들에게 아직 깊이 친밀감을 느끼지 못했던 무렵 쓸쓸한 마음을 달래주고 조선 사람들의 마음을 이야기해 준 것은 역시 조선의 예술이었습니다." [100]

　야나기는 이러한 그의 편지를 1920년 5월 조선을 여행하고
쓴 기행문 「그의 조선행」에 인용하면서 당시 조선에 있던 모든 일
본인이 미움의 대상이 되었을 때에도 아사카와 다쿠미만은 동네
의 모든 조선 사람들로부터 사랑과 존경을 받았으며, 동네에서 그
의 이름을 모르는 사람이 없었다고 전하고 있다. 1921년에 독창
회를 위해 남편과 함께 조선에 건너온 야나기 무네요시의 부인 가
네코(兼子)도 다쿠미에 대해서

　　"다쿠미 씨는 조선통이어서... 형님보다 다쿠미 씨가 조선말을 더 열심히
　　공부하였다고 생각됩니다. 조선 사람으로 오해받을 정도로요. 얼핏 보면
　　조선사람 같았어요. 늘 흰 옷을 입고 다녔으니까요....그 분은 정말 조선사
　　람이었어요"

　라고 말했다. 정말로 당시 조선과 조선 사람들을 사랑해서 그

---

100) 야나기 무네요시 저 송건호 역 「그의 조선행」.『한민족과 그 예술』67쪽. 1976년
　　탐구당

들과 함께 살았다는 이야기이다.

　1916년에 마쓰에와 결
혼해 1917년에 딸을 낳았
다. 그러나 1921년 여름에
병에 걸려 일본으로 가서
치료를 받았지만 세상을
떴다. 1925년이 되어서야
주위의 소개로 두 번째 결
혼을 하게 된다. 1914년

다쿠미 가족

조선에 와서 임업시험소에 근무하게 된 다쿠미는 곧 수종개량 등
의 연구작업에 참여해 1917년 5월 「조선 낙엽송의 양묘 성공을
보고함」이란 논문을 그의 상급자이며 기수(技手)인 이시토야 쓰토
무(石戶谷勉)와 공동으로 발표한다. 말하자면 지금 우리나라 전역
에서 자라고 있는 낙엽송을 처음 키워낸 사람이었다. 1919년에는
조선총독부의 이름으로 조선 전역의 노거수(老巨樹) 5천300여 점
으로부터 추려 낸 『조선노거수 명목지(名目誌)』를 펴낸다. 1920
년에 다쿠미는 단순한 고용원에서 정식 공무원인 기수로 승진했
고 그 다음해인 1921년에 임업시험소가 북아현동에서 청량리로
옮겨지면서 이름도 임업시험장이 되었다. 다쿠미는 이곳의 관사
로 옮겨 살게 된다. 이 무렵 그는 임업연구가로서도 많은 연구결
과를 남긴다. 그의 뜻은 헐벗은 조선의 산야를 푸르게 다시 가꾸는
것이었다. 민둥산에 심어 잘 살 수 있는 수종을 찾고 그것을 보급
하는 작업이다. 1927년 7월 『조선산림회보』에 「민둥산 이용 문제
에 대하여」라는 글을 발표하는데

"조선의 산업에서 암적인 존재로 치부되는 민둥산도 전혀 걱정거리가 아니게 될 날이 언젠가 오기를 고대하고 있다. 필자는 이 문제를 생각하게 되면서, 전에는 찌푸리고 보았던 민둥산을 이제는 군침을 흘리며 바라보게 되었음을 고백한다. "

라며 민둥산마저도 사랑하는 마음을 드러낸다. 그러기에 조선 사람들을 있는 그대로 맞아들이고 사랑할 수 있었다고 사람들은 분석한다.[101]

민예의 아름다움에 빠져

그런데 다쿠미를 빛나게 한 것은 임업시험장에서 임업 연구로 조선의 산림녹화에 기여한 것이 크지만 그보다 더 우리에게 소중한 것은 조선의 민예에 대해 연구를 하고 그것을 알리고 또 두 권의 명저로 기록해 남긴 것이다. 그것은 조선민족박물관의 건립 운동과 『조선의 소반 朝鮮の膳 』(1929)과 『조선도자명고 朝鮮陶磁名考 』(1931) 등 두 권의 책의 발간이다.

조선시대 도자기의 아름다움을 재평가하고 조선의 민예품을 모아서 조선민족박물관을 설립한 것은 야나기 무네요시의 공적이

101) 다카사키 소지,『조선의 흙이 된 일본인』121쪽. 나름.1996.

라고 흔히들 말한다. 그러나 앞에서 야나기를 알아볼 때에 자세히 전했지만 야나기에게 조선시대 도자기의 아름다움을 인도해 준 사람은 다쿠미의 형 노리다카와 다쿠미였다. 야나기는 고등과에 재학 중이던 1911년에 도쿄 간다(神田)의 어느 골동품 가게에서 모란꽃이 그려진 항아리를 하나 샀는데 그 때에는 그것이 조선의 것인 줄도 모르고 그냥 아름답다고 해서 샀고 제대로 접한 것은 1913년에 조선에 있던 노리다카가 야나기의 집을 찾아 육각으로 된 추초문 청화백자 항아리를 갖고 왔을 때였다. 그 때의 만남이 계기가 되어 1916년 여름에 무네요시가 노리다카의 초청으로 조선에 오게 되었고 오자 마자 다쿠미를 소개받고 그의 집에서 머물게 되며 두 사람의 만남이 시작되었다.

야나기는 다쿠미의 집에서 조선의 민예에 대해 눈을 뜨게 되었고, 다쿠미와 얘기를 하면서 그러한 민예품을 만든 조선 민족에 대한 이해와 사랑을 시작하게 된다.

도쿄로 돌아간 야나기는 1921년 1월호『신조新潮』에「도자기의 아름다움」이란 글을 쓰고 이어서「조선민족미술관의 설립에 대하여」라는 글에서 민족미술관의 설립을 추진하자고 호소한다. 이러한 결심의 계기는 다쿠미의 집에서 본 큰 연꽃무늬 백자 항아리 때문이었다. 호소문이 나오자 기부금들이 속속 모여지기 시작했다. 야나기와 성악가인 부인 가네코는 1921년 5월 조선에서 음악회를 열어 그 수익금 3천 엔을 조선민족미술관 건립기금으로 내놓았다. 경성에 살고 있는 다쿠미가 이 모든 과정을 적극 맡아 추진한 것은 말할 것도 없다. 돈이 모여지자 미술관을 설립할 장소를 물색하다가 경복궁 안의 집경당을 빌리기로 해서 1924년에 정식으로 조선민족미술관이 개관하게 된다. 총독부는 당시 조선민족미술관이란 이름에 거부감을 표시하고 '민족'을 뺄 것을 요구했지만 야나기와 다쿠미는 뺄 수 없다고 버텼다. 조선총독부의 보조금도 받지 않겠다는 뜻이었다. '민족'이란 말에는 조선을 사랑한 야나기와 다쿠미의 온 뜻이 담겨 있기 때문이다.

그리고는 5년 뒤에 『조선의 소반 朝鮮の膳』이란 명저가 발간된다. 『조선의 소반』은 그가 동네의 조선 사람들과 만나서 밥이나 술도 같이 먹으며 알게 된 조선의 밥상, 술상에서 그 아름다움을 발견하고 그것을 기록한 책이다. 이 책의 서문에서 다쿠미는 "일상생활에서 나와 가깝게 지내면서 보고 들을 기회를 주고 내 물음에 친절하게 답해준 조선의 벗들, 셀 수 없이 많은 분들께 이 기회에 한꺼번에 감사의 뜻을 표하며 더 한층 친해지기를 바라 마지 않는다"고 했다. 그러면서 이 책이 계통적인 연구나 정연한 논거를 통한 고증이 아니고 조선 사람들과의 오랜 교제 덕분에 쓰게 된 통속적인 저술에 불과하다고 겸손해하면서도 이미 조선의 젊은이들에게도 잊혀진 이런 것들이 세월이 지나면 더욱 잊혀질 것이기에 될 수 있는 대로 충실하게 기록하려고 애를 썼다고 밝혔다. 그의 사상의 출발점은 제1절 앞부분에서 말한 대로 "올바른 공예품은 친절한 사용자의 손에서 차츰 그 특유의 아름다움을 발휘하는 것이므로 어떤 의미에서 사용자는 완성자라고 할 수 있다"는 말에 집약된다. 그는 순박하고 단정한 자태를 지니고

있는 조선의 소반은 일상생활에 친숙하게 봉사하고 세월과 더불어 우아한 멋을 더해 가는 것이기에 올바른 공예의 표본이 아닐 수 없다며 그러기에 소반을 주제로 골랐던 것이다. 그는 소반의 재질, 형태, 기능, 역할 등을 하나하나 분석하며 이런 생활의 아름다움이 앞으로 어떻게 사람들에게 평안을 주며 이것이 앞으로 어떻게 변화할지도 생각해보았다. 그러면서 이 아름다운 조선의 유산들이 사라질 것을 가장 걱정했다.

> "블레이크(William Blake)는 말했다."아무리 바보라도 그 멍청한 행동을 고집하면 현명한 자가 된다"라고. 피곤에 지쳐 있는 조선이여. 남의 흉내를 내느니보다 자신이 지니고 있는 소중한 것을 잃지 않는다면 머지않아 자신에 찬 날이 오게 될 것이다 이는 공예의 길에만 국한된 것이 아니다"

이같은 다쿠미의 노력에 대해 야나기 무네요시는 책의 발문에서 다음과 같이 말한다;

> "20년 가까이 조선에 살고 있다는 사실, 그것도 다른 사람과는 달리 조선 사람들과 매일 같이 사귀고 있다는 사실, 특히 조선말을 잘 한다는 것, 그리고 조선의 공예를 열심히 사랑하고 있다는 것, 게다가 그 물건들을 매일 같이 사용하고 있다는 것, 이런 조건을 모두 골고루 갖추고 있는 사람을 나는 자네 외에는 달리 또 알지 못한다네. 자네가 쓰지 않으면 누가 쓰겠는가? "[102]

---

102) 柳宗悦「跋 (淺川巧 朝鮮の膳) 」『朝鮮を想う』190쪽 筑摩書房. 1984.

조선 사람 다 됐네

『조선의 소반』을 내고 2년 되던 해에 다쿠미는 갑자기 세상을
뜬다. 그 얘기는 나중에 하더라도 우선 2년 뒤, 그가 죽은 지 다섯
달 후에 나온『조선도자명고 朝鮮陶磁名考』(1931)라는 책을 보자.
제목에서 보듯이 이 책은 도자기의 이름을 모아 수록한 책이다.
그는 형 노리다카와 함께 혹은 혼자 조선 전역의 옛 도요지들을 찾
아 깨어진 파편들을 조사하고 모으고 그려내었다. 그가 이 작업을
한 목적은 하나이다. 조선인을 더 잘 이해하고 그를 통해 그 아름
다움을 길이 전하자는 것이다.

> "작품에 가까이 다가가 민족의 생활을 알고 그 시대의 분위기를 읽으려
> 는 목적이라면 우선 그릇 본래의 올바른 이름과 쓰임새를 알아둘 필요가
> 있다고 생각한다.... 일본의 다도인들이 미칠 듯이 좋아하는 아름다운 찻잔
> 도 조선 사람들이 늘 사용하는 밥그릇 중에서 선택된 것이고, 또 명공名工
> 조차도 그 앞에서는 자신의 능력부족을 탄식할 만큼 훌륭한 엽차 그릇도
> 근원을 따져보면 당시에는 흔해빠진 양념단지였다는 점 등을 가능한 한
> 분명히 해두어야 한다고 생각한다."

이같은 생각 아래 다쿠미는 본래의 올바른 이름과 쓰임새를 조
사하기 위해 상당한 노력을 기울였다. 중요한 것은 태어나면서부
터 붙여진 이름으로 그릇들을 부르고자 했다. 그 그릇들도 조선말
로 기록하고 불렀다. 다쿠미는 나아가서 조선의 민족 문화를 말살
하고 조선 사람의 생활이나 기분을 일본인의 그것에 동화시키려

고 하는 일본의 조선지배 정책의 흐름에 저항하고, 조선 도자기에 대한 이해에만 그치지 않고 더 나아가 그 주인이었던 조선 민족에 대한 친숙한 이해를 이 책을 통해 설명하고 납득시키고자 했다. 그의 생각과 의도는 우리의 민족문화를 일으켜 세워야한다는 80년도 더 지난 현대에 와서도 그 의미가 더욱 새롭게 부각될 정도이다. 그 책의 맺음말이 그것이다.

"민족이 융성할 때는 자연히 우수한 물건을 만들고, 또 우수한 물건을 생산하는 것은 태평성세의 도래와도 관계가 있다고 생각한다. 옛날 조선에는 각 시대마다 전 세계에 독보적이라고 내세울 수 있을 만큼 훌륭한 도자기가 있었다. 그까짓 도자기쯤 가지고 세계에 자랑한댔자 시시하다고 말하는 사람이 있을지 모르지만, 사회전체가 융성하지 않는데 도자기만 훌륭해질 수는 없을 것이다. 그러므로 훌륭한 도자기는 그것을 만든 시대가 훌륭했음을 증명하는 것임을 잊어서는 안된다....우리에게 주어진 임무는 있다. 그것은 이 국토에 있는 원료와 이 민족이 가진 기능을 시대의 요구에 따라 살려낼 수 있도록 기도하고 생각하고 일하는 것이다. 민중이 각성하여 스스로 생각해내고 스스로 키워 나가는 데에 모든 행복이 있다고 믿는 바이다." (1930년 1월19일 청량리에서)[103]

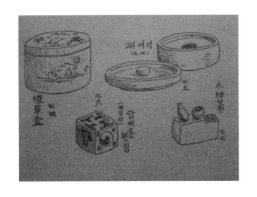

이 책에 대하여 그를 전적으로 이해하고 그를 통해 조선의 도자기의 아름다움에 눈을 뜬 야나기 무네요시는 서문(序文)에서 이렇게 다쿠미의 노력을 극찬한다.

"어떤 저서라도 많든 적든 앞서간 사람들의 저서에서 도움을 받는 법이다. 그러나 이 책만큼 지은이 혼자서 기획하고 완성한 예는 드물다. 이는 아직 아무도 생각해보지 않았고 시도하지도 않았으며, 아마 앞으로도 이루어낼 수 없는 일이라고 생각한다. 이 도자기들을 만든 나라인 조선 사람들에게서도 기대하기 힘든 저술이다. 왜냐하면 젊은 사람들은 옛 그릇을 알지 못하고, 나이 든 사람은 그릇을 아끼는 습관을 갖고 있지 않기 때문이다. 또 어떤 일본인에게서도 이러한 책이 나오기를 기대할 수 없다. 왜냐하면 조선의 도자기에 대해서 이처럼 애정과 이해와 지식과 경험과, 게다가 어학능력까지 골고루 갖춘 사람은 지은이를 빼놓고는 찾을 수가 없기 때문이다." [104]

103) 다카사키 소지, 『조선의 흙이 된 일본인』 179쪽. 나름.1996.
104) 柳宗悦「序 (淺川巧 朝鮮陶磁名考) 」『朝鮮を想う』204쪽. 筑摩叢書 293. 1984.

　　진정으로 조선, 곧 한국을 사랑하지 않고서는 불가능한 것이기에 이러한 그의 마음은 알면 알수록, 접하면 접할수록 더 소중하고 고마워지는 것이다.

　　그런 사람이기에 늘 조선 옷을 입고 조선 사람처럼 살았다. 그런 일화는 수 없이 많다.

　　"조선 옷을 입고요 정말 행색이 변변치 못했죠. 그러니까 조선 사람으로 오해받아 '요보 요보'라는 놀림을 받곤 했어요. 전차 칸에 앉아있을 때 어떤 일본인이 와서 '요보, 비켜'하며 자리에서 일어나라고 하면 아무 말 없이 남에게 자리를 내주었습니다. 한 번은 한 청년이 있었는데 아버지가 돌아가셔서 학교를 그만 두었다는 말을 듣고는 딱하다고 등록금을 내어주며 끝까지 학교에 보내주었습니다. 그래서 동네 사람들이 만물이라고 옥수수도 갖고 오고 무도 갖고 오고 열심히 마당을 쓸어주거나 목욕물을 퍼올려주거나 했어요. 그런 사람들에게는 용돈을 주었습니다".

　　　　　　　　　　　　　　　　　　　...누나 사카에가 전하는 말

"언젠가 야채 장수 여자가 온 일이 있다. 하나에 20전이라고 하니 옆에서 부인이 말했다.'지금 근처의 다른 곳에 가면 깎아서 15전에 살 수 있어요.' '아 그래 그렇다면 나는 25전에 사주지' 그는 가난한 사람을 그렇게 돌보아 주었다. 부인은 일부러 비싸게 사주는 남편의 행동에 미소를 지었다. 그에게는 남모르게 부엌으로 선물이 배달되곤 했다. 모두 가난한 조선 사람들이 호의로 보낸 선물들이었다. 조선 사람은 일본인은 미워해도 아사카와는 사랑했다." 야나기의 증언

모두의 눈물 속에

1931년 2월부터 3월에 걸쳐 다쿠미는 묘목 기르기에 관한 강연을 하러 조선 각지를 돌아다녔다. 건강한 다쿠미였지만 3월15일 집으로 돌아왔을 때에 감기가 덮치고 말았다. 3월26일 임업시험장에서 다쿠미는 산림과 묘목을 찍은 필름의 시사회를 열었다. 그리고는 그날 집으로 돌아올 때 유난히 어깨가 축 처졌다. 조카딸이 작은 아버지의 건강이 안 좋은 것 같다고 말했다. 그 다음날인 27일 다쿠미는 급성 폐렴으로 자리에 누웠다. 그러면서도 29일에는 40도 가까운 고열에도 불구하고 야나기 무네요시가 부탁한 『공예』5월호에 실을 「조선다완」원고를 탈고했다. 4월1일 그의 병세가 더욱 악화되자 일본 교토에 있던 야나기에게 전보가 갔다. 야나기가 밤을 세워 조선으로 와서 2일 밤중에 기차를 타고 대구를 지나고 있었는데 다쿠미는 그 전 오후 6시에 이미 사망했다. 겨우 40살이었다. 그의 형 노리다카가 마지막 가는 길을 지켰다.

장례식은 4월4일에 열
렸다. 다쿠미는 죽어서도
조선식으로 장례를 치러달
라고 했다. 일본에서 급히
달려온 야나기 등 많은 우인
들과 지역의 조선인들이 구
름처럼 모였다. 나중에 죽
어서 한국 땅에 묻힌 또 한

다쿠미 장례식

사람의 일본인으로, '조선 고아의 아버지'로 유명한 소다 가이치
(曾田嘉伊智) 목사(별도 항목에서 소개한다: 필자 주)가 "여호와는
나의 목자시니 내가 부족함이 없으리로다"로 유명한 성경의 시편
23편을 낭독해 주었다. 형 노리다카가 장례식에 오신 손님들께 인
사말을 했다. 관이 떠날 무렵 다쿠미의 죽음을 슬퍼하는 조선 사람
들이 떼 지어 모여들었다, 훗날 야나기는 그 광경을 이렇게 묘사
했다.

장례 후의 야나기(뒷줄 맨 왼쪽)

"누워있는 그의 시신을 보고 통곡하는 조선인들이 얼마나 많았던가. 조선과 일본 사이에 반목의 그림자가 어둡게 드리운 당시로서는 보기 드문 장면이었다. 관은 조선 사람들이 자원하여 메고 청량리에서 이문리의 언덕까지 운구했다. 자원하는 사람이 너무 많아서 다 응할 수가 없을 정도였다. 그 날은 비가 몹시 내렸다. 도중에 마을 사람들이 운구 행렬을 멈추고 노제를 지내고 싶다고 졸라대었다. 그는 그가 사랑한 조선 옷을 입은 채로 조선인 공동묘지에 묻혔다"[105]

조선공예회 회원이었던 경성제대 교수 아베 요시시게는 노리다카와 다쿠미 두 형제와 모두 친한 사이였다. 그는 1931년 다쿠미가 죽자 「인간의 가치人間の価値」라는 제목으로 긴 애도의 글을 썼다, 이 글은 1834년부터 1945년까지 일본 이와나미 출판사에서 엮은 『국어 제6권』(고등학교에 해당) 국정교과서에 실려 일본의 젊은이들도 아사카와 다쿠미를 많이 알게 되었다.

"아사카와는 관직도 학력도 권세나 부귀에도 의지하지 않고 그 인간의 힘만으로 당당히 살아갔다... 조선에게는 크나큰 손실인 것은 두말할 필요도 없거니와 나는 다시 크나큰 인류의 손실이라고 말하는 데에 주저하지 않겠다. 인간의 길을 바르게 용감하게 걸어간 사람의 상실만큼 큰 손실은 없기 때문이다... 다쿠미의 생애는 칸트가 말한 것처럼 인간의 가치는 실로 인간에 있으며 그 이상도 그 이하도 없음을 실증했다. 나는 마음속으로부터 인간 아사카와 다쿠미의 앞에 머리를 숙인다"

---

105)다카사키 소지,『조선의 흙이 된 일본인』234쪽. 나름.1996.

그가 연구한 것은 조선의 민예와 골동 민속 등에 관한 것이 뛰어난 것이 많지만 임업에 관련된 것도 많은 글을 남기고 있다. 그 중에 활자화 된 것도 있지만 그렇지 못한 것도 있다고 한다. 다카사키 소지의 조사에 의하면 1934년 4월호『공예』에 발표된 「조선의 김치」가 다쿠미의 눈이 조선의 부엌과 음식에 관해서까지 미치고 있음을 보여주는 한편 「잡초 이야기」「비료 이야기」「모리오카의 조선소나무」「병충해」등이 있고 소설「자동차」「숭崇」도 있다고 한다. 형인 아사카와 노리다카의 유품 속에서도 유고가 발견되기도 했다. 「조선 도요지 유적조사 경과 보고」란 글이 그것이다. 이외에도 많은 연구자료들이 있었지만 흩어졌다고 한다.

아쉬운 삶

2016년 4월2일 낮 필자는 한 봉고차 뒷좌석에 웅크리고 망우리 공원 묘역을 올라가고 있었다. 이 차는 노리다카 다쿠미 형제 현창회의 사무총장을 맡고 있는 노치환씨가 직접 운전을 하고 현창회 사업에 뜻을 같이하는 몇몇 분들이 동승하고 있었다. 그의 묘역에서 열리는 추모행사에 참석하기 위함이었다.

추모식장에는 조만제 현창회 회장과 오재희 전 일본 대사, 김종규 문화유산국민신탁 이사장 등 문화계 인사들이 참석했다, 초여름처럼 따뜻한 날씨에 묘지 위로 노란 개나리꽃이 꽃그늘을 드리웠다. 다쿠미의 86주년 기일이지만 떡, 사과가 올려진 조촐한 제사상에는 노리다카·다쿠미 형제를 함께 기리는 뜻에서 두 잔의 술잔이 올랐다. 오재희 전 주일대사는 "우리는 과거 한일관계에서 시대적 상처를 갖고 있지만 이런 훌륭한 일본인도 있었다는 것을 인정해야 한다"며 "이런 추모행사가 한일관계 우호 친선에 하나의 가교 구실을 할 것"이라고 말했다.

그 전 해에 열렸던 추모행사에는 아사카와 형제의 고향인 일본 야마나시 현 호쿠토(北杜)시의 아사카와 형제 추모회 사람들도 참석했다. 이 자리에서는 노치환 현창회 사무총장이 1945년 일제의 패망으로 노리다카가 조선을 떠나게 되자 다쿠미의 묘 앞에서 언제 다시 올 수 있을지 기약할 수 없는 심경을 담아 읊은 시를 처음으로 공개했다.

"묘에 핀 들꽃 우리에게 바치고 고이 잠들게. 언젠가 찾아와 줄 사람이 있을 테니."

다쿠미가 묻혀있는 곳은 서울 중랑구 망우리 묘지 동락천 약수 터 근처로 203363호로 분류된 무덤이다. 망우리에선 드문 일본 인 무덤이다. 다쿠미 묘 외에 한반도에 포플러와 아카시아를 처음 심은 사이토 오토사쿠의 비석도 다쿠미의 묘 뒤쪽 300여 미터 떨 어진 곳에 세워져 있다. 2017년 4월5일 다쿠미 현창회 사람들이 처음으로 찾아가 그의 비석에 막걸리잔을 올렸다. 사이토 오토사 쿠도 이 공원에 묻힌 것으로 알려졌으나 아직 묘를 찾지 못하고 있 다. 이제는 매년 4월2일을 전후해 이 무덤을 찾는 일본인과 한국 인들이 꽤 있다.

다쿠미의 봉분 왼쪽에는 검은 단비가 있다. 1984년 8월23일 에 임업시험장 직원들이 세운 것으로 앞면에 '한국의 산과 민예를 사랑하고 한국인의 마음속에 살다간 일본인 여기 한국의 흙이 되다,' 뒷면에 '아사카와 다쿠미 1891.1.15 일본 야마나시현 출생, 1914-1922 조선총독부 산림과 근무, 1922-1931 임업시험장 근무, 1931.4.2 식목일 기념행사 준비 중 순직(당시 식목일은 4월3일). 주요업적: 잣나무 종자의 노천매장발아촉진법 개발(1924), 조선의 소반(1929), 조선의 도자명고(1931) 저술'이라고 적혀 있다. 사실 다쿠미의 묘도 잊혀질 뻔 했다. 1937년 도로 건설로 이문리 묘지가 없어지면서 묘는 망우리 공동묘지로 이장됐다. 아사카와가 죽은 뒤에도 계속 경성에서 살던 아내와 딸은 광복 후 일본으로 돌아갔다. 야나기의 배려로 딸은 야나기의 비서로, 부인은 일본민예관에 일자리를 얻었다. 그러나 오랫동안 국교가 단절된 상태에서 아사카와의 묘소는 돌보는 이 없이 덤불 속에 가려지고 묘표도 넘어져 뒹굴고 있다가 1964년에 방한한 화가 가토 쇼린(加藤松林, 1898~1983)이 임업시험장 직원들의 도움으로 어렵사리 묘를 찾았다. 2009년 4월에 이곳을 찾은 다카하시 다에코(高橋妙子) 주한일본대사관 공보문화원 원장은 일본인의 묘를 임업시험장 사람들이 임업시험장 관계자 개인 명의로 서울특별시 장묘사무소에서 장묘시설사용허가증을 받아 묘적(墓籍)을 유지하면서 오랫동안 관리해 온 것을 발견하고는 고맙다는 글을 발표하기도 했다.

1982년 다쿠미의 인간미 넘치는 생애를 그린 책 '조선의 흙이 된 일본인'(다카사키 소지·高崎宗司 지음)이 나와 일본인을 크게 감동시켰다. 1994년 에미야 다카유키(江宮隆之) 씨가 '그 시대에 이런 일본인이 있었다는 사실을 한일 양국민이 한 사람이라도 더 알게 되었으면 하는 마음으로 썼다'는 다쿠미의 일생을 그린 전

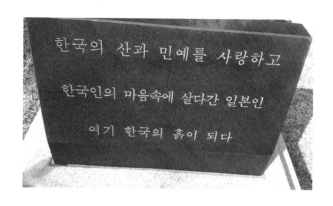

기소설 '백자 같은 사람'(1994년 '백자의 나라에 살다'로 번역 출간)이 나왔고 이를 원작으로 한 영화가 일본에서 제작되기도 했다.

　다만 2차 대전이 끝나기 전에 일본의 교과서에 실려 있던 아베 요시시게의 글은 전후 어느 틈엔가 슬쩍 빠져버렸다. 이에 대해 한 일본인이 다음과 같은 글을 띄웠다.

　　"전쟁이 끝나기 전에 교과서에 실렸던 아베 요시시게의 문장이 전후가 되
　　어 왜 교과서에서 사라져버렸는가? 정치나 경제가 변할 수 있겠지만 '인
　　간의 가치' 그것까지 변했다고 말할 수 있는 것인가? 돈의 가치처럼 인간
　　의 가치도 변하는 값싼 것인가? 가치는 변할 수 없는 것인데 인간이 변하
　　고 세상의 형편도 변해버린 것뿐이라고 생각해버리면 되는 것인가?"

　청량리 홍릉의 옛 임업시험장, 지금 국립산림과학원의 정원에는 1892년생 소나무(盤松)가 크게 가지를 옆으로 뻗으며 서 있다. 1922년 아사카와가 동료와 함께 인근 홍파초등학교에 있던 나무

를 옮겨 심은 것이라고 한다. 필자는 일행과 함께 이 나무를 보며
조선을 사랑한 진정한 친구 아사카와 다쿠미를 추모했다. 옆으로
무성하게 뻗은 가지들이 외롭게 시작한 그의 조선 사랑이 한국의
여러 사람들에게 전파되어 점차 그에 대한 이해가 깊어지고 있음
을 나타내주고 있었다.

조선인만 덕을
보나요

– 미즈사키 린타로

1905년 을사보호조약 체결로 대한제국의 외교권을 이양 받은
일본은 3년 뒤인 1908년 8월 26일에 대한제국에게 압력을 가해
「동양척식주식회사법」을 제정 공표하도록 한다. 일본은 이보다 5
개월 전인 3월에 이미 이 법을 제정한 터였다. 대한제국 법률 제
22호이며 일본 법률 제63호인 이 법에 따라 그 해 12월 28일 동
양척식주식회사가 설립되었다. 일본 국적과 한국 국적을 가지는
이중 국적회사가 창립된 것이다.

척식(拓殖)이란 말은 개척(開拓)과 증식(增殖)을 합친 말로서
땅을 늘이고 작물을 증식한다는 뜻. 말하자면 엄연히 주인이 있고
땅을 잘 경작하고 있는데 조선의 땅을 정리해서 소출을 늘이도록
한다는 뜻이니, 조선을 식민지로 확보하는 작업을 의미한다. 설립
당시 동양 척식 주식회사(이하 '동척')의 업무는 농업 경영, 토지
의 매매·임차와 관리·경영, 건축물의 매매 및 임차, 한일 이주민의

모집·분배, 이주민에 대한 물품 공급과 생산 및 분배, 척식(拓殖)에 필요한 자금 공급 등이었다. 이 가운데 중점은 토지 매수를 통한 일본 농민의 조선 이민에 있었다. 일제는 일본의 소농민을 대량으로 이주시켜 자작농으로 육성함으로써 한국의 '일본화'를 이룰 수 있다고 판단했고, 향후 10년간 24만 명의 일본인을 이주시킨다는 계획을 세웠다.

회사는 설립과 더불어 한국정부로부터 출자분으로 토지 1만 7714정보(논 1만 2523정보, 밭 4,908정보, 잡종지 283정보)를 우선 인수받았다. 이 밖에 1913년까지 한국 내에서 매입한 토지가 모두 4만 7147정보(논 3만 534정보, 밭 1만 2563정보, 임야 1,968정보, 잡종지 2,082정보)에 달하였다. 회사의 토지소유는 조선에서 토지조사사업이 완료된 뒤 국유지 불하의 혜택으로 더욱 확대되었다. 그리하여 1920년 말 현재 소유지는 9만 700여 정보에 달하였다. 이러한 소유토지는 전국에 걸쳐 있었으나 특히 전라남도·전라북도·황해도·충청남도의 곡창지대에 집중되어 있었다.[106]

그리고 합방이 되자 일제는 일본본토로부터 조선에 대한 이민을 대대적으로 장려했다. 조건에 맞는 해외 이주자에게 장려금으

---

106) 동양척식주식회사 [東洋拓殖株式會社] (한국민족문화대백과, 한국학중앙연구원)

로 1호당 300엔을 교부했다. 이 이주정책은 '잡거정책'이라 불리는 동화정책의 하나의 수단이다. 1908년 12월에 설립된 이후 동양척식주식회사는 1916년까지 7번에 걸쳐서 조선에 대한 일본인 이민을 실시했고 이렇게 해서 조선에서의 일본인 이주민의 총수는 3,074호 1만3,800여명에 달했다.

이런 농업이민가구 중 하나로 대구에 정착한 미즈사키 린타로(水崎林太郎)란 사람이 있었다. 원래는 일본 기후현(岐阜縣) 사람으로서 일본에 있을 때에는 동네 이장에 해당하는 정장(町長)도 했는데 1907년에 농업이민을 택해 조선으로 건너와 이런 저런 일을 물색하다가 1915년에 대구 교외인 달성군 수성면(지금은 행정구역상 대구시 수성구가 됨)에 정착하게 된다. 이곳에서 화훼농장을 하며 꽃을 키워 대구 등지에 판매하며 살아가던 중에 미즈사키 씨에게 동네 농민들의 어려움이 눈에 들어왔다. 그것은 바로 농업용수의 부족현상이 심각하다는 것이었다.

근대화와 함께 도시화가 진행되는 대구(당시는 대구부大邱府였다)는 도시민들이 사용할 상수도원이 필요하게 되었다. 미즈사키 씨가 정착한 수성면은 인근 가창면과 함께 이 지역을 흐르는 신천(新川)의 물로 충분히 관개를 해 왔는데, 1906년 대구부의 상수도 건설 문제가 논의되기 시작해 1911년 가창수원계통의 상수도 설치공사를 시작하여 1918년에 이를 완공 하루 2,800톤의 수도물을 30,000명에게 급수하기 시작하였다. 이렇게 되자 수성면 일대 수 백 정보의 논이 물이 부족하게 되었다. 이 때에 미즈사키 린타로는 우선 농민들과 함께 대보(大洑), 유보(柳洑), 덕토보(德吐洑) 등 저수지 세 곳을 마련해서 농수부족에 대처하였다 그러나 대구는 이것으로 용수가 부족하다고 하여 1923년에 더욱 상수도 확장공사를 벌여 물을 더 많이 가져가게 된다.

미즈사키 린타로는 농민들이 물 때문에 고통을 겪고 있는 것을 그냥 볼 수 없어서 이 지역 농민들과 함께 수성수리조합을 만들어 이 문제를 공동으로 대처하기로 한다. 당시 사정을 1927년 9월3일 동아일보에 보도된 「수성 못의 조성 경위 수성 수리조합 실황 답사기」를 보면 다음과 같다.

"원래 수성수리조합의 몽리구역인 수성면과 가창면은 신천(新川)의 물로 관개에 넉넉히 지내왔으나 1923년(대정 12) 경에 이 신천수를 대구부의 수도로 인용하게 된 이후부터 관개수량이 부족하게 되었음으로 수성수리조합을 발기하게 된 것이라는데 그곳 지주들은 최초 불평이 없지 아니하였으나 대구 십 만 부민의 음료수가 되는 신천수를 탈환할 수도 없음으로 대구부청을 졸라서 보조금 4만원을 받았었다 한다. 지금 저수지가 되어 있는 20정보나

되는 이 일대는 원래 밭으로 있었으나 수리가 좋지 못하여 항상 추수를 마음대로 하지 못하던 곳이라 하여 조합이 창설되면서 주위에 제방을 축조하고 저수지를 만든 것이다.

설계의 대요를 보면 달성군 가창면에서 발원하여 수성면을 관류하는 신천 중류에 연장 83간, 깊이 12척의 석조보(石造洑)를 구축하여 일부 지하수와 같이 동 조합의 수로로 인도하여 가지고 약 20정보나 되는 동 조합저수지에 3,200만 입방척(立方尺)의 관개수를 저축하여 두었다가 필요에 따라 몽리구역 전체에 배수하도록 되어있다. 그런데 이 저수지는 원래 수전으로 있던 것을 조합 설치 후 매수하여 만든 것이니 그 공사비가 총계 16만 7천원이라 한다. 동양척식회사에서 15개년 년부로 육만 이천 오백원을 차입하여 매년 칠천 오백원 씩을 보상한다는데, 지금까지 보조로 받은 돈은 총독부에서도 일만 일천원, 도청 지방비 중에서 이만원, 대구부청에서 사만원 도합 구만 일천원 이라한다.

이 조합의 몽리구역 내에는 토지의 등급이 없이 수세가 1년 1반보(反步) 2원 60전으로 균일되어 있다는데, 그 수입이 1년 구천 육백원 가량이라 한다. 그런데 이 수세는 전부 지주가 납입하는 제도를 채용하고 조합 당국에서는 혹 이 수세를 소작인에게 물리는 지주가 있는가 하여, 때때로 조사를 하는 중이라 한다. 조합 설치 전에는 1반보에 3석(石) 밖에 수확이 못 되던 토지에서 설치 후에는 1반보 4석 5두로 증수(增收)될 예상이라 하며 조합이 생긴 후로 지가가 평균 3할 가량이나 폭등하고 매기도 많다는데 이 조합 내에서는 대체로 조선 사람끼리 매매가 된다 한다. 이 조합에는 재미있는 일이 한 가지 있으니 그것은 현 부조합장으로 있는 수기임

태랑(水崎林太郎)씨가 1년 수세로 8전을 물고 있는 것이다. 조합비를 특별히 경감한 것이 아니라 그의 토지가 그렇게 밖에 없는 까닭이라는데, 조합의 창립 및 유지에 그의 공로가 많은 까닭에 부조합장으로 추천된 것이다."

이 신문보도를 보면 대구시에서 상수도취수를 하기로 한 것을 뒤엎을 수는 없으므로 우선은 그 피해배상금을 받아 나눠먹다가 이렇게 그냥 넘어갈 수는 없다고 해서 수리조합을 결성하고 저수지를 크게 만들기 위해 각방으로 그 비용을 마련한 것이다. 당시 전국의 토지를 관할하던 동양척식주식회사가 이 때에 등장한다. 주로 활동을 하던 미즈사키는 이 회사로 가서 6만2천5백원이란 돈을 15년 기한으로 빌린다. 물론 경상북도와 대구시에서도 예산을 받아낸다. 그리고 경성의 조선총독부까지 찾아가서 거기서 1만 2천원을 받아낸다.

총독부에서 돈을 받아낸 경위가 재미있다. 수리조합을 결성하고 저수지의 설계, 측량을 끝낸 후 미즈사키는 경북도청에 가서 일본인 지사에게 직언을 하고는 예산을 달라고 했다. 그러나 도에서는 예산을 지원할 경우 혜택을 보는 사람은 일본인이 아니라 조선인이라는 이유로 거절을 당하자 "조선인을 배려하지 않는 것은 일본인의 잘못"이라고 분노를 하면서 아예 조선 총독을 찾아가서 직접 면담하고는 저수지 조성의 필요성을 역설한다. 이에 총독부에서는 공사비 1만 2천엔(현재 10억엔 정도)을 내놓았다고 한다. 총독부가 돈을 내자 경북도청에서도 돈이 나왔다.

수성수리조합은 1924년(대정 13) 5월 26일에 창립되어 동년

9월 27일에 기공식을 거행하고 1927년(소화 2) 4월 24일에 준공이 되어 지금의 달성군 수성면 8동과 가창면 1동 소재의 370정보 수전(水田)에 대하여 관개배수를 하기 시작했다. 최초에는 대구의 부호 서상춘(徐相春), 정재학(鄭在學), 강석회(姜錫會) 등 대지주와 수기임태랑(水崎林太郎)씨 등이 발기한 것으로 수성 부호 진희채(秦喜蔡)씨가 현 조합장을 맡고 미즈사키는 부조합장을 맡아 대외교섭을 담당했다. 조합원 436인 내에 일본인이 21인이고 프랑스인이 1인, 나머지 414인이 조선인이었는데 총면적 370정보 내에 일본인 소유는 겨우 40정보에 불과하고 프랑스인(천주교) 소유가 16정보이며 조선인 소유가 314정보라 한다. 이렇게 조합원 대다수가 조선인이고 토지 대부분이 조선인 소유에 속함으로 이 조합은 창립 이래 별다른 분쟁이 없이 가뭄에도 서로 물을 잘 나누어 쓴 것으로 알려졌다.

매일신보 1927년 3월19일자에 따르면 공사를 하려고 하니 현지 농민들의 반대도 없을 수 없지만 농민들을 설득하여 공사를 시작했다. 1924년에 인가를 받아 공사를 시작해 3년 후인 1927년에 준공되었다. 공사 때 못 축조를 반대한 사람이 던진 돌에 다리를 맞아 고생을 하기도 했다.

그러나 그는 자신의 사재도 털었고 16만원에 이르는 총 공사비 중 공사에 들어가는 인부대금 9만여 원을 엄정하게 집행하였는데 관계된 주민들에게 돈이 들어가자 생활이 나아져서 일시에 사람들이 미즈사키 씨를 칭찬하게 되었다. 미즈사키 씨가 이 공

사를 감독하면서 밤낮으로 열과 성을 다했다고 한다. 그는 그야말로 조의조식(粗衣粗食)의 철저한 실행자여서 거친 음식에 옷도 제대로 차려입지 않고 공사에 열성을 보였다. 공사기간 중에 대구부에 새로이 카미노우치 히코쓰쿠(上內彥作) 부윤(府尹, 곧 시장)이 새로 취임하였기에 이 수리조합에 유원지를 조성하는 문제로 부윤을 찾아갔는데 의복과 풍채가 공히 보통인을 초월한 조악한 점에 있어서 군을 알아보지 못한 부윤은 그를 광인이라 칭한 일화도 있었다고 한다. 그처럼 평소에도 허름한 옷차림으로 자신의 용모를 개의치 않고 열심히 공사를 다그쳐 약 3년 만에 공사의 준공을 보게 되어 개간지 370여 정보가 물걱정을 덜게 되었다. 이에 농민들은 이제 미즈사키 씨를 은인으로 추대하고 떠받들게 되었다고 한다.

사실 저수지문제에 관한 한 한국과 일본은 오랜 역사를 공유한다. 지난 2009년 10월 10일에서 11일 사이 국립중앙박물관이 문

벽골제 축조단면

화재조사 전문기관인 대한문화유산연구센터(원장 이영철)과 함께
'고대 동북아시아의 수리(水利)와 제사(祭祀)' 학술대회를 열었는
데 이 자리에서는 전남 보성군 조성면 조성리 저습지 유적에서
2000년 전 연약한 지반을 보강하기 위해 부엽공법(敷葉工法)을
사용한 보(洑) 시설이 확인됐다고 발표되었다. 매장문화재 전문조
사기관인 대한문화유산연구센터의 이영철 원장은 "기원전 1세
기~기원후 1세기 농경을 위해 옛 물길에 조성한 보 시설을 발굴하
는 과정에서 점토와 나뭇잎·풀, 나무 말뚝 등을 5개 층 이상 번갈
아 쌓은 부엽층(전체 길이 210cm)이 확인됐다"고 10일 밝혔다.

부엽공법은 제방이나 도로, 성(城) 등을 쌓기 위해 나뭇잎과 나
뭇가지를 깔아서 기초를 만드는 고대의 토목공법이다. 조성리 유
적은 지금까지 국내에서 가장 이른 시기의 부엽공법이 확인된 서
울 풍납토성(3~4세기 조성)보다 최소 200년 이상 앞설 뿐 아니라
이 공법이 활용된 동아시아 치수(治水) 관련 유적 중 가장 오래된

벽골제의 부엽공법

것이라 주목된다.

우리나라 역사에서 문헌으로 나오는 수리시설은 김제의 벽골제이다. 벽골제는 밀양 수산제, 제천 의림지와 함께 한반도 3대 저수지로 꼽히지만 그 중에서도 단연 으뜸이다. 상주에 있는 공험지를 포함해서 이를 4대 저수지라고도 하며 모두 삼국시대 때 축조된 저수지들이다. 벽골제에 관한 기록은 『삼국사기』 「신라본기」에 나온다. 농사를 정치의 근본으로 여긴 신라 제7대 일성왕이 144년 2월 제방을 수리하고 밭과 들을 넓히라는 명을 내린 것이 처음이고 그로부터 186년 후인 신라 제16대 흘해왕 21년인 330년에 벽골제가 만들어졌는데, "처음으로 벽골지에 물을 대기 시작하였다. 둑의 길이가 1천 8백보였다"라고 삼국사기 중 신라본기에 기록되어 있는 것이다. 그런데 당시 이 지역은 엄연히 백제의 땅이었음으로 백제 비류왕 27년(330년)에 축조된 것으로 보는 것이 타당하다. 이처럼 벽골제에 관한 기록이 백제본기가 아니라 신라본기에 나타난 것은 그만큼 벽골제 축조가 대단한 치적이었음을 방증하는 것이다. 이 벽골제의 조성공법이 역시 부엽공법이다. 우리나라에서는 이 부엽공법이 독특한 공법으로 이어져 왔다는 이야기이다.

벽골제는 그 규모면에서 감탄을 금치 못한다. 『삼국사기』에는 '길이를 안(岸) 1,800보'라 하고 있고, 『태종실록』에는 '장(長) 7,196척', 『동국여지승람』에는 '제지장(堤之長) 60,843척'이라고 기록하고 있다. 이 수치들을 오늘날의 미터법으로 환산하면 『삼국사기』는 약 3,245m, 『태종실록』은 3,362m다. 이를 지난 1975년 유적발굴을 하면서 제방길이를 실측한 결과 약 3,300여m로 확인됐다. 제방길이만 3㎞ 이상에 이르는 엄청난 규모의 저수지다. 저수지 둘레만 40㎞에 이르는 것으로 전한다. 서울시 직경이 40㎞정도 되는데 비하면 정말 엄청난 규모가 아닐 수 없다. 저수지 총 면적은 37㎢, 즉 1,120만 평에 달한다고 한다. 사적 제111호로 지정됐다.

그런데 이웃나라 일본 오사카에 가면 사야마이케(狹山池)라는 저수지시설이 있다. 사야마이케는 아스카(飛鳥) 시대(7세기 전반)에 만들어진, 1400년의 역사를 지닌 일본에서 가장 오래된 댐식 저수지이다. 현재에도 280만 입방미터의 저수량을 자랑하는 오사카부(大阪府) 최대의 댐으로 이용되고 있다. 이 사야마이케가 바로 백제인들의 손끝에서 탄생한 유적이라는 점이다. 『일본서기日本書紀』추고(推古 스이코) 12년(602년) 10월조에 "백제 승려 관륵이 내조(來朝)해서 역본(曆本), 천문지리서, 둔갑방술서(遁甲方術書)를 바쳤다"고 기술돼 있다. 기후과 농사에 관련된 내용부터 토목공사에 필요한 면적계산과 측량기술까지 담은 교재가 포함된

오사카 사야마이케

서적이 백제에서 일본으로 전해진 것이고 특히 사야마이케의 축조방식이 전북 김제 벽골제의 그것과 너무도 닮았다는 점이다.

지난 1989년부터 1993년까지 계속된 사야마이케 발굴조사 결과 축조된 제방은 나뭇가지와 낙엽을 바닥에 깔면서 성토하는 부엽공법(敷葉工法)이 사용된 것으로 나타났는데, 이는 김제 벽골제의 축조 방식과 같다. 또 제방 동쪽 끝에서 발견된 축조 당시에 설치됐던 통관의 그 연륜연대를 측정한 결과 616년에 축조된 사실이 밝혀져 한반도에서 건너온 기술임을 뒷받침해주기도 한다. 뒤이어 731년 나라(奈良)시대에는 행기(行基 교키)스님이 농민구제 사회사업의 일환으로 사야마이케의 대대적인 개보수 공사를 주도했다. 백제 왕인(王仁) 박사의 후손으로 가난하고 어려운 민중들을 위해 헌신하는 모습을 보여줘 일본에서도 살아있는 보살로 존경받는 그의 발자취를 사야마이케에서도 확인할 수 있다.

필자는 우연한 기회에 몇 년 전 사야마 시에 있는 사야마이케 박물관을 둘러볼 기회가 있었다. 2001년 오픈한 사야마이케 박물관에서는 그러한 사야마이케 개수 공법 및 실물 둑 등을 시대별 7개 전시 구역으로 나누어 보존 및 전시하고 있으며, 일본의 토목과 치수 역사를 소개하고 있다. 참신한 건물 디자인은 일본의 대표적 건축가인 안도 타다오씨의 설계에 의한 것이다. 지난 2009년에 한국을 찾아 김제를 둘러 본 이 박물관의 쿠라쿠 요시유키(工樂善通) 관장(당시 70세)은 서울의 풍납토성과 벽골제 축조에서 확인된 백제의 부엽공법(敷葉工法)이 사야마이케 제방 축조에도 채용됐다고 강조하면서 "4세기 초에 만들어진 김제 벽골제와 7세기 초에 만들어진 일본 사야마저수지는 아버지와 아들, 형과 동생의 관계라고 할 수 있습니다. 사야마 저수지를 만드는 데 있어 벽골제가 본보기가 된 듯 합니다."라고 말했다.

우리나라에서도 예부터 벼농사가 우선인 만큼 치수가 중요했고 지도층도 이 문제를 잘 인식하고 있었기에 대구 인근 경상북도에서도 일찍부터 수리시설을 조성했다. 한

사야마이케 제방유적

연구가에 따르면 세종 때 만들어진「경상도지리지(慶尙道地理誌)」를 보면, 대구군에는 4개의 큰 수리지(水利地)가 있다고 기술하고 있는데[107] 그 중 둔동제(屯洞堤)라 불리는 것이 지금의 수성못이라고 주장한다. 그리고, 예종 원년(1468년), 대구군에 18개의 수리지(水利地)를 더 축조하여 총 22개가 되었다. 이 내용은「세종실록지리지」의 미비점을 보완하기 위해 1469년에 만든「경상도속찬지리지(慶尙道續纂地理誌)」에도 나와 있다. 이는 당시 조선조가 쌀농사를 중시하였음을 보여주는 것이다.

이웃 고을인 단양에서는 단양군수였던 퇴계 이황이 단양의 고질적인 가뭄을 해결하기 위해 인공 저수지인 복도소(復道沼)를 만들었다는 기록이 있다. 단양은 주변에 남한강이 흐르고 있지만 상습적으로 가뭄에 시달렸다. 비가 많이 오면 홍수가 나고 우기가 지

---

107) 4개의 수리시설을 다음과 같다.
　　(1) 佛上堤(현 배자못, 소출 양 64결)　　(2) 釜堤(현 동촌, 소출 양 52결)
　　(3) 聖堂堤(현 성당못, 소출 양 48결)　　(4) 屯洞堤(현 수성못, 소출 양 21결)

나면 강물이 말라버려 가뭄이 들었다.

퇴계는 풍부한 수자원을 농사에 활용하기 위해서는 보洑를 만들어 물을 가두는 방법이 최선이라는 판단 아래 여러 곳을 답사한 끝에 두악산 아래 물 흐름이 가장 좁은 곳을 택했다. 그리고는 고을 사람들을 동원해서 보를 완성시켰다. 보가 만들어짐으로써 비가 오지 않는 갈수기에도 단양고을에서는 물을 쓸 수 있게 되었다. 지금은 그 유적이 충주댐 건설로 수몰되고 말았지만 복도소는 본래 단양천이 상선암, 중선암 하선암을 지나 두악산 아래에 이르는 곳에 위치하고 있었다.[108]

미즈사키 린타로가 당시 일제치하에서 어려움을 당하던 수성벌 일대 농민들을 위해 저수지를 만든 것은 그러한 수리전통을 되살린 것으로 볼 수 있다. 어쩌면 먼 옛날 백제 사람들이 일본에 처음 저수지를 만들어준 역사적 공헌의 되돌림이라고 할 수 있을까? 그의 노력으로 근처 농민들이 안정적인 농사를 짓게 되고 그를 은인으로 생각하며 그의 공을 치하한 것은 일제시대 동양척식회사를 통해 조선의 농토를 빼앗기에 주력했던 일제라는 암흑을 인간성과 인간미로 밝힌 한 줄기 밝은 빛이었다고 하겠다.

당연한 귀결이지만 일본인 농업이민 사업은 성공적이지 못했다. 동양척식주식회사가 1911년부터 1927년까지 17회에 걸쳐 이주시킨 일본인 이민 수는 당초 계획에 턱없이 모자라는 5,908호에 불과했다. 결국 1927년 이민 사업을 중단했다. 동척이 이민 사업을 축소·폐지하게 된 기본적인 이유는 조선 농민과의 갈등 때

---

108) 김종석 『청년을 위한 퇴계평전』 93쪽 2016. 국학진흥원

문이었다. 우선 초기 자작농 이민자들에게 배당된 토지는 대한제국이 출자한 황실 소유지를 바탕으로 한 것이 많았다. 황실 소유지의 경작권은 예로부터 이곳을 경작하던 한국인에게는 일종의 재산으로 인정되어 공공연히 매매되기도 했는데, 동척이 이를 무시하고 일본인 농민에게 배당하자 한국인 농민들은 자신들의 경작권 박탈에 격렬히 반발했다. 반발에 직면하자 동척은 소유지 일부를 자작하고 나머지는 소작시키는 '지주형 이민'을 추진했는데, 이 경우에도 고율 소작료 부과 등으로 인해 한국인 소작농들의 저항이 계속해서 발생했다.[109] 또한 무작정 수탈이나 강탈도 많았다. 생계와 직결된 토지를 빼앗아 버려 전국 방방곡곡 송사가 그칠 날이 없었다. 일제의 토지 조사방법도 칼자루 잡은 놈 마음대로였다. 우선 토지소유권 사정에서 일제는 "신고만 하면 보호받을 수 있다"고 떠벌렸으나 실은 복잡한 신고절차, 지주(地主)를 통한 토지신고서 확인과 소유권 심사에서 소농의 권리를 무시하기 일쑤였다. 이런 야바위를 통해 조선총독부는 총경지면적 40% 이상을 차지하는 조선 최대의 지주로 등장하면서 이를 동양척식회사나 일본인에게 헐값으로 팔아넘겼다. 총독부가 통계적으로 조선의 산업이 늘었다고 자랑했지만 그 결과 생산량이 증가된다 하더라도 모두 일본으로 유출된다면 무산계급인 조선농민들의 생활은 조금도 향상될 수 없는 것이다. 오히려 이같은 가렴주구에 불만만 쌓이게 되는 것이다.[110]

---

109) 국사편찬위원회 우리역사넷 「동양척식주식회사」
110) 정준영「항일투쟁 조선인 구원에 평생 바친 '일본판 쉰들러' 후세(布施辰治) 변호사」『신동아』2001년 2월

1920년대 전반 황해도 재령군 남률면(南栗面)과 북률면(北栗面)에서 줄곧 일어난 소작 쟁의도 대표적인 사례이다. 조선인들은 동척 이민 폐지라는 근본적인 해결책을 요구했고, 1926년에는 의열단원 나석주(羅錫疇)가 동척 경성 지점에 폭탄을 투하하기도 하였다. 이 밖에 일본인 이주민들 가운데서도 토지 매수금 상환에 어려움을 겪는 이가 많았고, 자작농보다 소작 농민에 부담을 전가할 수 있는 지주의 길을 택하면서 지주가 될 가능성이 보이지 않으면 계약을 해지하고 떠나는 경우도 발생했다.

　　일제시대 우리 한국인을 위해 많은 변론을 해준 일본인인 후세 다쓰지(布施辰治·1880~1953) 변호사는 당시 사정을 이렇게 고발했다.

그들이 자랑하는 조선농업의 발달이 과연 조선무산계급을 위한 것이라면, 농업의 발달을 위해 땀 흘린 조선 무산계급 농민의 생활이 차츰 좋아져야 한다. 하지만 실제 생활이 더 어려워지는 연유는 무엇인가? 조선 무산계급 농민의 피와 땀으로 일구어진 조선의 경작지가 그들의 손으로 경작되지 못하고 조선을 버리고 일본이나 만주로 나아가 유랑할 수밖에 없는 이유는 무엇인가? 조선의 산업이 관헌 당국이 자랑하듯이 통계적으로 발달하고 있음에도 불구하고 조선 무산계급 농민의 생활은 더더욱 어렵게 되었다. 조선무산계급 농민의 노력으로 생산된 쌀과 보리,

기타 잡곡이 그들을 배불리 하지 못하고 굶주려 자살하거나 자포자기하여 범죄자를 만들어내는 연유는 무엇인가.[111]

이렇게 일본만을 위한 토지수탈과 농업이민 정책은 결국 1927년 중단되었다.

아무튼 이렇게 대구 인근 수성벌의 치수를 위해 헌신한 미즈사키 린타로는 수성못을 관리하다가 1939년 4월13일 타계했다. 그는 평생을 바친 이 수성못이 잘 보이는 언덕에 자신을 조선식으로 묻어달라고 유언을 했다. 그의 유언에 따라 수성못 남쪽 비탈인 두산동 산 21-8번지에 안장되었다. 묘지는 그의 친구이자 수성못 축조 당시 농토 일부를 기증한 사람의 후손들이 돌보고 있으며, 매년 기일마다 후손들과 수성구청장을 비롯한 수성구 관계자들이 묘지에 찾아와 그를 기리고 있다.

2009년 4월 13일 그의 묘에서 70주기 추도식이 부산주재 일본총영사를 비롯한 한일관계자 50명이 참석한 가운데 열렸다. 그의 묘는 잘 정돈이 되어있다. 묘지에는 그의 공적을 기리는 안내문이 존재한다. 묘지을 돌보고 있는 한일친선교류회의 서창교 회장은 "비록 당시 일본에 의해 강점된 시기였지만 미즈사키 린타로씨는 진정으로 한국의 농민들을 생각해 관개시설을 갖춘 수성못을 축조한 사람이었다"며 "우리는 선한 일본인의 업적을 한일 우호의 상징으로 후세에까지 전해야 한다"고 말했다. 서 회장은 자신과

---

111) 후세 다쓰지 「조선의 산업과 농민운동」(1926년 4월)

부인이 죽으면 화장해 유골을 미즈사키씨의 묘지 부근에 뿌려 달라는 유언을 남긴 상태다. 이 같은 사람은 몇 명이 더 있다고 했다. 다만 당시 물을 나눠주었던 수성평야는 논밭은 현재 주택과 음식점(들안길 등) 등이 들어서고 수성못은 유원지로 조성되어 시민의 휴양지로 변모하였다. 수성못이 내려다 보이는 곳에 묻어 달라는 그의 유언에 따라 만들어진 그의 묘소 앞에 현재 한 레스토랑이라는 큰 건물이 시야를 가로막고 있어서 안타깝게 하고 있다. 이 건물을 옮기거나 없애 미즈사키 씨가 죽어서라도 언제든 이 못을 내려다 볼 수 있게 되었으면 하는 바람 속에 건물 옮기기 노력이 대구시에서 펼쳐지고 있다고는 한다.

하늘의 할아버지,
하늘의 어머니

- 소다 가이치

서울이라는 지도를 놓고 보면 동쪽에서 한강이 흘러 들어와서 광나루, 노량진을 지나 당인리 쪽 절두산에서 물길이 약간 돌아 약간 위쪽으로 흐르며 강화도 쪽으로 빠져나간다. 이렇게 물길이 도는 곳에 튀어나와 있는 나지막한 산이 바로 절두산이고 그 밑에가 양화진이라는 나루터이다. 조선시대에 절두산과 양화진 일대, 양화나루터는 세곡(稅穀: 조세로 바쳐지는 곡물)을 실은 수송선과 어물, 채소 등을 실은 배가 수시로 드나들던 곳으로 한강나루, 삼전도나루와 더불어 조선의 3대 나루 중 하나로 중요한 역할을 담당하였다. 절두산은 원래 머리를 높이 든 형상으로서 누에의 머리와 비슷하다고 하여 잠두봉(蠶頭峰)이라 부르던 곳이다. 양화진주변은 잠두봉과 어울려 이름난 명승으로 많은 풍류객과 문인들이 뱃놀이를 즐기면서 시를 지었던 곳이기도 하다. 1866년 2월 프랑스 군함이 천주교탄압을 문제 삼아 한강을 거슬러 양화진과 서강까

양화진 외국인 묘지

지 진입하였다. 이에 격분한 대원군은 1만 여명에 이르는 많은 천주교인들을 잡아와 잠두봉에서 목을 베어 참수케 한다. 그 뒤로 머리를 잘랐다하여 절두산(切頭山)이라는 지명을 얻게 되었다.

천주교회는 수많은 천주교인들이 순교한지 100년이 되는 1967년 이 자리에 순교성지를 조성해 그리스도의 박애정신과 목숨을 걸고 지킨 천주교도들의 신앙심을 기리고 있다. 기념관에는 천주교회사와 관련한 다양한 유물이 전시되어 있으며, 기념성당 지하에는 순교자 28위의 유해를 모시고 있어 외국인 관광객의 발길도 끊이지 않는다. 야외에는 우리나라 최초의 사제인 김대건 신부의 동상과 절두산에서 처형된 첫 순교자 가족이었던 이의송과 그의 처 김옛분, 아들 봉익을 형상화한 기념상, 순교자 기념탑 등이 전시되어 있다. 순교성지 옆에는 외국인 선교사 묘원이 조성되어 있다. 1890년 7월 제중원의 의사로 일했던 J.W. 헤론이 최초로 묻히면서 조성되어 조선 후기와 일제 때 들어와 복음의 빛을 전하려 했던 외국인 선교사와 그의 가족들이 안장되기 시작했다. 대한 매일신보를 창간한 언론인 베델(E.Bethell), 숭실학당(현 숭실대)을 설립한 베어드(W.M.Baird), 이화학당(현 이화여대)의 창립자 스크랜튼(M.Scranton) 선교사, 우리나라 최초의 근대의료기관 제중원(濟衆院) 의사로 정신여학당(현 정신여고)을 세운 엘러스(A.Ellers), 연세대학교를 설립한 선교사 언더우드(H.G.Underwood), 배재학당을 설립한 아펜젤러(H.G. Appenzeller)[112] 등이 그들이다. 대부분 기독교 선교사였던 이들은 구한말에서 일제강점기 사이 한국에 와 우리나라 교육·의료·언론 등 발전에 기여하다 제2의 조국 한국에서 여생을 마감하고 한국에서 세상을 떠난 후 이곳에 묻혔다. 그들의 이름을 알려주는 작은 비석 하나가 전부이지만, 비석 글귀에는 이방인이었지만 조선 사람 이상으로 조선과 조선 민족을 사랑했던 그들의 마음이 담겨 있다.

미국·영국·캐나다·호주 등지에서 온 서양 선교사들의 영문 묘비로 가득한 이곳에 일본인 소다 가이치(曾田嘉伊智·1867~1962)와 그의 부인 우에노(上野·1878~1950)의 묘비가 있다. 유일한 일본인 부부이다. 소다 가이치는 1867년 일본 야마구치현(山口縣) 구마게군(雄毛郡) 다부세쵸(田布施町)에서 태어났다.[113] 그는

---

112) 아펜젤러는 그가 맡은 성경 번역의 임무에 충실하기 위해 1902년 6월 11일 목포행 기선[구마가와마루:熊川丸]에 올랐다. 이날 저녁 캄캄한 바다를 항해하던 중 군산 앞바다에서 충돌사고가 났다. 깨어 있던 아펜젤러는 충분히 살 수 있었지만 정신여학교장 도티로부터 부탁받은 한 여학생을 구출하기 위해 이리저리 뛰어다니다가 구조되지 못하고 목숨을 잃었다. 양화진에 있는 그의 묘는 허묘이다.

113) 다부세쵸(田布施町)는 야마구치 현 남동부에 있는 구마게 군의 정(町)이다. 면적은 50.35km² 이고 인구는 2010년 1월 1일 기준으로 16,064명이다. 기시 노부스케, 사토 에이사쿠의 두 명의 내각총리대신을 배출하였다. 두 명의 수상을 배출한 정은 전국에서도 다부세뿐이다. 이 마을 사람들은 메이지유신 이후 근현대 일본우익의 최대핵심세력이었고 그 근본은 백제계 유민(流民)들이다. 야마구치 현 외에 가고시마현(鹿児島県)에도 같은 이름의 마을이 있으며 주민들의 출신도 비슷하다.

소다 가이치의 묘

곧 오카야마시(岡山市)로 가서 그곳의 한문사숙에서 한학을 공부
하였다. 한때 방탕한 생활을 하다가 일찍 개항된 나가사키(長崎)에
갔다. 우선 돈이 필요해 탄광에서 일하면서 초등학교 교사 자격증
을 취득하고 교사 생활을 하기도 하였다. 25세가 되었을 땐 노르
웨이 화물선 선원이 되어 홍콩에 도착하고 영어를 배웠다. 때마침
청일전쟁이 발발하고 일본이 승리하자 대만이 일본의 식민지가
되었는데 28세인 소다는 대만에서 독일인이 운영하는 회사에 취
직하여 일하면서 독일어도 공부하게 되었다. 또한 이후 중국 본토
에 가서 해군에도 종사하고, 중국 혁명의 아버지로 불리는 손문(孫
文)을 만나 혁명운동에도 가담하였다. 그러다 30대에 접어들자 다
시 대만으로 돌아가, 일종의 방랑생활을 계속하였다.

　그러던 중 1899년 그의 나이 31세 때, 끝날 것 같이 않던 그
기나긴 방랑 생활에 마침표를 찍는 일이 발생하였다. 그는 그 날도
여전히 술에 취해 길거리를 돌아다니다 길바닥에 넘어져 거의 죽
을 지경까지 되었다. 누구도 그를 돌아보지 않아 몸이 굳어 갈 때

쯤, 한 한국인이 그를 불쌍히 여겨 그를 업고 여관으로 데려가 치료를 해주고 밥값을 치러 주었다. 이 사건을 계기로 그는 앞으로 남은 자기의 인생을 어떻게 살아야 할지를 고민하다가 6년 후인 1905년 6월, 그는 자신을 살려준 은인의 나라에 가서 은혜를 보답하리라 결심하고 한국으로 건너왔다. 서울에 온 소다는 황성 기독교 청년회 학관(현 YMCA)에서 일본어를 가르쳤다. 그러던 중 YMCA 종교부 총무로 활동하던 월남 이상재선생을 만나 그의 인격에 감화되어 기독교에 귀의하게 된다. 4년 후인 1909년, 41세에 우에노 다키(上野タキ, 1878-1950)와 만나 얼마동안 사귀다가 결혼하게 된다. 우에노는 독실한 기독교 교인으로서, 일본인 초등학교인 히노데(日の出)소학교(뒤의 일신초등학교)에서 교사로 재직한 바 있었고, 숙명여고와 이화여고에서 영어교사를 하고 있었다. 이때부터 소다는 새로운 인생길을 걷기 시작하였다. YMCA 일어 교사직을 관두고 일본인 경성감리교회 전도사가 되어 매서인(賣書人, 권서인)을 겸하며 복음전도에 힘썼다.

소다는 서울에서 강연 잘하기로 소문이 나기 시작해 그의 인기

도 높아갔다. 인기가 높아가면서 많은 교회의 초청도 받았으며, 강연할 때에는 자신의 방탕했던 생활부터 대만에서 조선인의 도움으로 살아난 이야기도 하였다고 한다. 그는 경성감리교회의 전도사가 되어 이름을 날렸다. 그러다가 1910년 일본의 한국 병탄을 맞게 되고 이어 이른바 일본 당국이 조작한 105인 사건을 접하게 된다. 이 때에 자신이 일했던 YMCA사람들도 다수 끌려가 온갖 고문을 당하는등 고초를 겪게 된다. 그러자 그는 105인 사건을 조작한 책임자라고 할 데라우치(寺内毅) 총독에게 "죄 없는 조선 사람을 즉시 석방하라"고 요구하였고 당시 일본인 경성기독교회(해방 후 덕수교회로 변경) 장로인 대법원장 와다나베(渡邊暢)를 찾아가 석방시키라고 요구하기도 하였다. 1919년 3.1 운동으로 많은 조선인들이 잡혀가고 옥에서 고문으로 숨지는 등 고통을 받자 이들을 석방하라는 목소리를 내기도 했다. 이 때 월남 이상재 선생이 투옥되자 경성재판소 판사에게 이상재의 무고함을 고하다 일본인들로부터 거센 항의를 받기도 했다. 그가 돌봤던 고아가 훗날 독립운동가가 됐다는 이유로 헌병대에 체포되는 곡절을 겪기도 했다.

▣105인 사건

'데라우치 총독암살미수사건', '선천사건(宣川事件)' 등으로도 불리며, '105인 사건'이라는 명칭은 제1심 재판에서 105명이 유죄 판결을 받은 데서 비롯되었다. 일제가 조선을 강점한 직후에 민족의식이 높았던 황해도와 평안도 지역의 민족운동을 탄압하기 위해 데라우치 총독에 대한 암살미수사건을 날조하여 일으킨 사건이다.

1910년 10월 1일 조선총독부의 초대 총독으로 부임한 데라우치 마사타케[寺內正毅]는 헌병경찰제도에 기초한 '무단통치(武斷統治)'를 행하는 한편, 민족의식이 높았던 황해도와 평안도 지역에 대한 대대적인 탄압을 계획하였다. 그는 1910년 12월 압록강 철교 개통식에 참석하기 위해 평양(平壤), 선천(宣川), 신의주(新義州) 등을 시찰했는데, 이때 조선인들이 그를 암살하려는 계획을 추진하였으나 실패로 끝났다는 소문이 돌았다. 조선총독부는 안중근(安重根)의 사촌인 안명근(安明根)이 1910년 12월에 무관학교 설립을 위한 독립운동자금을 모으다가 체포되어 서울로 압송된 사건을 계기로 황해도 북서부의 안악(安岳) 지방을 중심으로 160여 명의 민족운동가들을 검거하여 그 가운데 김구(金九)·김홍량(金鴻亮)·한순직(韓淳稷)·배경진(裵敬鎭) 등 18명을 내란미수와 모살미수 등의 혐의로 기소한 이른바 '안악사건'을 일으켰다.

또한 1911년 1월에는 독립군기지 창건을 추진했다는 이유로 양기탁(梁起鐸)·임치정(林蚩正)·주진수(朱鎭洙) 등 신민회의 간부로 활동하던 16명을 보안법 위반으로 체포했다. 그리고 이 사건들을 총독 암살미수사건으로 몰아서 관서(關西) 지방 전체로 탄압을 확대해 그해 9월에는 유동열(柳東說)·윤치호(尹致昊)·이승훈(李昇薰)·이동휘(李東輝) 등 6백여 명의 민족운동가들을 체포하여 구금하였다. 조선총독부는 이들 민족운동가들에게 혹독한 고문을 가하며 데라우치 총독에 대한 암살미수사건을 날조하려 애썼다. 1심 재판에서 105명에 대해서 징역 5~10년의 유죄 판결을 하였다. (두산백과)

이 일로 그는 일본인 사회에서 배신자란 말도 들었으며, 조선인으로부터는 일본인 스파이라는 말도 들었지만 조선인과 조선교회를 아끼는 마음은 변치 않았다. 신앙생활 또한 열심히 하였다. 이것이 일본 교계에 널리 알려지자 서울 중구 회현동에 일본인 메쏘디스트교회(해방 후 남산교회로 변경, 현재는 강남 반포 쪽으로 이전)가 설립되었고 그는 무보수 전도사로 일을 하였다.

1921년 그에게는 새로운 임무가 일본으로부터 부여되었다.

사다케 오토지로

일본 가마쿠라(鎌倉)에 있던 고아사업본부(성음회 聖音会)로부터 경성지부 책임자, 곧 서울의 가마쿠라보육원의 책임자가 된 것이다. 성음회의 설립자는 일본에서 아동복지사업의 선구자로 추앙받는 사다케 오토지로(佐竹音次郎.1864~1940). 고치현(高知県) 출생인 그는 초등학교 선생을 하다가 의학을 다시 공부해 서른 살이 되던 1894년 가마쿠라에 병원을 개업했다 이후 아들을 잃으면서 영아

와 유아들을 거두어줄 시설이 필요한 것을 알게 되었다. 당시 고아원은 5살 이상의 아동들만을 받았지만 그는 고아보호(孤兒保護)란 개념을 보육(保育)이란 개념으로 격상한 소아보육원을 만들어 영아, 유아들을 돌보기 시작했고 "다른 사람의 자식을 친자식처럼 조금도 간격이 없는, 문자 그대로 일시동인(一視同仁)의 보육을 목표로 한다"는 듯에서 성애주의(聖愛主義)로 이름 짓고 이 사업을

키워나갔다. 1913년에 중국 여순(旅順)에 첫 지부를 설립하고 이어 서울에도 지부를 내어 1921년에 지부장으로 소다 전도사를 위촉했다. 여순지부 설립을 위해 서울에서 서화전을 열기도 했는데, 이 때 "지금 이 시대에 조선에 건너오는 일본인들은 일확천금을 꿈꾸는 인간들뿐인데 그 중에 한사람이라도 순수한 박애주의의 정신으로 한국을 생각하고 헌신하는 정신을 갖는 것도 좋지 않겠는가? 그러한 사명감으로 한 번 일어서보지 않겠는가?" 라는 말을 듣고는 한국지부도 설립하게 되었다고 한다. 삼각지 근처에 조그만 집을 얻어 버려진 아이들을 맡아오는데 돈이 부족해 근처 일본 군부대에서 남아나오는 음식들을 받아서 운영하며 서화들을 파는 등 비용마련에 애를 썼다.

용산구 후암동에 자리 잡은 가마쿠라보육원을 맡은 소다 부부는 정성을 다해 조선인 고아들을 돌보았다. 당시 조선은 가난하여 아이들을 많이 출산하였지만 기를 능력이 없어 많이 버리기도 하였다. 이렇게 버려지는 아이들은 언제나 이들의 몫이 되었다. 당시 세계적인 경제공황과 식민치하의 상황에서 고아를 돌본다는 것은 지금과는 비교도 할 수 없는 희생이 뒤따랐다. 그러나 이들 부부는 열심히 고아들을 돌보면서 함께 생활하였다. 이 일 때문에 "소다는 하늘의 할아버지, 우에노는 하늘의 어머니"라는 호칭을 얻기도 하였다.

당시 그는 서울에서 활동하던 아사카와 다쿠미 등 한국인들 편에서 활동을 한 일본인들과 당연히 친하게 지냈고 1931년 4월 다쿠미가 급성 폐렴으로 숨지자 장례식을 경성감리교회의 다나카 목사가 주재했고 이에 소다는 추도사에서 성서를 읽어주고 찬송

소다 가이치 부부의 묘비

가를 같이 불렀다.

1943년 77살 때에 원산의 일본인 교회에 교역자가 없다는 소식이 들렸다. 전도사인 소다는 무보수 사역을 자원했다. 그의 부인은 충무로에 있는 일신초등학교 교사로 재직하고 있었기에 같이 갈 수가 없었다. 그는 부인에게 가마쿠라보육원 일을 맡기고 원산으로 올라가 전도활동을 했다. 그러다가 곧 일제가 패망하고 조선이 해방을 맞았다. 해방이 되자 이미 미국과 소련이 약속했던 대로 북위 38도선 이북에는 소련군이 들어와 점령을 하였고 38도선 이남은 미군이 진주하였다. 원산에는 소련군이 진주하였는데 이들의 횡포가 심하자 일본인들이 모두 원산 일본인교회로 임시 대피하였다. 소다는 이들 일본인들과 함께 생활하며 본국 송환에 노력했고 이윽고 1947년 10월 13일 일본인들을 인솔하여 남쪽으로 내려올 수 있었다. 서울에 와 가마쿠라보육원에서[114] 우에노 부인

114) 가마쿠라 보육원은 해방이 되던 1945년 8월말 불이 났다. 돌보던 고아 150여 명은 미 군정청의 협조로 한국 내 3개 시설에 분산 수용되었다가 나중에 다시 모

을 만나 겨우 며칠 동안 함께 지내다가 전쟁에서 진 이후 황폐해진 일본인들의 마음을 보살펴야 한다며 일본행을 결심한다. 그는 부산으로 걸어가 1947년 11월 일본으로 돌아갔다(자료:전택부,이 땅에 묻히리라, 1986). 그는 "신일본을 건설한다"는 목적을 가지고 귀국하여, 한 손에 세계평화라는 표어를, 또 한 손에는 성경책을 들고 다니면서 조국 일본의 회개를 외쳤다. 가는 곳마다 "오 하나님, 인류가 범한 죄를 용서하여 주소서"라고 기도하고 다녔다고 한다. 그의 부인은 고아들을 돌보아야 했으므로 귀국하지 않고 한국에 남아 있다가 1950년 1월 74세로 삶을 마감하였다. 일본에서 이 소식을 들었지만 국교가 없어 와 볼 수가 없었다. 여권을 받을 수 없었던 때문이다. 소다는 찬송가로 그 슬픔을 달래며 그를 치료했던 세브란스병원 원장 김명선 박사 등 여러 한국인들에게 유선으로 감사의 인사를 하였다고 한다. 소다는 "그는 믿음으로 죽은 후에도 여전히 말을 하고 있습니다"라는 말을 남기었다고 한다. 우에노 여사의 장례식은 한국사회사업연합회가 주관하여 엄숙히 거행되었다.

1960년 1월 1일 일본 아사히신문(朝日新聞)은 "한국의 대통령 이승만 씨의 옛 친구 소다 옹(翁)이 한국 귀환을 열망하다"는 내용의 칼럼기사를 실었다. 히키타 케이이치로(疋田桂一郎)기자가 쓴 이 기사는 많은 일본인들게 감동을 주었고 한국 신문에서 특보로 소개되자 영락보린원 원장 한경직 목사[115]는 소다가 제2의 고향인 한국에서 여생을 보낼 수 있도록 정부 당국과 교섭했다. 당시 한국은 516 군사혁명 뒤에 국가재건최고회의가 나라를 맡고 있었는데 혁명정부에서도 모든 절차를 떠나서 무조건 소다 씨를 받아주자는 전향적인 결정이 나왔다. 그 결과 소다는 1961년 3월 한경직 목사의 환영을 받으면서 아사히신문사의 특별기편으로 서울에 도착하여, 자신이 부인과 함께 일했던 가마쿠라보육원을 이어받은 영락보린원에서 여생을 보내다가 1962년 3월 28일 96세로 삶을 마감하였다.

장례식은 1962년 4월 2일 '사회단체연합장'으로 국민회당(의사당)에서 집례되었다. 2천여 조객이 참석한 가운데 대광고등학교[116] 밴드의 조악(弔樂)으로 시작하여 한경직 목사의 사회로 기도

---

115) 한경직(1902~2000)은 평안남도 평원군 공덕면 출신으로 어린 시절 기독교에 입문하여 선교사가 세운 진광소학교에서 공부했으며, 기독교 계열 학교인 정주의 오산학교에 진학하여 10회로 졸업하고, 1919년 평양 영성소학교 교사로 재직하다가 1922년 평양 숭실대학의 이과에 입학하고, 숭실전문학교를 졸업하고 1926년 미국으로 유학하여 엠포리아 대학교를 거쳐, 1929년 프린스턴 대학교 신학원을 졸업하였다. 1932년 귀국하여 평양에서 교목 및 교사, 강사, 전도사 등을 맡으며 목회활동을 했다. 1939년 5월 보린원을 설립해 1942년부터 1945년까지 운영하였고 해방을 맞아 공산당 탄압으로 월남하였다.
월남하여 일본 천리교 경성교구본부 터를 매입하여 베다니전도교회를 설립하여 1946년에 교회 이름을 영락교회로 개명해 그 이듬해 한국에서 최초로 2부제 예배를 실시하였으며, 일본 가마쿠라 보육원을 인수해 영락보린원을 창설하였다.
116) 서울 동대문구 신설동에 있는 대광고등학교는 필자의 모교이기도 한데 1947년 한경직 목사가 지금의 경희궁 앞에 피어슨 성경학교를 세웠다가 곧 고등학교로 발전시켰으며 한경직 목사는 이 학교 재단이사장을 오랫동안 맡아왔다.

와 성경 봉독, 그리고 유달영(柳達永) 재건운동본부장, 정희섭(鄭熙燮) 보사부장관, 윤태일(尹泰日)서울시장의 조사가 이어졌다. 유족으로 조카딸 마스다 스미코(增田須美子)가 참석하였으며, 당시 5 16 이후 혁명정부를 이끌던 박정희 국가재건최고희의 의장과 일본정부를 대표해 고사카 젠타로(小坂善太郞) 외무상이 조화를 보냈다. 유달영은 조사에서 "소다 옹의 생애는 어느 사회사업가보다 우리들에게 감격과 충격을 준다. 소다의 생애처럼 깨끗한 인류애와 사랑만이 한국과 일본이 단합할 수 있다"고 말했다. (자료: 한국일보, 1962. 4. 2 기사)

양화진에 있는 소다의 비석 뒷면에는 "소다 선생은 일본 사람으로 한국인에게 일생을 바쳤으니 그리스도의 사랑을 몸으로 나타냄이라. 1913년 가마쿠라 보육원을 창설하여 따뜻한 품에 자라난 고아 수천 이러라. 1919년 독립운동 시에는 구금된 청년의 구호에 진력하고 그 후 80세까지 전국을 다니며 복음을 전파하다. 종전 후 일본으로 건너가 한국에 대한 국민적 참회를 순회 연설하다. 95세인 5월, 다시 한국에 돌아와 영락보린원에서 1962년 3월 28일 장서하니 향년 96세라. 동년 4월 2일 한국 〈사회단체연합〉으로 비를 세우노라."라 쓰여 있다.

대한민국 정부는 소다가 영면한 지 한 달 후인 1962년 4월 28일 일본인에게는 처음으로 문화훈장을 추서하였다. 그는 이같이 '선한 사마리아인'과 같은 무명의 한국인 청년의 영향으로 한국을 은인의 나라로 생각하고 일제 시대 당시 한국에 들어와 YMCA 교사로, 무보수 전도사로, 보육원장으로 40년간 한국에서 살며 수천

명의 고아들의 아버지로 불리다가 그의 부인과 함께 양화진에 안
장되었다.

　　2013년 일본에서는 소다 기이치의 생애를 다룬『자비로운 비.
한국의 흙이 된 또 하나의 일본인(慈雨の人. 韓國の土になったも
う一人の日本人)』이 출간됐다. 저자는 에미야 다카유키(江宮隆之).
저자는 이 책에서 90평생 한국을 위해 헌신한 소다와 그 부인의
생애를 깊게 파헤쳐 그의 면모를 잘 전달해주고 있다는 평을 받고
있다. 이 책에서 저자는 1960년대 일본 정부가 한국과의 국교를
맺기 위해 여러 계책을 생각하고 한국인들에게 존경을 받은 소다
옹에게 수교 추진과정에 적극 나서달라고 했지만 소다 옹이 단호
히 이 요청을 물리쳤다는 비화를 전하고 있다. 끝까지 제2의 조국
인 한국과 한국인들에게 의리를 지키며 죽을 때까지 한국을 사랑
한, 그리고 한국의 흙이 된 또 하나의 부부 일본인 친구였다.

내 자식이
3천 명이요.

– 윤학자

1945년 8월 15일 일본의 패망으로 한국이 일본의 족쇄에서
벗어났지만, 그것으로 한국과 일본 사이의 모든 문제가 끝난 것은
아니었다. 징용이나 유학, 취업 등으로 일본에 건너간 한국인 남
성들과 사랑을 하게 되어 한국으로 건너왔던 많은 일본인 여성들,
그들이 한국에 와 보니 한국에는 이미 전처(前妻)가 있는 경우도
있었고, 또 집안의 반대로 도저히 같이 살 수 없는 경우도 많았다.
이런 일본여성들은 일본으로 귀국할 수가 없어서 한국에 남아 목
숨을 연명해야 했다. 또 6.25 전쟁으로 한국인 남편을 잃게 된 일
본인여성들도 오갈 데가 없었다. 이런 여성들이 자연히 한 곳으로
모여 서로를 의지하게 되었고 이런 분들이 함께 모인 곳이 바로 경
주시 구정동에 있는 사회복지법인 〈나자레원(園)〉이다. 지금은 그
숫자가 많이 줄어 30여 명 정도. 39년 전만 해도 꽤나 많은 일본인
할머니들이 이곳에서 역사의 상처를 안고 여생을 보내고 있었다.

많은 한국의 사회봉사단체나 기관들이 이따끔씩 이곳을 찾아 할머니들을 위로하곤 한다.

그런데 일본에 남은 우리나라 노인들은 어떻게 되었을까? 그들이 모두 재일동포로서 성공한 것은 아니다. 연고가 없어진 분들도 많고 홀몸이 된 분들도 많은데, 그들 역시 외롭고 갈 곳 없기는 마찬가지이고, 그 고통은 한국에 남은 일본인 할머니들보다 더 했으면 더 했지, 덜 하지는 않을 것이다.

1985년 '재일한국노인 홈을 만드는 회'라는 조그만 모임이 일본 오사카(大阪)에 생겨 활동에 들어간다. 한국과 일본에서 수 천명의 기부자들이 정성을 모아주었다. 이러한 정성으로 1989년 오사카부(府) 사카이(堺)시에서 〈고향의 집〉이란 시설이 문을 연다.

80명의 노인들이 이 집에 찾아들었다. 고국 한국이 그립지만 돌아갈 수도 없는 노인들이었다. 1994년에는 〈고향의집·오사카大阪〉가 정원30명의 일일서비스 센터로 문을 열고 이어 2001년에는 고베(神戶)에도 정원 58명의 〈고향의집·고베神戶〉가 준공된다. 2005년부터는 교토에도 100명을 수용할 수 있는 고향의 집이 만들어졌다. 이 곳에서 노인들은 노년을 보내면서 건강 검진도 받고 고국에 대한 그리움을 달랜다.

이런 일을 하는 주인공은 윤기(尹基)라는 한국인, 바로 목포에 공생원이란 불우아동보호시설을 설립한 윤치호씨와 그 부인 일본인 윤학자(일본이름 田內千鶴子)씨의 아들이다. 그야말로 그 아버지와 그 어머니에 그 아들이다. 그 이야기를 거슬러 더듬어보자.

아버지 윤치호씨는 일제에 막 합병되던 1909년 파평 윤씨 증손으로 유학자 가문에서 태어났다. 그러나 집안은 소작으로 생계를 겨우 유지하는 빈농이었다. 그는 지독한 가난으로 인해 학교 문턱도 밟지 못했다. 열네 살 되던 해에는 아버지마저 과로로 사망해 가족의 생계를 책임져야 하는 소년 가장이 됐다. 하루하루가 힘겨웠던 그에게 희망을 준 것은 미국인 여선교사 줄리아 마틴

사진 가운데가 윤치호, 그 앞 윤학자, 그 오른쪽이 윤기

(Jullia Martin)이었다. 마틴 선교사의 도움으로 서울 피어선 고등성경학원을 졸업했고, 이후 전남 최초의 교회인 목포 양동교회에서 전도사로 활동하였다. 당시 목포는 부산, 인천과 더불어 조선의 3대 항구로 급격히 발전하고 있었고 이로 인해 수많은 걸인과

고아들이 넘쳐났다. 이 시기에 목포에 온 청년 윤치호는 7명의 부
랑아들을 데려와 함께 생활하기 시작했다. 1928년 10월, '함께
어우러져 살아가는 곳'이라는 의미로 '공생원(共生園)'을 설립하
였다. 윤 전도사는 사실 목수이기도 했다. 그는 목포시 호남동 18
번지에 허름한 초가를 지어 '나사렛 목공소'를 차렸다. 예수처럼
살겠다며 목수로 일했다. 그러면서 거리의 고아를 데려가 먹이고
재우다가 1년 만에 목공소를 정리했고, 고아에게 자립의 길을 열
어준다며 엿 가게를 열었다. 주민들과의 마찰로 이곳저곳 옮겨 다
니다가, 1930년 4월에 목포 유지들과 양동교회의 도움으로 대반
동에 목조 원사를 신축하여 1932년 12월 15일에 정식으로 설립
인가를 받고, 이후 1937년 4월 죽교동(대반동) 현 위치에 자리를
잡았다.

> "목포시의 고민 가운데 하나는 급격히 늘어나는 빈민층에 대한 것이었다.
> 무허가 초막들은 이미 유달산 기슭까지 점령한 상태였다. 시가 급속히 발
> 전하면서 목포 인근의 도서나 농촌에 있던 서민 계층이 대거 유입돼 문제
> 가 커진 것이다. 이들 중 생활이 어려운 사람들은 자식을 버리기까지 했다.
> 버리는 장소는 목포역이나 부두 등지였다. 갓난아이는 포단에 싸서 버렸
> 고, 조금 큰 아이는 마대에 넣어서 유기했다. 부랑아들은 기하급수적으로
> 늘어났다."

윤치호는 아침 일찍부터 밤늦게까지 자신에게 맡겨진 아이들
을 위해 헌신했다. 쓰레기를 줍고, 폐품을 팔고, 동냥도 마다하지
않았다. 그에게는 '거지대장'이란 별명이 따라다녔지만 그는 개의

하지 않았다. 고아들을 책임지는 아버지로서, 그리고 하나님이 부르신 사명자로서 무거운 십자가를 어깨에 짊어지고 그 길을 묵묵히 걸어간 것이다.

공생원 설립 10주년이던 1938년 10월 15일, 윤치호는 일본인 다우치 치즈코(田內千鶴子)와 결혼했다. 치즈코는 1912년 10월 31일 일본 고치(高知)에서 태어나 7세 때인 1919년 조선총독부 소속으로 전남 목포에서 근무하는 아버지를 따라 한국 땅을 처음 밟았다. 목포공립고등여학교를 졸업한 그는 어머니와 고등여학교 영어 교사인 다카오 마쓰타로(高尾益太郎)로부터 신앙의 학습을 받았다. 이 때에 식민지 조선의 현실과 일본의 정치상황을 바라보며 눈물로 기도하곤 했다

목포여고를 졸업한 후 1936년 풍금을 배워 당시 목포의 선교사들이 세운 정명여학교의 음악교사로 근무하고 있었는데, 윤치호 원장이 설립한 공생원에서 음악과 일본어 교사를 구한다는 소식을 듣고 공생원과 연을 맺어 곧 사랑에 빠진다. 윤 원장과 결혼하고 남편의 성인 윤(尹)에다 자신의 이름 치즈코(千鶴子)중에서 학자(鶴子)를 살려 윤학자(尹鶴子)로 개명했다. 일본의 친정 쪽에서는 한국인이라는 이유 때문에 맹렬한 반대가 있었다고 하지만 이를 극복했다. 그 때는 일제 강점기 후반. 온갖 어려움과 편견을 인내하며 남편의 사업을 도왔다. 해방 후 일본인이라는 이유로 주민들이 해꼬지를 하려 하자 원생들이 "우리부터 죽이라"며 막고 나서기도 했다.

1950년 한국전쟁 당시 북한군이 목포에 진입하였을 때 이들 부부는 '고아들을 두고 우리만 도망칠 수 없다'며 공생원을 지켰

는데, 이로 인해 인민군 치하에서 갖은 고초를 겪었다. 목포에 진입한 인민군은 윤치호가 이승만 정권 아래 구장(區長)을 맡은 데다 부인이 일본인이라는 점을 들어 인민재판에 회부했다.

"윤치호 반동은 인민을 착취했고, 해방 후에는 이승만 괴뢰 정권에 가담하여 사회사업이라는 가면을 쓰고 인민이 피땀 흘려 모은 금전을 갈취한 악질 반동분자요. 게다가 그의 처 지즈코는 우리 민족의 철천지원수인 일본 사람이오. 그는 총살감이오. 반동이라 인정하는 동무는 손을 드시오."

손을 드는 사람은 아무도 없었을 뿐더러 주민은 도리어 그의 편에 서 줬다.

"윤 동지는 이승만 정권 때 구장을 지냈습니다만, 실제로는 구장이라기보다 목포 시민들이 사랑하는 거지대장이었습니다. 오로지 불쌍한 고아들을 위해 애써온 사람입니다. 그리고 윤 동지의 부인은 일본인이긴 하지만 이 나라의 부모 없는 고아를 위해 헌신해온 고마운 분입니다. 특히 윤 동지는 일본 경찰에 체포되면서까지 독립운동을 위해 몸 바친 애국자입니다."

"옳소!"[117]

인민군은 그러나 호락호락하지 않았다. 인민에게 봉사한다는 조건으로 대반동의 인민위원장직을 맡게 했고, 사무실까지 설치했다. 목숨은 부지했지만 3개월 뒤인 9월, 인민군이 후퇴하면서 이번엔 인민군을 도운 이유로 국군에 붙잡혀 갔다. 주변 인사들이 구명운동을 해줘 1951년 1월 가까스로 석방됐지만 삶의 여정은 길지 않았다. 며칠 뒤 광주 전남도청에 원생을 위한 식량 구호 요청을 하겠다며 길을 나섰다가 소식이 끊긴 것. 그의 나이 마흔 둘이었다.[118]

혼자 남은 윤학자 씨는 고아들을 먹여 살리기 위해 직접 리어카를 끌고 다니면서 식량을 구했다. 일본의 고향에는 어머니 혼자 살고 있어서 주위에서는 고아원을 그만두고 일본으로 돌아가라는 주위의 권유가 많았지만 이를 뿌리치고 고아들을 보살피는 일에 매진한다. 결혼 때 일본에서 가져온 오르간, 기모노 등 팔 수 있는 것은 모두 팔아 필사적으로 공생원을 지켰다. 친자식 4남매도 원생들과 같은 음식을 먹이고 같은 옷을 입혀 길렀다. 아들 윤기 소년은 '쪽바리'라고 놀림을 받았다. 6·25 직후에는 다들 배가 고팠다. 흙을 먹기도 했다. 고아원 형들과 배 타고 고기잡이 나가는 게

---

117) 윤기 외 지음 『어머니는 바보야』홍성사 1985년
118) [이웃 품은 신앙一家 '작은 거인' 윤기] 스물여섯 살 총각, 고아 320명의 아버지 되다 / 작성자 마당쇠

최고의 행복이었다. 야맹증이 걸려도 누구도 신경 쓰지 않았다. "난 고아가 아닌데…, 왜 이런 취급을 받나." 심통이 난 소년은 구호품으로 끓인 국에다 모래를 풀었다. 고아원 형들이 우물 속에 던지는 벌을 줬지만 어머니는 언제나처럼 무심했다. 어떤 상황에서도 어머니는 자신이 낳은 아이들에게 특별한 시선을 보내지 않았다.[119]

1968년 폐암으로 56세의 나이에 세상을 뜨기까지 30년 동안 키운 고아들이 3천명에 이를 정도이다. 윤 여사가 별세하자 목포시는 '시민장'으로 장례를 치렀고 윤 여사가 돌본 3000여명의 원생을 비롯해 3만여 목포시민이 그의 죽음을 슬퍼했다. 비록 남편의 시신은 찾지 못했지만 죽어서도 남편 곁에 묻히고 싶다는 생전의 유언에 따라 남편이 태어난 함평군 나산면 옥동리의 선산에 묘소가 마련됐다.

---

119) [중앙일보] [사람 속으로] 세계 고아 1억5000만 명…잘 키우는 것보다 안 만드는 게 우선. 2016.10.16

아들 윤기씨는 2011년 아버지한테 보내는 편지 속에서 어머니에 대한 절절한 그리움을 표현한다;

아버지. 저는 아버지께서 세상에 태어나신 날짜는 알아도 세상을 떠나신 날짜는 모르는 불효자입니다. 아버지께서 남기신 유달산 기슭, 사랑의 동산에는 오늘도 아이들이 평화롭게 뛰어놀고 있네요. 얼마나 많은 생명이, 얼마나 많은 사람이 윤치호 전도사의 기도와 사랑을 듣고 배우며 성장해 갔는가. 설령 이 세상에서 다시 못 만나더라도 천국에서 만나자는 외할머니의 말씀이 기억나는 오늘입니다. 아버지의 뜻이 하늘에서 이루어진 것 같이.

버려진 듯, 숨어 있는 듯, 행적도 세월도 알 수 없는 아버지. 예수에 대한 믿음과 고아에 대한 사랑을 실천하고 떠난 그리운 아버지. 내가 선한 싸움을 싸우고 나의 달려갈 길 마치고 믿음을 지켰으니…. 죽은 자에게 세상을 떠난 날짜가 무슨 의미가 있을까요. 아버지께서 묻힌 장소도 모르지만 장소가 무슨 상관이 있을까요. 다만 살아있는 사람들의 기억을 위해 필요할 뿐이겠지요.

아버지의 고향 전라남도 함평군 나산면 옥동리 마을 입구의 언덕길은 길길이 자란 나무로 마치 수목의 동굴 같았습니다. 이름도 모를 아름드리 나무가 높이 치솟아 하늘을 덮고 있었죠. 아버지께서 태어나신 곳에서 마주보면 아름답게 보이는 노적봉 산마루에 대대로 내려온 파평 윤씨 가문의 묘지가 있습니다. 말없이 흘러버린 세월과 함께 조상들이 잠들어 있는, 사랑의 이름이 새겨진 동산입니다. 산 아래 강이 유유히 흐릅니다. 우리 어머니는 한국인은 아니었지만, 이상과 사명은 물론이고 생명까지도 한국에 바치셨습니다. 사랑하는 치호, 아버지를 존경했기에 한국의 흙에 묻혀 한국의 흙이 되길 원하셨던 어머니였어요. 어머니는 유언하셨습니다. 당신의 유해를 남편의 고향에 묻어달라고. 아버지를 평생 그리워한 어머니는 죽어서도 아버지를 기다리는 길을 선택하셨습니다.

노적봉의 묘지는 윤씨 가문의 마지막이 아니라 사랑의 출발지입니다. 어머니가 돌아가시던 날, 함께 임종을 지켜보던 원생 희덕이는 제 어깨를 끌어안으며 "윤기! 윤기는 이제 아버지, 어머니 몫까지 더 많은 일을 해야 한다. 하나님의 위로와 사랑 속에서"라고 말했습니다.

가을바람이 불던 날 어머니의 묘를 찾았습니다. 눈물을 삼키며 어머니가 선택한 윤씨 가문의 묘소를 다시 바라봤지요. 그의 손길에서 자란 사람은 부활과 영혼의 나라가 있음을 알 것입니다.

어머니의 묘에는 아버지가 남긴 도장을 같이 묻었습니다. 도장엔 어머니께서 좋아하셨던 성경구절이 새겨져 있습니다. '여호와는 나의 목자시니, 내가 부족함이 없으리로다.' '한국 고아의 어머니 윤학자, 여기에 잠들다. 윤치호의 혼과 같이 언제까지나…' 마음에 새겼지요.

사람은 누구나 죽습니다. 그때를 아는 사람은 아무도 없습니다. 허무한 게 인생이라지만 그 사람에 대한 기억과 정신, 사랑은 남습니다. 아버지께서 남긴 신앙과 사랑, 공생의 정신은 아버지의 혼이 되어 우리로 하여금 쉬지 않고 뒤를 잇게 합니다.

2011년 4월 한국에서. 아버지를 추억하며 아들 기 올림.[120]

지난 2008년 10월 8일 목포공생원은 개원 80주년을 맞았다. 서해 바다를 내려다 보는 목포 유달산 중턱에 자리 잡은 목포공생원(木浦共生園)에서 열린 기념식에는 특별한 손님이 한 분이 왔다. 오부치 게이조(小淵惠三) 전 일본총리(1937~2000)의 부인인 오부치 치즈코(小淵千鶴子) 여사였다.

윤학자 여사의 사랑의 사연은 20여 년 전에 다큐멘터리로 일본 TV 방송에 소개된 적이 있는데, 당시 일본 총리였던 오부치 씨 부부가 이것을 보고 큰 감명을 받았고 오부치 총리는 직접 전화를 걸어 당시 원장이었던 윤 여사의 외손녀 미도리(綠)씨에게 "텔레비전에서 보고 감동했어요. 한 번 목포에 찾아갈 테니 그때까지 힘내 일하세요"라고 격려했다. 나중에 오부치 총리는 2000년 3월 매화의 고장으로 알려진 도쿄 북쪽 자신의 고향 군마현(群馬縣)의 매화나무 스무 그루를 공생원에 기증했다. 윤학자 여사가 돌아가시기 전 병석에서 "우메보시(일본의 매실 장아찌)가 먹고 싶다"고 말한 것이 텔레비전에 소개된 것을 기억한데 따른 것이었다. 오부치 총리는 그러나 매화를 보낸 그 다음 달에 뇌경색으로 쓰러져 의식을 회복하지 못하고 63세의 나이에 세상을 떠남으로서 그가 공생원에 기증한 매화나무가 꽃을 피우는 것을 보지 못하고 만다.

---

120) 국민일보 2011-04-06

그로부터 8년 뒤인 지난 2008년 10월 오부치 총리의 부인이 공생원을 찾은 것이다. 부인의 이름도 치즈코(千鶴子), 아마도 이름이 같아서 윤학자 여사에 대해서 남다른 생각을 했을 것이다. 부인은 남편이 보낸 스무 그루의 매화나무가 윤학자 여사 기념비가 서 있는 양지바른 곳에 기념비를 감싸듯이 심어져 잘 자라고 있는 것을 보고 기뻐했다고 한다. "저 나무들에 꽃이 피고 열매가 달릴 때마다 내 남편을 기억해 줄 거라는 것을 생각하니 매우 마음이 뿌듯했습니다"라고 말한 것으로 전해진다.

일본에는 종이학 천 개를 접어 실로 꿰어 선물하는 풍습이 있다. 그것을 '센바즈루(千羽鶴)'라고 한다. 장수의 상징인 학을 천 마리 접어주는 것으로서 병이 완쾌되어 오래 동안 살아달라는 뜻이 담겨 있단다. 윤학자 여사의 일본이름 치즈코(千鶴子)를 보면서 그 천 마리 종이학이 생각이 난다. '치즈코(千鶴子)'라는 이름이 꼭 그 뜻은 아닐 것이다. 그러나 나는 천 마리 학의 염원이 일본과 한국에 통하게 되었고, 그래서 이름이 같은 오부치 총리의 부인도 한국을 찾게 된 것이 아닐까 생각해본다. 그 천 마리의 학이 날아서 한국과 일본의 가교가 된 것이라고.

윤학자 여사는 돌아가시기 5년 전인 1963년 우리 정부로부터

대한민국 문화훈장을 받았다. 대한민국 정부가 설립된 이후 두 번째로 일본인에게 수여한 훈장이다. 1997년에는 고향인 고치시에 기념비가 세워져 여사가 숨진 10월31일 제막되었다. 식장에는 목포공생원의 아이들도 참석하였으며 이것을 계기로 10월31일이 「국제교류의 날」로 지정되었다. 그녀의 일생은 1995년에 우리나라 김수용 감독에 의해 '사랑의 묵시록(愛の黙示錄)'이란 제목으로 한일합작의 영화가 만들어졌다. 김수용 감독이 메가폰을 잡고 한국의 길용우가 윤치호역, 일본의 이시다 에리가 윤학자역을 맡았다. 당시까지 한국에서는 일본의 영화나 가요 등이 상영될 수가 없었다. 한일합작영화도 마찬가지였다. 그러다가 김대중 정부 들어서서 1998년에 일본문화에 대해 개방조치로 전향한 뒤에 1999년 제1호로 상영이 허가 되었다. 일본에서는 300만 명 이상의 관객을 동원하며 많은 감명을 주었고 한국에서도 비록 본 사람은 그렇게 많지 않았지만 역시 감동을 주어 한국 그리스도교 문화대상 영화부문의 상을 받았다.

2012년에는 윤학자 여사의 탄생 100주년을 기념해 대규모 기념대회('유엔 세계 고아의 날' 제정추진대회)가 서울과 목포에서 개최됐다. 10월 29일 개최된 기념대회에서는 '종교와 사회공헌'이라는 제목의 기독교계 인사들의 세미나가 진행됐다. 이날 세미나에서는 김선도 광림교회 원로목사와 홍정길 남서울은혜교회 원로목사, 미네노 다쓰히로 일본 요도바시교회 주관목사, 오리우치 아키라 일본 그레이스선교회 대표목사 등이 발제자로 참여했다. 기념대회는 30일부터 윤 여사가 평생을 헌신한 전남 목포에서 진행되어 추모예배와 사랑과 평화의 제전, 기념식과 제정추진대회

등이 잇달아 열렸고 이 해에 목포 공생원에 '윤치호·윤학자 기념관'이 개관되었다.

아버지와 어머니의 유지를 받드는 사업을 계속해 온 윤기 씨는 2006년 호암상 사회복지 부문을 수상했다. 이때 수상소감에서 윤기 씨는 그가 제안하고 추진해 온 '유엔 세계 고아의 날(UN World Orphans Day)' 제정 필요성을 다시한번 강조했다. 윤학자 여사의 생일이자 기일인 10월 31일을 고아의 날로 정하자는 것이다. 수상 후 10년이 더 지났지만 아직 미완인 이 '세계 고아의 날'을 꼭 제정해야 한다며 이미 받은 3만5000명의 청원서에 가능한 청원을 더 받아 유엔에 정식 청원서를 제출하는 게 목표다.

홀로된 이후에도 남편의 뜻을 따라 15년 이상 우리나라의 고아들을 돌보아 온 일본인 여성. 그 숭고한 뜻이 아들로 이어져 일본의 우리 할아버지 할머니들을 돕는 일이 계속되고 있지만 기왕에 시작된 '유엔 세계 고아의 날(UN World Orphans Day)'이 꼭 제정돼 한일 사이를 수 천 마리의 학을 타고 오간 인류애가 전 지구촌으로 확산되는 날을 손꼽아 기다려 본다. .

천황을
거부하는 이유

– 가네코 후미코

"여기에 계신 분들게 알려드릴 게 있습니다. 당신들은 조선인 동화를 운운
하기에 앞서 먼저 조선에 있는 일본민족을 인간적으로 만들어야 할 것입
니다. 대금(貸金) 기한이 지났다는 이유로 돈을 빌려간 조선인을 자신의
집 천장에 거꾸로 매달아 놓거나, 대금의 열 배에 해당하는 저당을 가로채
기 위해 조선인의 입에 엽총을 들이대기도 하는…. 그렇게 부도덕한 형제
들이 사라지게 해야 합니다."

한 일본인 여성이 조선에 있을 때 고백한 이런 풍경은 식민지
시대 조선에 건너와 살던 지각없는 일본인들이 저지른 많은 죄악
중에 극히 일부분일 것이다. 일본의 조선 통치가 식민지가 아니라
같은 한 나라 한 국민으로서 평등하게 대우한 유례가 없는 덕치(德
治)였다고 믿고 싶은 일본인들은 부정하려고 히겠지만 한 일본인
고리대금업자의 이러한 무도한 행위가 여기뿐이었을까? 그러니

할아버지 아버지의 그러한 수난을 목격하고 그 아픔을 이어받아 온 한국인들이 아직도 일본의 식민통치에 대해 용서하지 못하고 있는 것이다. 한국 사람이 본 것도 아니고 일본인이 본 것도 이럴 지경인데 일본인이 없는 데서 한국인들을 불러다 협박을 하고 강압적으로 재산을 가로챈 사례가 얼마나 많았을까?

이렇게 조선에서 일본인들의 만행을 보고 증언한 일본 여성, 그 이름은 가네코 후미코(金子文子)이다. 그녀도 한국을 사랑하고 한국 남자를 좋아했다가 한국 땅에 묻힌 일본인이다. 1903년 요코하마에서 태어난 가네코의 아버지는 이름이 사에키 분이치(佐伯文一), 제법 명망 있는 집안의 아들이었기에 자신의 높은 가계를 과시하며 도시 노동자들의 삶에 대해서는 경멸하는 사람이었다고 하는데 아홉 살이 되던 해에 할아버지를 잃고 어머니와 누이만 남게 되자 집을 뛰쳐나와 대도시에서 닥치는 대로 일을 찾아 살아갔다. 그러다가 가네코의 어머니인 가네코 기쿠노(金子きくの)를 만나 결혼을 하고 요코하마에서 순사 노릇을 하며 비교적 편안한 삶을 살면서 딸 가네코 후미코를 낳는다. 그러나 아버지가 보다 잘생긴 후미코의 이모와 동거를 하게 되면서 후미코는 아버지에게서 버림받아 어머니와 함께 딴 집으로 나와 힘든 생활을 했고 어머니는 자주 아버지와 싸우며 구타를 당하는 지경이었다. 그런 후 어머니는 다른 남자와 동거를 하게 되는데 이 남자가 또 후미코를 자주 구타하는 등 어린 후미코의 생활은 고단하기 짝이 없었다. 아버지는 어머니에 대한 혼인신고를 하지 않아 후미코도 호적이 없어 학교도 가지 못하는 신세였다. 생활은 여덟 아홉 살 때에 이미 숯을 담은 가마니를 등에 지고 산길을 오르내리는 육체노동에 시

달리면서도 먹을 것을 제대로 못 먹고 굶기를 밥 먹듯 하는 그런 상황이었다. 무적자로서의 그러한 어려운 삶이 후미코가 국가의 권력, 국가의 법질서에 대해 비판하고 무정부주의자가 되는데 결정적인 역할을 한다.

아홉 살 때 어머니가 다른 남자에게 후처로 들어가 버리자 다시 외톨이가 된 후미코는 1912년 가을 조선의 충청북도 청원군 부용면 부강리에 살던 친할머니가 데리고 가서 자신의 딸로 호적을 올리고는 후미코의 고모 밑에서 살도록 한다. 이 때부터 소학교를 다니며 공부를 그런대로 했지만 고분고분한 성격이 아니어서 할머니의 질책과 벌을 많이 받았고 당시 식민지 시대 한국인(조선인)들의 피눈물을 직접 보며 자랐다. 마을에 있는 헌병파견소에서는 "카키색 제복을 입은 헌병이 조선인을 마당으로 끌어내어 옷을 벗기고는 맨 살이 드러난 엉덩이를 채찍으로 후려치고 채찍을 맞고 있는 조선인이 울음 섞인 비명소리를 지르는 것을 들어가며 살았다. 이런 과정에서 부강이라는 지역의 야산에 나가서 밤을 주우며 자연 속에서 자신의 외로움과 어려움, 조선인들의 비참함을 달래며 살아갔다. 또 할머니에게서 구박을 받아 집에서 쫓겨날 때에는 아랫마을에 있는 조선인 공동우물가로 가서 조선인 아낙네로부터 밥이라도 먹고 가라는 따뜻한 말에 감동을 받기도 했다. 한때는 자살을 결심할 정도로 극심한 학대를 받았지만 자연의 아름다움에서 치유를 받으며 참고 살았다

"그렇게 생각하자 나도 모르는 사이에 죽어서는 안된다는 생각까지 하게 되었다. 그렇다. 나처럼 고통을 받으며 살아가고 있는 사람들과 더불어 고

통을 가하는 사람들에게 복수하지 않으면 안된다. 그렇다. 죽어서는 안된다." (『자서전』[121] 167~169쪽)

1919년 서울에서 시작된 3.1 운동은 충청도의 부강지역까지 들불처럼 번져 주민들은 밤이 되면 산으로 올라가 횃불을 밝히고 만세를 불렀다. 거기서 그는 조선인들의 독립운동에 깊이 공감을 한다.

悲痛な少女時代

"조선인들이 지니고 있는 사상 중에서 일본인에 대한 반역적 정서만큼 제거하기 힘든 것은 없을 것입니다. 1919년에 있었던 조선의 독립 소요광경을 목격한 다음 나 자신에게도 권력에 대한 반역적 기운이 일기 시작했으며, 조선 쪽에서 전개되고 있는 독립운동을 생각할 때 남의 일이라고는 생각할 수 없을 정도의 감동이 가슴에 용솟음쳤습니다." (재심준비회 편, 《박열 · 가네코 후미코 재판기록》, 20쪽)

"1919년 3월, (여섯 글자 불명)은 관헌의 총칼에 찔리거나 감옥에서 분사(憤死)하고 어떤 사람은 ▽▽▽ 총탄에 쓰러지면서 일시적으로 (8글자 불명) 진정되는 듯 보였다. 그러나 학대〈받고 있

---

121) 가네코 후미코의 자서전이다.《무엇이 나를 이렇게 만들었는가》란 제목으로 흑색선전사에서 나왔는데 가네코의 전기를 쓴 야마다 쇼지가 인용하면서 《자서전》이란 약어로 해서 그 내용을 인용하고 있다. 필자는 원문을 확인하지 못하고 저서를 그대로 재 인용한다.

던 조선인의〉 파도와 같은 외침은 ▽▽▽(일본군대)의 무력 따위로는
도저히 (다섯 글자 불명)진정될 수 없었다"

　　그녀의 어린 시절은 정리하자면 바람기 많은 아버지와 몇 번
결혼을 거듭하며 딸을 버린 어머니, 그 모두에게 버림받아 호적에
도 올라가지 못하고 무적자(無籍者)로 고통을 받은 성장기. 친척집
에 맡겨져 자라던 중 1912년에 조선의 충청북도에 살고 있던 고
모의 집에 들어가 7년 간 조선에 살면서 할머니로부터 받는 온갖
학대로 표현할 수 있다. 그런 암울한 시기에 조선의 3·1 운동을 목
격하면서 한국인들의 참상을 보았고 그들의 독립 의지를 확인하고
이에 공감하면서 한국인들과 가까워진다. 일본인 식민자에게는
'보이지 않는' 인간이었던 조선인이라는 존재가 후미코에게는 '보
였다'고 하겠다. 물론 자신과 같지는 않았지만 인간 취급도 받지
못하는 조선인들이 할머니보다는 친근한 존재로서 곁에 있었다.
　　1919년 4월 후미코는 일본으로 돌아온다. 어머니의 친정집에

短いが充実した「生」を生きた金子文子

서 머물다가 뒤늦게 찾아온 아버지를
따라 하마마쓰로 가서는, 외삼촌과
결혼 시키려는 아버지의 뜻에 따라
여자기술학교에 들어가 신부수업을
한다. 그러나 차분하게 학교수업을
따라가지 않아 아버지와 대립하게 되
고 외삼촌으로부터도 파혼을 당하자
새로운 삶의 길을 걷기 위해 도쿄로
과감하게 떠난다.

도쿄의 친척집에서 잠시 있다가 뛰쳐나온 후미코는 신문판매점에서 먹고 자고 일하며 세상에 눈을 뜨기 시작했다. 석간 신문 판매장에서 사회주의자들을 만났고 한 무정부주의자가 후미코에게 내민 팜플렛을 계기로 무정부주의자 단체인 노동사(勞動社)의 멤버가 된다. 신문판매점을 때려치고 노점상, 가정부 등을 전전하다가 1921년 허무주의 사상을 지니고 있던 조선 청년 원종린, 그리고 공산주의자 정우명과 김약수, 무정부주의자 정태성 등 조선인들과 만나게 된다.

당시 도쿄에는 조선에서 온 유학생들이 많이 있었다. 일본 측 기록인 『재내지조선학생상황(在內地朝鮮學生狀況)』(1920)에 따르면 후미코가 도쿄로 올라온 1920년 10월 현재 도쿄의 대학 전문학교 중학교 여학교 예비학교 등에 재학하고 있는 조선인은 1,023명이었다.3.1 운동이 일어난 지 얼마 되지 않아 도쿄로 유학 온 장지락(張志樂), 즉 『아리랑』의 주인공으로 유명한 김산(金山)의 회상에 의하면 그 당시 도쿄에 있던 조선인 학생의 3분의 1

박열

이상이 인력거꾼, 신문 및 우유배달원, 인쇄소 교정원, 소규모 공장의 직공과 같은 아르바이트를 하는 고학생이었다.[122]

1922년 초 후미코는 허무주의 사상을 가진 정우영의 소개로 박열(朴烈)을 만나게 된다. 정우영의 하

---

122) 『가네코 후미코』98~99쪽. 야마다 쇼지 지음.정선태 역. 산처럼. 2002년

숙집에 들른 후미코는 『청년조선』이라는 잡지의 교정쇄에서 박열의 「개새끼」라는 시를 처음 읽고는 강한 힘을 느끼고 황홀하다고 할 속시원함을 느꼈다고 한다. 조선에서 일본으로 건너와 어쩔 수 없이 들개와 같은 생활을 하면서도 그것을 조금도 부끄러워하거나 굴욕스럽게 여기지 않고 일본 제국주의로부터의 해방에 정력을 쏟아 부었던 청년 박열의 내적인 힘이 표현된 것으로 추정된다. 며칠 후 다시 정우영의 하숙집에서 겉모습은 초라하지만 이면에서 강렬함을 분출하는 조선 청년에 마음을 빼앗긴다. 곧 정우영을 통해 박열을 불러내어 사랑을 고백한다.

☞ 박열

　　본명은 준식.　1902년 경북 문경군 마성면 오천리에서 태어난 박열은 아홉 살까지 고향의 서당을 다녔는데 어려서부터 불우한 이웃을 그냥 지나보지 않았다. 어느 날 어머니와 함께 10리쯤 떨어진 친척집에 다녀오는 길에 누더기를 걸친 거지차림의 할머니를 만났다. 박열은 어머니의 치마를 가리키며 "어머니 어머니는 이렇게 화려한 치마를 입고 있는데 왜 저 할머니는 너덜너덜하고 더러운 옷을 입고 있어요? 너무 불쌍해요. 어머니, 어머니 치마 하나를 저 할머니에게 주면 안될까요?" 라고 울음을 삼키며 말했다. 어머니가 집에 돌아가면 치마를 주마고 하자 박열은 아주 기뻐하며 할머니를 집으로 데려왔다고 한다.123)

　　박열은 열 살 때 상주군 함창에 있는 소학교로 전학했는데, 가난한 학생들에게 연필과 종이를 나눠주느라 학비가 부족하다고 더 보내라고 요청했다고 한다. 그러면서 일본 학생과의 민족차별을 많이 보아야 했다. 1916년 열 다섯 살 때에 관비로 배울 수 있는 관립경성고등보통학교(4년제 중학교) 사범과에 들어갔으나 여기서도 차별을 경험해야 했다. 이 학교에서는 영어수업을 금지하고 있는데 그 이유는 조선인이 영어를 배워 상업에 종사함으로써 시야가 세계적으로 되는 것을 막는다는 방침 때문이라는 것이다. 학교에서는 일본과 조선이 같은 나라이며 일본인과 조선인은 같은 인종이라는 것을 고취하면서 일본천황의 은혜를 설명했는데 박열은 천황이 왜 고마운지 도무지 알 수가 없었다고 한다. 이 학교에 재학 중에 3.1운동에 참여해 동지들과 독립신문을 발행하고 격문 5천 부를 뿌렸다. 그리고는 조선에서는 엄중한 단속으로 독립운동을 하기 어렵다는 것을 알고는 그 해 10월에 일본 도쿄로 건너갔다.

조선을 떠날 무렵 박열은 "인간은 인종과 인종 사이는 물론 같은 인종인 인간과 인간 사이에도 절대적인 자유와 평등이 존재하지 않으면 안 된다"는 범사회주의 사상을 지니고 있었다. 일본에 와서 박열은 신문배달, 유리병 공장, 날품팔이, 우편배달부, 인력거꾼 등 손에 닥치는 대로 일을 해서 생활을 이어갔다. 후미코와 만날 때에는 이렇다 할 직업도 없이 친구 집을 돌아다니며 먹고 자는 생활을 했다. 그러나 활동은 활발했다. 1920년 11월에 결성된 고학생동우회에 간부로 참가했고 이보다 앞선 6월 경에는 재경조선인학생들과 함께 혈권단(血拳團), 10월에는 무정부주의자와 사회주의 성향의 조선인 학생, 노동자로 구성된 의권단(義拳團)에 가입했다. 친일파 조선인을 응징하고 조선인을 모욕하는 일본인을 제재하기 위한 모임이었다. 그 다음에 11월에는 '검은 파도의 모임'이란 뜻으로 흑도회(黑濤會)를 조직했다.

1921년 11월 외항 선원에게 폭탄을 입수해 줄 것을 부탁했으

---

123) 『가네코 후미코』 129쪽. 야마다 쇼지 지음. 정선태 역. 산처럼. 2002년

나 실현되지는 않았다. 1922년 2월에도 최혁진이란 사람을 통해 상하이에서 폭탄을 입수하는 계획을 세우기도 했다. 1922년에는 오시마 제강공장의 쟁의 지원에 나갔다. 후미코는 이런 박열에게 마음이 끌렸다고 한다. 기성의 가치관에 저항하면서 빈곤을 부끄럽게 여기지 않았고 일본에 의해 억압받고 있는 민족적 체험에 입각점을 두고서 열성적으로 행동하는 것에 신선한 매력을 느꼈다.

후미코와 박열은 1922년 4월말 도쿄의 이층 작은 다다미방을 얻어 동거에 들어갔다. 두 사람은 서로 평등한 관계에서 앞으로 삶의 목표를 함께 추구해 나간다는 일종의 협약을 맺었다. 석달 후 그들은 흑도회의 기관지인 《흑도(黑濤)》를 창간했다. 창간취지문도 썼다.

"우리들은 인간으로서의 약자의 절규, 소위 불령선인의 동정, 그리고 조선인의 내면 등을 아직 피가 굳지 않은 인간미를 지닌 많은 일본인들에게 소개하기 위해 흑도회의 기관지로서 《흑도(黑濤)》를 간행한다. 우리들의 앞 길에는 수많은 장애물이 도사리고 있다는 것을 알고 있다. 그러나 그 장애물을 모두 정복했을 때 그리고 많은 세상 사람들이 우리들을 돌아볼 때, 바로 그 때 우리들의 날은 올 것이다. 그 때야 비로소 참된 일조융합(日朝融合), 아니 만인이 갈망하여 마지않는 세계융합이 실현될 것이다"

이러한 일련의 활동으로 박열은 이미 요시찰 조선인 갑호 해당자가 되었다. 배일, 반일 활동의 주동자급이라는 것이다. 후미코도 마찬가지였다. 1923년 5월1일 천황의 생일을 축하하기 위해 시바공원에서 열린 메이데이 행사에 박열과 후미코가 참가했다. 집회가 이어지면서 연단에서 삐라를 뿌리는 등 소란이 일자 경찰이 용의자들을 검속하고 연행하기 시작했다. 후미코와 박열도 검속에 걸려 경찰서로 연행돼 하룻밤을 보내야 했다. 박열과 후미코는 이미 불령사(不逞社)라는 새로운 단체를 조직하고 있었다. 보다 폭 넓은 사람들을 규합하기 위한 것이었다. '불령(不逞)'이란 말은 일제가 체제에 반대하고 저항하는 반일활동가를 지칭하는 말이다. 그 단어를 스스로 쓰면서 그 이름만으로도 참가할 수 있는 동지들을 모으는 것이었다. 1922년 7월 니가타현 나카스가와에서 조선인 노동자 학살 사건이 일어나자 박열은 현지에 달려가 노동자로 변장하여 감옥에까지 잠입해서 현장을 취재하고 도쿄에 돌아와 이를 널리 알리는 집회를 열었다. 집회는 중간에 경찰의 제지를 받았지만 많은 사람들이 학살사건을 알게 되었다. 박열은 아예 서울로 가서 천도교 강당에서 연설을 했다. 박열은 일본정부에 반대하기 위해서는 비상수단을 쓰는 것 말고는 다른 방도가 없다며 의열단을 만나 폭탄을 입수하기 위해 11월에 다시 서울로 가서 김한이란 사람을 만나 폭탄을 받기로 하고 돌아왔다. 그러나 김한이 서울에서 곧 체포되는 바람에 폭탄은 입수하지 못했다. 그 다음 도쿄에서 다시 추가 입수계획을 추진했으나 성공하지 못했다.

1923년 9월1일 대지진이 관동(關東)지방에 엄습했다. 지진으로 불이 붙어 도쿄 일대가 불바다로 변했다. 민심이 흉흉해지는 가운데 도쿄에서 요코하마에 이르는 지역에서 조선인들이 불을 지르고 우물에 독약을 푼다는 유언비어가 확산되어가고 있었다. 경찰도 의도적으로 이러한 유언비어를 퍼트렸다. 다음날 일본 정부는 계엄령을 내리고 조선인들을 체포하기 시작했고 군인들이 곳곳에서 실탄과 대검으로 조선인들을 보는 대로 살해하기 시작했다. 경찰들도 살해를 종용하기도 했다. 학살된 조선인 수는 6천 명을 넘어섰다. 15일이 지나자 일본정부는 국제여론을 의식해 조선인 살해를 멈추라고 하고 이번 사태가 불량한 조선인들의 폭동선동 때문이라는 핑계거리를 찾기 시작했다. 거기에 박열이 걸려든 것이다.

박열과 후미코는 9월3일에 보호 검속 명목으로 집을 수색당해 여러 문건들과 함께 연행되었다. 다른 불령사 동료 조선인들도 9월에 모조리 체포되었다. 이들을 취조하는 과정에서 박열이 상하이를 통해 폭탄을 구하려 했다는 사실이 드러났다. 일본으로서는 가장 좋은 증거를 찾아낸 셈이다. 박열과 가네코도 동료들이 연루되는 것을 막기 위해 스스로 주모자였다고 말했다. 빼도 박도 못하는 증거가 마련된 것이다.

검거된 불령사 동료들에 대한 조사가 진행되면서 재판도 길어졌다. 1924년에 들어서서 후미코는 1월 한 달 7차례에 걸쳐 예심을 받았다. 후미코는 경찰 조사에서 이미 폭탄입수계획을 밝혔기에 예심에서는 자신의 사상적 저항을 알리는 장소로 하겠다는 결심을 굳혔다. 그 전 해인 11월 16일 자 일기가 그녀의 사상을 밝혀준다.

"사실은 나도 지금 한 번만 세상에 나가보고 싶습니다. 그렇게 하기 위해 '개심했습니다'라며 고개를 숙이고 문서 한 장을 제출하기만 하면 쉽게 나갈 수 있다는 것을 알고 있습니다. 하지만 장래의 내 목숨을 부지하기 위해 현재의 자신을 죽이는 일은 결코 일어나지 않을 것입니다. 관계자 여러분 당신들 앞에 다시 한 번 용기를 내어 선언합니다. 나는 권력 앞에 무릎을 꿇고 살아가기 보다는 오히려 기꺼이 죽어 끝까지 나 자신의 내면적 요구를 따를 것입니다. 그것이 정녕 마음에 들지 않는다면 어디든 나를 데리고 가 주십시오. 나는 결코 두려워하지 않을 것입니다."
(재심준비회 편, 《박열 · 가네코 후미코 재판기록》 18.19쪽)

"나는 박열을 알고 있다. 박열을 사랑하고 있다. 그가 갖고 있는 모든 과실과 모든 결점을 넘어 나는 그를 사랑한다. 나는 지금 그가 나에게 저지른 모든 과오를 무조건 받아들인다. 먼저 박열의 동료들에게 말해 두고자 한다. 이 사건이 우습게 보인다면 뭐든 우리 두 사람을 비웃어달라고. 이것은 두 사람의 일이다. 다음으로 재판관들에게 말해 두고자 한다. 부디 우리 둘을 함께 단두대에 세워달라고. 박열과 함께 죽는다면 나는 만족스러울 것이다. 그리고 박열에게 말해두고자 한다. 설령 재판관의 선고가 우리 두 사람을 나눠놓는다 해도 나는 결코 당신을 혼자 죽게 하지는 않을 것이라고." (재심준비회 편, 《박열 · 가네코 후미코 재판기록》, 748쪽)

이것은 남편인 박열과 함께 형법 제73조(대역죄) 및 폭발물단속벌칙위반 혐의로 기소된 가네코 후미코가 예심원 공판 둘째 날인 1926년 2월 27일에 법정에서 낭독한 〈26일 밤〉이라는 제목의 수기에 나오는 한 구절이다.

박열은 예심과정에서 폭탄입수계획에 후미코가 관여하지 않은 것으로 증언을 해서 그녀의 처벌을 가볍게 하고자 했다. 폭탄입수자금의 출처에 대해서는 말할 수 없다고 진술을 거부했고 "폭탄을 입수하여 각종 직접행동에 나서는 일을 가네코와 협의했는가"라는 물음에 대해서도 "과거의 사실을 사실대로 말하다 보면 가네코의 감정을 상하게 할지도 모른다. 나는 가네코의 감정을 존중하기 때문에 그 질문에 답할 수 없다"고 답변을 거부했다. 박열은 처음부터 가네코를 연루시키지 않을 생각이었으나 나중에는 가네코가 자신의 형벌을 모면하는 쪽을 택하던가 아니면 재판을 사상적 저항의 장으로 삼든가 그것은 가네코 자신의 주체적인 선택에 맡기고 그녀의 판단을 방해하는 진술을 피했다. 그런 의미에서 박열은 가네코를 진정한 동지로 존중했다.

가네코 역시 혼자서 모면할 생각을 하지 않고 남편과 같은 길을 가는 것으로 결심했다. 1824년 5월14일에 열린 제12차 예심에서 가네코는 "나는 황태자의 성혼예식에 맞춰 황태자에게 폭탄을 선사할 방법에 대해 박열과 계속 논의했다"라고 스스로가 공범이라고 밝혔다. 폭탄투척대상이 황태자만인가 라는 질문에 대해서도 "황태자 한사람에게만 폭탄을 던지는 것도 괜찮겠지만, 만약 가능하기만 하다면 황태자와 함께 대신을 비롯한 정치실권자들도 해치우고 싶다는 생각을 하고 있었다"라고 말했다. 이것은 죽음을 불사하겠다는 뜻이다. 일본의 형법 73조에는 천황이나 그 직계 가족에 대해 위해를 가하거나 가하려 한 자는 사형에 처하도록 되어 있다. 황태자를 노렸다고 한다면 사형이 불가피하다. 그런데 가네코는 이 때 일본의 천황제 자체에 대한 강한 거부감을 갖고 있었고 재판 과정에서도 이를 적극적으로 드러내었다.

> "나는 신성불가침의 존재로 떠받들고 있는 천황 또는 황태자가 실은 아무 것도 아닌 하나의 로봇에 불과하다는 것을 만천하에 분명히 밝히고 싶었으며 또한 천황과 황태자는 소수 특권계급이 그 사복(私腹)을 채울 재원으로서 일반 민중을 기만하기 위하여 조종하는 인형이자 괴뢰에 불과하다는 것을 깨우쳐 주려 했다"

또한 천황제를 어떻게 보느냐는 심문에 대해서도

"나는 천황이 우리와 조금도 다를 바 없는 동일한 인간이지 결코 신이 아니라는 것을 입증하기 위하여 폭탄을 던져 천황도 우리와 똑같이 죽는다는 것을 보여주려 한 것이다"

『가네코 후미코』의 저자 야마다 쇼지는 후미코의 천황제에 대한 생각을 이렇게 정리하고 있다. 가네코의 입론의 기초에는 자연적 존재로서 모든 인간은 평등하며 그러한 인간의 행동 또한 평등하다는 생각이 놓여 있었다. 그런데 실제로는 권력에 의해 만들어진 인위적인 법률이나 도덕에서부터 불평등이 비롯되고 있다. 그리고 "지상의 평등한 인간생활을 유린하고 있는 권력이라는 악마의 대표자는 천황이며 황태자이다"라고 하여 천황과 황태자를 잘못된 권력의 대표자로 보았다.[124] 그리고 천황제가 민중의 생명이나 자아를 의생하고 국가를 위해 모든 힘을 다한다는 이른바 일본의 국시(國是)로까지 간주되고 찬미, 고취되는 저 충군애국사상은 사실상 그들 소수 특권계급의 이익을 탐하고 보장하기 위해 아름답게 포장된 것에 지나지 않는다고 주장했다.

이처럼 당시 일본인들의 자존심인 천황제에 대해 강하게 비판을 하는데 대해 일본인들의 자존심이 허락하지 않을 것이라는 문제가 있다. 또한 이렇게 되면 사형을 면하지 못할 것이기에 당시 가네코에 대한 예심을 담당했던 예심판사 다테마쓰 가이세이(立松懷淸)는 천황제를 철저하게 비판하는 후미코를 전향시키려

---

124) 야마다 쇼지 『가네코 후미코』261~263쪽 발췌 인용

일곱 차례나 설득을 시도했다.

첫 번째는 1924년 1월 25일, 도쿄지방재판소에서 열린 예심 때였다. 후미코는 이날, 박열이 김중한에게 폭탄입수를 위해 상하이로 갈 것을 의뢰했다는 진술을 했는데, 다테마쓰는 "피고가 품고 있는 그런 생각을 파기할 수는 없는가"라고 말했다. 이에 대해 후미코는 "현재로서는 지금 갖고 있는 생각을 바꿀 뜻이 없다"(《재판기록》, 28쪽)고 대답했다.

두 번째는 5월 14일 이치가야형무소에서 있었던 예심 때였다. 이 자리에서 후미코는 철저하게 천황제를 비판했는데, 다테마쓰는 이날의 예심 막바지에 "피고는 개심하는 게 어떤가"라고 물었다. 후미코는 "나는 개전(改悛)의 정을 표하는 일 따위는 결코 하지 않는다"(《재판기록》, 62쪽)라며 전향을 거부했다.

5월 5일 같은 장소에서 있었던 예심에서 다테마쓰는 "피고인은 박열처럼 민족적 사상에서 출발한 것도 아닌데, 뭐든 반성할 생각은 없는가"라고 민족이 다르다는 것을 이유로 후미코를 박열과 떼어놓으려 했다. 그러나 후미코는 "전부터 판사님에게서 주의를 받은 것도 있고 해서 생각을 해보기는 했지만, 도저히 반성의 여지가 없다"라며 한마디로 거절했다. 그러자 다테마쓰는 "피고는 박열에 대한 의리나 피고의 입장에서 생각한 명예 또는 의지 때문에 그런 말은 하는 것은 아닌가"라며 후미코 사상의 주체성을 전혀 이해하지 못하는 질문을 했는데, 당연하게도 후미코는 "그런 건 없다"고 말하고 "장래의 일을 지금부터 미리 생각하고 싶지는 않다"며 일축했다.(《재판기록》, 101쪽)

6월 6일 도쿄지방재판소에서 열린 예심에서 다테마쓰는 "유서 깊은 일본 땅에서 태어난 피고에게는 특별히 (천황제에게 적대적인 태도를) 반성할 기회를 주고 싶은데 어떤가"라고 말하자 후미코는 "유서 깊은 일본 땅에 태어났기 때문에 내가 지금까지 생각하고 있는 것 그리고 방법으로 삼고 있는 것이 더욱 필요하고 옳다는 것을 믿는다"라고 역습했다.(《재판기록》, 112쪽)

다테마쓰는 민족이 다르다는 이유를 들어 후미코와 박열의 사이를 갈라놓으려 하면서, 형법73조의 적용 운운 하며 협박도 하고 후미코의 관심을 비정치적인 영역으로 돌려놓으려는 의도로 그녀를 설득, 유도하려 했지만 모두 실패했다. 일본 정부 측에서는 자신들이 범한 관동대지진 당시 조선인대량학살 구실을 찾기 위해 무엇보다 박열을 대역죄인으로 삼아 법정에 세우고 싶었을 것이다. 그런데 후미코가 '불령일본인'이 되어 박열과 행동을 함께 하는 것은 '국체'를 손상하는 일이 되며 따라서 결코 좋을 게 없는 것이었다. 후미코는 전향 공작을 뿌리치고 박열 개인에 대한 사랑을 선언하고 동시에 일본민중을 억압하면서 조선을 식민지화하여 지배하는 천황제에 대한 조선민족과의 공동투쟁을 선언한 것이다.

재판은 오래 갔다. 햇수로 2년 이상이 지난 1926년 3월 25일에 가네코와 박열은 사형선고를 받았다. 6일 후에 가네코는 후세 다쓰지 변호사(布施辰治;1890-1953)[125]에게 편지를 보낸다;

"어느 때보다 지금은 한층 더 말하는 것을 제한받고 있습니다. 그래서 말을 할 수도 없고 말하고 싶지도 않습니다만 단 한가지만은 말해 둬야 할 것 같습니다. 요즘 내 자신의 마음을 가만히 응시하다가 나는 예전부터 너무나 많이 자신을 의심했으며 자신에 대하여 지나치게 겁을 먹었다는 확신을 갖고서야 죽으러 갈 수 있겠다는 생각을 했습니다. 바로 이것을 말씀드리고 싶었던 것입니다."

사형을 앞두고 그녀는 자서전을 준비했다. 사형 선고 이틀 전에는 형무소에서 박열과 후미코의 지장을 찍고 당시 간수장인 오쿠무라의 자필 설명서를 첨부해서 결혼신고서가 구청에 제출돼 그 날짜로 처리가 되었다. 법적으로 부부가 된 것이다. 두 사람이 죽음을 앞 둔 상황에서 갖고 있는 하나의 희망은, 이 세상에 있는 동안 세상 사람들 앞에서 떳떳한 부부로서 최후의 사랑을 나누며 살고 싶다는 것이었다. 후미코 집안에서는 이를 극력 반대했으나 후세 변호사의 설득으로 마침내 정식 결혼이 성립된 것이다. 그리고 후미코는 자신이 죽으면 박씨 집안의 묘에 묻어달라는 내용의 편지를 보냈다.

그런데 판결이 있던 날 두 사람에 대해 사형에서 한 단계 감형하자는 논의가 나왔다. 가네코는 일본인이므로 일본의 법무 당국은 천황의 은사(恩赦)를 받도록 하고, 박열은 조선인이지만 일본인

---

125) 후세 다쓰지(布施辰治 1890-1953) 지난 2004년 일본인 최초로 우리나라 정부로부터 건국훈장을 받은 일본인 변호사. 사람들은 그를 독일 제3제국하에서 유대인들을 도왔던 '쉰들러'에 비교해 '일본인 쉰들러'라고도 부르기도 한다.이 변호사에 대해서는 별도 소제목 항목으로 앞에서 자세히 소개한 바 있다.

과 조선인을 동일시한다는 일시동인(一視同仁)을 널리 알리는데도 효과적이란 판단에서 박열에 대해서도 감형을 해달라는 청원을 올려 4월 5일에 두 사람 모두 무기징역으로 감형되었다. 감형 이유로는 이들이 꼭 황태자만을 위하려 한 것은 아니라 체제에 대한 항거가 주 목적이었다는 논리를 달았다. 두 사람 모두 사형은 면하게 된 것이다.

그러나 사형언도 직후 소위 감 1등 무기징역의 은사장을 형무소장이 내밀었을 때 그것을 그 자리에서 갈기갈기 찢어버리며 그녀는 감동적인 사실상의 유언을 남긴다:

"천황의 이름으로 기왕에 사형을 언도했으면 그만이지 다시 은사니 어쩌니 하면서 인간의 생명을 농락하다니 말이 되는가! 박열에게 바친 아내로서의 후미코(文子), 조선에 바친 조선민족으로서 선택한 길인데 몸과 마음 모든 것을 다 빼앗아간 무기징역의 일본감옥 속에서 더 살아보았자 그 무슨 의미가 있을 것인가? 차라리 죽어서 그 뜻을 부군 박열에게 바치고 조선 땅에 내 뼈를 묻음으로써 모든 것을 조선을 위해 바친다면 그 뜻을 언젠가 누구라도 알아주게 될 것이 아닌가?"

이들은 이른바 '은사'에 의해 감형을 받은 뒤에 곧바로 그 때까지 있던 이치가야 형무소에서부터 다른 곳으로 각각 분리 수용된다. 박열은 지바형무소로, 후미코는 우쓰노미야 형무소 도치기지소로 옮겨졌다. 이곳에 와서 석달 반 쯤 지나 후미코는 자살했다. 23살의 나이였다. 7월 22일에 마닐라 삼으로 노끈을 꼬기 시작해 다음날 아침에 노끈으로 목을 매달아 자살을 택한 것이다. 그리고 형무소 당국이 이를 감추고 있다가 자살이 드러난 것이 7월30일이었다.

자살한 이유는 무엇이었을까? 자살한 이유를 남긴 것은 없다. 다만 형무소 측에서는 편지도 쓰지 못하게 하면서 후미코에 대해 사상적으로 전향하라는 요구를 자주 했기에 하루하루 가해지는 일상에서의 전향 정책에 대한 저항의 방식으로 가끔 단식이나 자살시도가 있었다고 일본인 연구가들은 분석한다. 박열도 은사 직후에 자살을 시도한 바 있다. 또 무기징역이라는 판결은 목숨은 건진다고 해도 긴 시간 고통을 받으면서 사상적으로 전향을 강요받으며 괴로움을 받느니 차라리 일시적인 고통인 사형을 택하였다는 분석도 있다. 아무튼 후미코의 자살은 일본 당국으로서는 곤혹스러운 일이었다. 천황의 은사를 거부한 것이 되기 때문이다.

유해는 일단 7월31일 화장돼 형무소 공동묘지에 매장되었고 후세 변호사는 후미코의 어머니 기쿠노를 만나 고인의 뜻대로 조선의 박씨 집안에 보내기로 하고 그 뜻을 타진했다. 박열의 형인 박정식 씨가 상주에서부터 도쿄로 와서 유골을 확인한 뒤에 일본 당국이 혹 다른 문제가 생길까 우려해서 특별우편으로 직접 고향인 문경으로 보냈다. 유골은 11월5일에 박열의 고향인 경상북도 문경군 마성면 오천리에서 북쪽으로 약 8킬로미터 떨어진 문경면 팔령리 산 중턱에 묻혔다. 묘는 한국의 전통적인 봉분 형식이다. 일본당국은 반역의 죄를 지은 사람이기에 봉분을 높이 만들지 못하게 했고 성묘도 금지시켰다. 해방 후 한참이 지난 1973년 7월 23일에 한국인들이 '금자문자여사지묘(金子文子女史之墓)'라고 쓴 묘비를 세웠다.

가네코 후미코를 겉만 보고 그를 조선을 열렬히 사랑한 일본인 여성이라고만 판단하는 것은 너무 일방적인 생각이란 주장을 일본측에서는 하기도 한다. 그녀의 일생을 다룬 책 『가네코 후미코-식민지 조선을 사랑한 일본제국의 아나키스트』(야마다 쇼지 지음, 정선태 옮김. 2003년, 산처럼)을 보면 후미코의 내면이 조금씩 드러난다.

> "태어날 때부터 나는 불행했다. 요코하마에서, 야마나시에서, 조선에서, 그리고 하마마쓰에서 나는 시종일관 가혹한 취급을 받았다. 나는 자아라는 것을 가질 수가 없었다."

대일본제국이라는, 넘쳐나는 국력을 바탕으로 아시아 각국을 점령해 들어가는, 그래서 일본인들은 기회가 무척 많아진 시대에 한 인간으로서의 기본적인 권리도 찾지 못한 채 온갖 고통을 감내해야 했던 한 여성. 그가 그처럼 사회에서 냉대를 받았기에 그는 일본이라는 정부체제를 인정할 수가 없었고 그것이 식민지 지배 하에서 고통을 받는 한국인과 같은 그룹이 된 것이라면, 그녀는 일본이라는 한 사  회 속에서 버림받고 그 속에서 자아를 찾아가려 했던 한 무정부주의자로 보는 것도 타당하다는 생각이 들 수 있다. 그가 박열을 도와 폭탄을 구하려 한 것도 그 폭탄으로 조선독립을 도모하려는 것이 아니라 연인인 박열을 위해서라고 스스로 밝히지 않았던가? 그러므로 도쿄에 와 있던 조선 청년들을 만남으로써 그는 스스로가 누구인지, 왜 사는지에 대한 인식을 새롭게 했는데, 그것을 보면 그녀에게 있어서 조선이나 조선인은 무정부주의자로서의 각성을 위한 계기이자 조건이었을 뿐 목표는 아니었다고 야마다 쇼지는 말한다.

> "지금 생각해 보면 나의 이런 사상은 책이나 다른 길을 통해서 나온 것이 아니라, 마음의 눈에 비추어볼 때 내 자신이 체험해 온 여러 가지 슬프고 괴로웠던 일들이 나를 다그쳐 단숨에 오늘 이러한 사상으로 밀어 올렸던 것 같습니다. 결국 내가 지금 갖고 있는 이러한 사상은 다른 사람이 내게 심어준 것이 아니라 내 자신의 체험에서 생겨난 것이라고 생각합니다."
> (《재판기록》, 256, 257쪽)

그러나 그렇다고 해서 그녀의 삶의 의미가 달라지는 것은 아니다. 오히려 그녀의 삶은 1920년대 일본만이 아니라 2000년대 일본, 아니 우리 사회에서도 의미가 있다. 어느 사회건 보살핌이 없는 사람들의 삶은 그처럼 힘들다는 것, 그래서 그들은 차라리 정부가 없는 것이 더 좋다는 생각에서 정부에 대한 항거를 생각하기가 쉽다는 것이다. 가네코 후미코는 그러한 저항과 항거를 통해 자신처럼 사회적인 약자였던 조선과 조선인을 돕고 그 스스로도 자유를 택했다.

가네코 후미코가 묻혀있던 팔령이라는 곳은 필자의 고향인 평천리에서 고개 하나만 넘으면 된다. 십여 년 전 가을에 고향에 벌초를 한다고 해서 수십 년 만에 고향을 찾았다가 일부러 차를 팔령

쪽으로 해서 지나오면서 입구만을 본 적이 있다. 문경시에서는 2001년부터 박열기념공원을 새로 조성하기로 하고 그의 생가인 마성면 오천리에 터를 잡아 10여년의 작업 끝에 기념공원을 마련하고 그녀의 무덤[126]도 그 뒤로 옮겨 와 더 넓게 만들었다. 2017년 6월 말 영화 '박열'이 개봉돼 인기를 끌면서 많은 분들이 이 기념 공원을 찾아 박열과 가네코의 인생을 더듬어보고 있다. 일본에서 버림받고 한국인들에게서 사랑을 받고 한국과 한국인을 사랑했던, 그리고 자신의 조국인 일본에 마음을 두지 못하고 무정부주의자가 되어 한국인 애인을 돕다가 자살로 생을 마감해 결국 다시 한국의 흙이 된 한 일본인 여성의 운명과 의지, 그런 것들을 생각하는 공간이기도 하다. 그녀도 한국에 묻혀서 한국의 흙이 되어 있지 않은가?

126) 사진과 자료제공: 박열의사 기념관

원혼을
데려와야지요

— 후지키 소겐

    지난 설 연휴에 인천공항은 하루 이용객이 20만 명을 넘어 최고 기록을 세웠다. 20만 명이라면 이 공항의 수용한도에 육박하는 엄청난 숫자이다. 이용객들 대부분은 해외여행을 나가는 국민들이었고 비교적 가격부담이 적은 동남아로 나가는 사람들이 많았다. 동남아 코스 중에는 오키나와를 방문하는 3박5일 일정도 있다. 오키나와는 바닷물이 맑고 깨끗하며 자연환경이 좋아 이곳 사람들은 가장 장수하고 있는 것으로 유명하다. 그러기에 우리나라 관광객들도 많이 찾는데 실상 볼거리는 많지 않아서 주로 바다 구경에다 맛있고 신선한 음식을 즐긴다고 한다.

    오키나와는 2차 대전 때 일본군이 미군을 중심으로 한 연합군과 태평양 최대의 전투를 벌인 곳이다. 1945년 4월1일에 시작하여 81일 간이나 계속되었고 작은 섬인 이오섬(유황도)을 빼놓고는 일본 영토에서 벌어진 최초의 전투이기도 하다. 오키나와 전투에 동원된 미군의 육상 부대는 신규 편성된 제10군이었고 사령관은 사이먼 B. 버크너 중장이었다. 병력은 육군 24군단 중심으로 한 5개 사단 10만2천 명, 해병대 3개 사단 8만8천 명, 총 19만 명에 해군 지원 요원 1만8천 명이 추가로 편성되었다. 당시 오키나와 방어에 나선 일본군은 6만 7천 명이었다. 오키나와 전투는 일본 영토에서 벌어진 최초의 대규모 전투였기 때문에 일본은 문자 그대로 사활을 걸고 덤벼들었다. 오키나와 전투는 또한 일본 해군의 가미카제 자살 특공대가 최대의 활동을 한 전투였다. 일본 해군과 육군 항공대는 오키나와 상륙 작전이 수행되고 있던 1945년 4월 1일부터 같은 해 5월 25일까지 무려 1,500기의 자살 특공기가 동원된 7번의 대규모 특공 작전을 전개하였다. 가미카제 특공대의 공격으로 20척의 미군 함선이 격침되었고 157 척이 파괴되었다. 그러나 가미가제 작전에 동원된 수많은 젊은이들의 희생으로도 일본은 미국의 오키나와 점령을 막지 못했다. 이 기간 일본군이 잃은 항공기들은 1,100기나 된다. 돌아올 연료도 없는 비행기에 올라탄 일본의 젊은 병사들은 모두 군함 등에 돌진해서 폭발과 함께 자살했다. 여기에는 11명의 한국인들도 있었다.

3월 26일, 미군은 오키나와 15마일(24킬로미터)서쪽 섬인 게라마 제도에 상륙작전을 벌여 닷새 만에 완전 점령해 이곳에 포대를 설치하고 오키나와 본섬에 포격을 가했다. 1945년 4월 1일 아침, 드디어 미군은 오키나와 중서부 해변에 상륙 작전을 감행하여 4월6일까지 오키나와 허리를 차지해 일본군을 남북으로 양단해 놓았다. 4월 9일 미 27사단은 오키나와 서쪽 해안을 끼고 있는 일본군 방어선에 324문의 각종 포를 동원하여 태평양 전쟁 최대의 공세를 폈다. 이 공격에 전함, 순양함, 구축함이 가세했고 하늘에서는 해군과 해병대의 항공대 650기가 네이팜탄과 로켓탄을 퍼부었다. 일본군은 땅굴에 몸을 숨겨 일단 치열한 포화를 피하고, 기회가 있을 때 박격포 포격과 수류탄 투척을 감행했다. 5월 4일 일본군이 최대의 반격을 실시하였다. 사령관 우시지마는 미군의 후방을 공격하는 한편 가미카제 특공대도 대폭 출격시켰다. 그러나 미군의 압도적인 화력으로 일본군은 7,000명의 인명 손실을 입고 퇴각하고 말았다. 미군은 총공세를 펼쳐 5월 13일 요나바루 해안 평야를 굽어보는 높이 145m의 돗토리 산을 점령했고 이후 주도권을 잃은 일본군은 기얀 반도로 물러가 최후의 결전을 준비했다. 6월 4일 미 해병 6사단이 오로쿠 반도에 상륙하여 일본 해군 진지를 공격하였다. 일본군은 격렬히 응전하다가 힘이 다하자 6월 13일 사령관 오타 미노루 소장을 비롯한 4,000명이 집단으로 자결해 버렸다. 6월 17일 우시지마 사령관이 지휘하는 32군의 잔존병들은 오키나와 최남단 이토만의 동남쪽 포위망으로 밀려 들어갔다. 6월 18일, 미군 측 총사령관 버크너 중장이 전선 시찰 중 일본군의 포탄에 맞아 전사했다. 그러나 미군은 최후의 총공세를 펴 6월21일 일본군은 궤멸되고 우시지마 중장과 참모장 조 이사무 중장은 89 고지의 참호에서 할복 자살함으로써 전투가 끝났다.

오키나와 전투는 태평양 전투 중 가장 피를 많이 흘린 전투였다. 오키나와 전투에서 전사한 일본군은 7만 7,166명이었고 전쟁에 휘말려 희생된 오키나와 현민은 14만 9,193명이었다. 미군이 1만4천 명이 전사했고 영국군도 82명이 전사했다. 미군의 인적 피해는 부상당하거나 사고로 죽거나 병으로 죽은 사람까지 합치면 약 82,000명이었다. 오키나와 전투에서 오키나와 주민들이 겪은 참화는 상상을 넘는 것이었다. 미군 침공 당시 오키나와에는 30만 명의 주민들이 있었는데 전투 중에 이중 3분의 1이 넘는 민간인이 목숨을 잃었다. 일본은 중일 전쟁 때 적국 국민인 중국인들에게 자행했던 끔찍한 학살과 약탈을 자국민들인 오키나와의 주민들에게도 해댔다. 오키나와 주민들은 징병되고 징발되어 전투에 투입되고 노동에 혹사당했다. 민간인들은 전선으로 끌려다니며 총알받이로 사용되었다. 더 큰 범죄는 주민들에게 내려진 집단 자살령이었다. 수많은 주민들이 군의 강압에 의해서 가족 자살을 했고 이러한 집단 자살을 택하지 않은 무리는 군대가 수류탄을 던져 학살하였다.

오키나와현은 1975년 마지막 전투가 있었던 오키나와 섬 남부 이토만시(糸満市) 마부니(摩文仁) 동굴 지역에 평화기념공원을 지었다. 해안선을 바라볼 수 있는 60여 만 평의 넓은 대지(臺地)에 평화기념자료관을 만들었고, 이 전투에서 죽은 모든 이들의 이름

을 까만 돌에 새긴「평화의 초석(平和の礎)」, 전몰자들의 진혼과 영원한 평화를 기원하는 하얀 색깔의 높은 탑인「평화기념상(平和祈念像)」을 세웠다.「평화의 초석(平和の礎)」에는 오키나와에서 숨진 한국인 이름 433명도 새겨져 있다. 남한 출신이 365명이었고 북한 출신이 82명이다. 그리고 그 옆에는 국립오키나와전몰자묘원(国立沖縄戦没者墓苑)이 있고 일본의 각 지방 현(縣)들이 세운 위령탑이 약 50여 기가 있다.

이 공원 한쪽 귀퉁이에는 한국인위령탑이 서 있다. 위령탑 전면은 담장을 쌓을 때 쓰는 크기의 돌로 둥글게 봉분형태로 쌓아올리고 뒷면은 80도 정도 위쪽으로 돌을 쌓아 추모의 글을 새긴 동판을 붙여놓았다. 봉분 앞에는 세로로 큰 돌을 세우고 거기에는 한국인위령탑(韓國人慰靈塔)이란 한자 글씨가 새겨져 있다. 고 박정희 대통령이 쓴 글씨이다. 뒷면의 비문에는 이렇게 새겨져 있다.

"1941년 태평양 전쟁이 발발하자 많은 한국인청년들은 일본의 강제적 징모(徵募)에 의해 대륙이랑 남양의 각 전선에 비치되었다. 이 오키나와 땅에도 징용으로 동원된 1만 여명이 온갖 어려움을 강요당하고 혹은 전사 혹은 학살되는 등 애석하게 희생되었다. 조국에 돌아가지 못한 혼령은 파도가 높은 이 땅의 허공에서 방황하면서 비나 바람이 되어 흩날릴 것이다. 이 고독한 영혼들을 위로하기 위해 우리 전 한국민족의 이름으로 이 탑을 세우고 삼가 영령의 명복을 빈다. 아무쪼록 편안히 쉬시기를!"

노산 이은상 님의 '영령들께 바치는 노래'라는 추도문도 있다. 위령탑이 선 것은 1975년 8월 15일. 광복 30주년을 기념하여 세워진 것이다. 여기 있는 돌들은 우리나라 팔도에서 수집해 가져온 것이라고 한다. 비석 앞에는 광장으로 둥글게 조성했는데 계단식의 3개의 단을 내려가면 돌을 다듬어 깔아놓았고 그 한가운데에는 철로 만든 큰 화살표가 하나 바닥에 갈려 있으면서 우리나라 방향을 가리키고 있다. 원혼들이 고국에 돌아가지 못한 한을 상징하는 표지이다. 이 위령탑 입구에는 한국인위령탑공원이라는 표지석이 서 있다. 우리나라 관광객들은 대부분 오키나와에 오면 이 한국인위령탑에 들러 나라가 없던 시절 먼 곳에 와서 죽은 한국인들의 영령에게 조문을 표한다.

그런데 이 위령탑이 생긴 데에는 특별한 사연이 있다. 바로 후지키 소겐(藤木相元)이라는 일본인 승려다. 1923년 일본 효고현(兵庫縣)에서 태어난 후지키 씨는 대학에 재학 중이던 1944년 학도동원으로 입대하여 오키나와 전투에 참가하게 되는데 수 만 명이 죽은 엄청난 이 전투에서 살아남은 몇 안되는 일본인이 되었다. 그가 있는 곳에서는 20세 남짓한 조선의 수 백명의 조선인 학도병들이 배치되었다. 그들에게는 총조차 쥐어지지 않았고 투박한 야전삽과 물통만 들고 연합군의 공격으로부터 일본군을 지켜줄 방공호를 파는 작업에 동원되었다고 한다.

　학도병을 지휘한 후지키 소겐은 비슷한 또래의 조선 학도병들이 매일 밤마다 고향을 그리워하며 아리랑을 부르는 게 그렇게 애달프게 들렸다고 한다. 먹을 것도 떨어지던 당시 그는 그들에게 어떻게 하든 살아남아야 조선으로 돌아가지 않겠냐고 말해주었는데 연합군이 오키나와에 상륙해 일본군 소탕작전이 벌어지자 자신은 당시 바다로 떨어져 운 좋게 목숨을 구했지만 초소로 돌아와 보니 그들이 모두 죽어 있었다고 한다. 그러나 일본군의 시신도 시신이지만 더욱 처참하게 다가온 것은 하나같이 조선을 향해 머리를 숙이고 죽어 있는 조선 학도병들의 모습이었다고 한다. 이렇게 해서 수 백 명의 한국출신 청년들이 원혼이 되었는데, 후지키 씨는 전투에서 일본에 돌아간 뒤에 일본인 유족들을 돕기 위한 모임인 남서회(南西會)를 만들었고 일본인과 조선인들의 유골을 수습하는 일에 적극 나서게 된다.

　그런 가운데 후지키 씨는 1948년에 한 절에 가서 강의를 들은 후 불문에 귀의하게 돼 불교의 관상학을 공부하고 일본의 유명한

기업인인 마쓰시타(松下幸之助) 등 유력인들과 교류를 하면서 경영과 인생 상담도 벌인다. 그러다가 1965년에는 일본에서 거의 사멸하다시피 한 삼론종(三論宗)이란 종파의 절에 들어가서 가상류(嘉祥流)관상학회를 조직하고 이를 퍼트리게 된다.[127] 후지키 스님은 자신이 배운 관상법을 가상류라고 했는데, 삼론종의 중흥조인 중국 수나라 때의 스님 길장(吉藏)이 가상대사(嘉祥大師)로 불리었기에 가상류라고 하면 곧 삼론종의 관상법을 말하는 것이 된다. 이런 관상법으로 각종 매스컴에 고정 출연하는 등 인기를 얻자 삼론종에서는 삼론종을 다시 일으켜 세웠다며 1991년 그에게 대승정(大僧正)이란 직함을 준다.

후지키 씨는 1974년 프로레슬링 선수인 역도산(力道山)과 함께 한국의 박정희 대통령을 찾아 오키나와에 위령공원이 건립되고 있음을 알리고 억울하게 죽은 한국인들을 위한 위령탑 건립을

---

127) 삼론종은 중국의 구마라습이 처음 열어 고구려 스님인 승랑(僧朗)도 법통을 이어받는 등 전해 내려오다 수(隋) 나라 때 길장(吉藏) 스님이 크게 일으킨 유파인데 625년에 고구려의 혜관(慧灌) 스님이 일본에 전해줌으로서 일본에 가장 먼저 들어온 불교유파이다. 백제가 멸망한 후인 667년에는 당시 천지(天智)천황이 서원사(誓願寺)라는 절을 세우는 등 황실의 보호로 위세를 떨치다가 천황 사후 곧 유명무실해졌다.

도와줄 것을 제안했다고 한다. 그러자 당시 박정희 대통령은 자신이 천 만 엔을 내고 부인 육영수 여사도 삼백 만 엔을 보태도록 했다고 한다. 후지키 씨는 당시 박정희 대통령이 "지금 우리나라는 힘이 약해서 아무것도 할 수가 없습니다. 적은 돈이나마 위령비를 세우는 데 보탬이 되어 우리 대한민국 청년들을 넋을 기릴 수 있으면 좋겠습니다."라고 말한 것으로 전했다.

이 부분에서 조금 자세히 들여다보면 후지키 씨는 이때에 박정희 대통령에게서 받은 천만 엔 등으로 받은 위령탑을 세운 것처럼 말하고 있는데, 위령탑은, 뒤에 좀 더 경과 설명이 있겠지만, 박정희 대통령의 친필 휘호와 노산 이은상의 추모글, 또 건립위원회의 비문, 그리고 한국 팔도 전역에서 가져온 돌 등을 감안하면 범정부적으로 이 사업을 추진한 것으로 볼 수밖에 없다. 불과 1년 만에 완공된 것도 우리 정부가 적극 참여하지 않고서는 불가능한 일이라 생각된다. 아무튼 이렇게 해서 1975년 8월에 오키나와 마부니 언덕에 한국인 위령탑이 서게 되었고 우리 정부는 건립 이후 민단에 관리를 맡겨 민단 오키나와 본부가 매년 10월에 추념행사를 진행해 왔다고 한다.

그로부터 38여 년이 흐른 2013년 11월3일 제주시내 라마다 호텔에서는 '렛츠 피스'(Let's Peace)라는 한 모임이 발족했다. 한국과 일본의 관계자 56명이 참석해 발족한 이 단체는 오키나와에 있는 한국인 위령탑을 그들의 고국인 한국에 옮겨야 한다며 이들을 평화의 섬인 제주에 옮기는 사업을 추진하겠다고 밝혔다. 이같은 단체의 발족은 후지키 소겐 스님의 발원에 의한 것이었다. 당시 90살이던 후지키 씨는 자신이 오키나와 전투에서 숨진 조선

인 학도병 740명의 소원에 따라 그들을 위령하는 한국인위령탑을 조국 한국에 돌아오게 해야 한다며 그해 4월부터 위령탑의 제주이전을 각계에 호소하고 다녔고 그의 호소에 호응하는 사람들이 그를 돕겠다며 이런 단체도 발족한 것이다. 창립식에 참석한 후지키 씨는 "당시 조선학도병들은 이곳에서 죽더라도 이 생지옥 같은 오키나와의 땅에 뼈를 묻고 싶지 않다고 했다. 혼이라도 꼭 조국으로 돌아가고 싶다고 간절하게 소망하던 그들의 영혼과 오키나와에 있는 한국인 위령탑을 그들이 사랑하던 조국 한국으로 돌려보내는 일이 내가 죽기 전에 꼭 이뤄야 할 소명이다. 일본인으로서 갖춰야 할 도리이고 책임"이라고 증언했다. 이 추진위원회에는 한국 측에서는 전 제주 4.3 평화공원 장정언 이사장, 일본 측에서는 도후쿠(東北)복지대학 하기노 코키(萩野浩基) 학장이 대표를 맡았다. 그런데 일본인의 발원에 의해 오키나와에서 숨진 한국인들의 원혼을 한국에 돌려주자는 이러한 계획은 인도주의적인 것으로서 환영받을 일인 것 같지만 우리 정부 관계자와 민단으로부터 인정을 받지 못하고 있다. 2013년11월20일자 통일일보(統一日報) 보도에 따르면 이러한 움직임에 대하여 후쿠오카주재 총영사관의 담당자가 "오키나와 한국인위령탑은 한국 정부와 민단이 공동으로 추진한 사업으로서 후지키 개인이 만든 것이 아니며 따라서 렛츠 피스에 의한 제주도에로의 이전 문제는 정부와 민단으로서는 고려하지 않고 있다"고 밝혔다. 당시 민단 오키나와 본부의 박영옥 단장도 이전에 반대의사를 표시하였다. 이처럼 재일 한국인 민단에서 위령탑 제주이전 반대성명을 내고 후지키 소겐씨의 증언에 대해 부정적으로 얘기들이 전해지면서 후지키 소겐씨는 정신적 충격을 받으며 건강이 급속도로 악화되기 시작했다.

결국 후지키 씨는 그 이듬해인 2014년 5월31일 세상을 뜨게 된다. 숨지기 전에 후지키 씨는 조선 청년 병사들의 유골을 수습하며 그들의 영혼들이라도 고국의 품으로 돌려보내주겠노라고 굳게 약속했는데 그 약속을 못 지켜 그 친구들과 만나면 면목이 없어 어떻게 할까 하며 떨리는 눈동자로 부탁하고 눈을 감았다고 부인 오카이씨가 전했다. 이보다 앞선 4월8일 후지키 씨는 Let's Peace 한일공동위원회 앞으로 유언장을 작성해 자신에게 무슨 일이 생기면 한일공동위원회에 전달하라고 유언장과 함께 부인에게 위임장까지 작성했다. 이 유언장에서 그는 "오키나와 한국인 위령탑 건립과정에서 후지키 소겐이나 역도산, 다카오의 기록이 없고, 당시 신문에 난 기록은 있었던 것 같지만 오키나와 한국인 위령탑 건립은 추진부터 건립까지 민단이 주도해서 완공시켰고 이후 재일한국인 민단이 한국정부에 기증을 한 것이라고 전해 들었습니다. 후지키 소겐이 주장하는 것은 전쟁터에 참가했던 사람들이 갖고 있는 과대망상에서 나온 헛소리를 하는 것이라는 이야기도 전해 들었습니다. 저 후지키 소겐은 참으로 참담한 심정이었습니다. 이제 90이 넘어 69년 전 740인의 유골을 수습하며 혼령이라도 그토록 돌아가고 싶고 그리워하던 고국으로 보내주겠다고 했던 약속을 지켜주려고 했던 제 진심이 이렇게 왜곡되는 것이 무척 마음이 무거웠습니다.”라고 자신의 심정을 토로한 뒤 “제주 결성식에서 약속한대로 오키나와 한국인 위령탑과 한 맺힌 영혼들을 제주로 모시고 제주국제 평화공원이 건립될 수 있도록 노력해 주시기를” 부탁하고 “부디 오키나와와 제주를 잇는 바닷길과 하늘길이 원한과 미움을 걷어 내고 한·일 양국 간 화해의 다리로 이어 질 수 있도록 결실을 이뤄 달라”고 당부했다.

6월2일에 도쿄 (東京) 니혼바시(日本橋)에 있는 다이안라쿠지 (大安樂寺)에서 제자들과 가족 등 5백여 명이 모인 가운데 장례식이 치러졌고 가족들은 고인의 유지를 받들어 닷새 후인 6월7일에 유골을 제주시 애월읍 봉성리 선운정사(仙雲精舍)에 안치시키고 9일 귀국했다.

아무튼 오키나와 전투에서 한국인 학도병들과 함께 싸우며 그들의 임종순간을 같이 했던 일본인 병사가 평생 이들의 유골을 수습하고 이들을 위한 위령탑을 세우고 마지막에는 그들을 한국 땅으로 돌아오게 하는 노력을 죽기 전까지 펼친 이야기는 일본의 한

BBS NEWS 故 후지키 쇼겐스님 유골 제주도 안장

국 침략, 그리고 그 후 한일관계를 볼 때 흔치 않은 미담으로 충분하다고 하겠다. 한국인으로서는 고마운 일이 아닐 수 없다. 그는 숨을 거두기 전에 '내가 먼저 대한민국에 들어와 묻힐 테니, 남은 조선 학도병들의 인도를 부탁한다'고 유언을 했다고 한다. 유언을 받은 한일공동추진위 김원화 회장은 "평화와 공존의 시대를 한일 양국 미래세대에게 물려주고자 했던 후지키 소겐 선생의 국경을 초월한 우정과 숭고한 전우애를 통해 보여주신 사랑과 신의의 정신을 이어 나가야 하는 것은 동 시대를 살아가는 우리들의 책무이며 사명"이라고 강조하고 "후지키 선생의 "Let's Peace" 정신을 기리고 그 유지를 받들기 위해 오키나와 한국인 위령탑 제주이전 사업과 오키나와에서 희생된 한국인 희생자들의 영혼들을 모셔와 후지키 소겐 선생의 유골을 함께 안치시키기 위한 명부전(冥府殿)을 한·일 양 국민의 마음과 뜻을 모아 건립하겠다"고 밝혔다.

어쨌든 민간인들의 이러한 노력과는 별개로 위령탑의 한국 이전문제에 있어서는 정부의 입장과 정부 측 기록도 고려하지 않을 수 없다. 위령탑 이전 문제로 갈등이 생긴 후인 2013년 12월15일자 경기신문 보도에 따르면 오키나와 내 한국인 위령탑이 세워진 배경을 알 수 있는 공신력 있는 자료는 지난 2006년 3월 말 외교통상부가 일반에 공개한 '오키나와 한국인 위령탑' 관련 외교문서가 유일하다. 이 외교문서에 따르면 당시 정부가 1970년대 중반 오키나와에 재일본조선인총연합회(이하 조총련)보다 먼저 2차 대전 당시 현지에서 희생된 한국인을 위해 위령탑을 건설하려는 일련의 모습들이 기록돼 있다. 1974년 초 당시 김동조 외무장관은 주일 대사관에 "북괴가 오키나와에 2차 대전 당시 징용·징병으로 희생된 한국인에 대한 위령탑 건설을 기도하고 있다. 희생된 망령들을 위로하고 북괴에 기선을 제해 북괴의 오키나와 침투여지와 구실을 없애고자 한다"며 위령탑 건립 목적과 이에 대한 대책을 긴급 지시했다. 조총련은 이보다 훨씬 앞서 1972년 8월 '오키나와 조선인 강제연행 학살진상 조사단'을 현지에 파견하고, 위령탑 건립을 위해 모금을 추진 중이라는 얘기가 나돌던 상황이다. 이에 주일대사관은 양구섭 참사관을 오키나와 현지에 급파, 그가 올린 현장실사 보고서를 토대로 토지매입, 건축허가 등 조총련보다 발빠른 대처를 위한 행보를 이어갔다.

외무부는 1974년 6월 13일 당시 박정희 대통령에게 '위령탑 건립 계획'을 보고하고 일본 도쿄에 '위령탑 건립위원회' 설치를 위한 재가를 요청했다. 이에 박정희 전 대통령은 결재란에 "즉각 지원 조치할 것"이라는 '특별지시'까지 내린다. 이 후 관계부처 실무자회의가 열리고 비문작성위원회가 구성되는 등 위령탑 조기건립을 위한 범 정부차원의 총력전이 전개됐다. 또 위령탑 건립 추진위원회가 구성됐고, 재일 민단이 자율적으로 위령탑 건립을 추진하도록 하기 위해 추진위 위원장에 당시 윤달용 민단 중앙본부 단장을 임명했다. 이와 함께 신문광고를 통해 전국 각 도(道)에서 화강암과 옥석 수집 캠페인을 전개, 이를 통해 모은 돌을 배편으로 오키나와로 직접 수송했다. 민단과 재일교포 등의 성금으로 640평 규모의 부지가 매입되었다. 1975년 4월 9일 오키나와 남단 마부니에 위령탑 건립을 위한 기공식이 개최됐고, 같은 해 8월 14일 준공을 마쳤다. 이어 9월 3일에는 정부대표로 당시 고재필 보건사회부장관 등이 참석한 가운데 위령탑 제막식이 불교식으로 거행됐다. 이러한 움직임에 조총련 측은 위령탑 기공식 후 '일조 국교정상화 오키나와 현민회의'의 이름으로 한국인 위령탑 건립을 반대하는 성명을 발표, 불만을 표시했다. 주일대사관 측은 조총련의 위령탑 파손행위를 우려, 일본 경찰당국에 특별 경비를 요청하는 등 신경전을 벌이기도 했다.

한국인 위령탑 공원 부지는 1978년 대한민국으로 기부돼 등기부 등본상 한국 토지로 되어 있다. 또 1975년 위령탑 준공 이후 재일 민단과 오키나와에 거주하고 있는 일본인들과 재일교포들로 구성된 일한친선협회가 함께 매년 10월 마지막 주 토요일에 위령제를 열고 있다고 한다. 그런데 민간기구가 결성되고 그들의 움직임이 본격화되면서 민단과의 갈등도 커졌다. 2013년 10월 26일 민단 주도로 한국인 위령탑 공원에서 열린 위령제에서 렛츠 피스 관계자가 방문하였고 오키나와의 류큐 신보가 렛츠 피스와 접촉해 다음날인 27일 '한국인 위령 석비, 제주도 이전 계획'이라는 제목의 기사가 실리고, 렛츠 피스가 지난 달 3일 제주도에서 '한일공동기구' 출범식을 통해 밝힌 자료를 한국의 일부 언론사에서 게재

하면서 교민들과 오키나와 현 주민들까지 동요하기 시작했다고 한다(2013년 12월15일 경기신문 보도). 일본 정부기관에서도 민단 측에 한국인 위령탑 이전 사실여부를 확인하는 등 민감한 반응을 보였다. 재일 민단 오키나와현 지방본부 측은 즉시 류큐 신보를 상대로 항의 공문을 보내 반박기사를 내보도록 하는 한편, 한국 언론사에서도 위령탑을 관리하는 민단의 입장도 확인하지 않은 기사 게재를 공식 항의했다. 민단 측은 렛츠피스에서 주장하는 '오키나와 한국인 위령탑' 건립 내용은 사실 무근이며, 한 개인이나 단체가 국가 소유의 재산을 함부로 옮긴다는 것은 더더욱 있을 수 없는 일이라고 반발했다.

이에 대해 렛츠 피스는 1974년 당시 정부가 움직이기 전에 오키나와 전투에서 일본학도병 지휘관으로 참전했던 일본인 생존자 후지키 소겐 씨(당시 90세)가 조선학도병 유골을 수습하고, 일본 프로레슬러로 활동한 역도산과 함께 12년간 모금활동을 전개해 한국인 위령탑을 주도해 세웠다는 자료를 제시하며 그의 뜻에 따

라 위령탑을 제주도로 이전할 방침이었다고 주장하고 있다. 전영선 렛츠 피스 사무총장은 "외교문서라는 것이 당시 상황에 맞게 정리가 됐을 뿐, 구체적인 내용까지 자세히 나와 있지 않다. 1965년부터 1974년 사이에는 조총련이 민단 측보다 더 영향력이 있었던 때라, 이 두 사람이 적극 나서지 않았다면 과연 정부와 민단에서 이곳에 한국인 위령탑을 세울 수 있었을 지 의문이 간다"고 말했다. 그는 "민단 측은 후지키 씨의 말을 과대망상으로 치부하고 있는데, 이것이야말로 역사왜곡이라고 할 수 있다. 위령탑 이전 방법은 서로 합의해 진행하면 되지만, 일본인의 증언을 과대망상으로 치부하는 것은 결코 용납할 수 없다"고 반박했다.

한편 민단도 처음엔 이 위령탑의 존재를 알지 못했다는 소식도 있다. 경기신문 2006년 6월 29일자를 보면, 1975년부터 하치만 노보루 씨와 이토카즈 마사요시 씨가 위령탑을 관리해왔고, 이들은 한국 정부에 위령탑의 존재를 알렸지만, 한국 정부의 반응은 차가웠고, 자신들이 세상을 떠나면 관리해줄 사람이 없어 민단에 알려, 그때부터 민단에서 위령탑을 관리해왔다고 한다. 역사는 기록되지 않으면 역사가 되기 어려운 현실을 말해주는 하나의 사례라고 할 수 있다.

아무튼 소겐 씨의 바람은 자신의 노력을 인정받느냐 못 받느냐가 아니고 조선인 학도병들이 바랐던, 고국으로 돌아가길 바랐던, 그것 하나 이뤄주는 것만을 보며 노력해 온 것은 부인할 수 없다. 소겐 씨는 결국 그 꿈을 이루지 못하고 세상을 떠났다. 세상을 떠나기 전, 소겐 씨는 자신의 유골을 한국으로 보내달라고 했다. "제가 숨을 거두고 이승을 떠나게 되면, 제주에서 말 한 대로 제 유골은 전우들의 영혼들과 함께 편안히 잠들 수 있도록 해주십시오."

자 이제 문제는 그러한 소겐 씨의 유지를 살리는 방법을 찾는 것이다. 현재 조선인 학도병의 유골은 일본정부가 대만, 중국인과 한데 모아 묻은 상태여서 조선 학도병의 유골만 따로 한국으로 돌려보낼 수 없는 실정이다. 렛츠 피스는 마부니 공원의 한국인 위령탑을 제주로 이전하고 이 위령탑이 들어서는 곳에 제주국제평화공원을 조성한다고 하고 있다. 전영선 렛츠 피스 사무총장은 약 3년에 걸쳐 제주국제평화공원을 건설하고 그 안에 위령탑을 옮기고 위령탑에는 후키 소겐 씨가 받았던 박정희 전 대통령의 친필을 새겨 넣겠다고 한다. 그렇지만 이 문제에 관한 필자의 생각은 어차피 유골이 돌아올 수 있는 것도 아니면 한국인 위령탑이 그들이 죽은 현장에 세워져 있어서 그곳을 찾을 한국인뿐 아니라 다른 외국인들도 그러한 역사적 사실을 알고 배우는 것도 뜻있는 일이라고 본다. 따라서 굳이 위령탑 자체를 한국으로 꼭 옮기겠다는 것 보다고 현지에 그대로 두고 다른 형식으로 그들의 영혼을 모셔오는 것이 더 좋지 않을까 생각한다.

　제주에 평화공원을 만드는 일은 그 자체로서도 의미가 있고 이미 후지키 소겐의 유해가 와 있으므로 그곳에 학도병들의 영혼을 상징하는 다른 기념물을 만들어 함께 기리면 되는 것이 아닌가? 관련해서 2015년 5월30일 후지키 소겐 스님의 1주기에 참석했던 제자들이 스승의 국경을 초월한 숭고한 우정과 평화의 정신을 기리고, 종전70년·한일국교정상화 50주년을 기념하기 위해 자비와 평화의 상징인 42m 높이의 동양최대 해수관음상을 기증키로 해서 제주에 이미 와 있다고 하니 이 관음상이 이곳에 봉안되는 것도 뜻이 있을 것이다. 마침 렛츠 피스 측도 해수관음상 봉안과 함께 한국인 위령탑을 세우고 태평양전쟁 희생자들의 위패도 함께 조성해 평화와 화해의 상징으로 삼을 계획이라고 한다. 따라서 박정희 대통령의 친필휘호를 어떻게 활용할 것인가를 오키나와 민단 측과 잘 협의해서, 굳이 박정희 대통령의 글씨를 한국으로 가져오려고 하지 말고 양쪽에 추모시설이 같이 가동되도록 방법을 찾는 것이 좋을 것이란 생각이다.

　후지키 소겐이란 스님, 그는 일본이 점령했던 시기에 직접적으로 우리 민족을 도와주지는 않았지만 목숨이 걸린 전쟁터에서 만난 조선인 청년들을 위해 평생을 헌신하고 또 죽어서까지 그들이 조국인 한국으로 돌아올 수 있도록 염원을 한 고마운 일본인으로 기억되어야 할 것이다.

제3부

언제까지
증오해야 하나

일본인을
위령합니다.

"일본인들을 위로하기 위해 위령제를 지내는 혜광사와 한국 불교계에 깊이 감사드린다"

오오시마 쇼타로(大島正太郎) 일본대사가 2006년 4월 11일 오후 3시 한국불교문화역사관 4층 귀빈실에서 조계종 총무원장 지관 스님을 예방하고 일본인들을 위해 위령제를 지내는 한국불교에 감사를 표시했다.

오오시마 대사는 "혜광사에서 한국에 묻혀있는 일본인들을 위해 위령제를 지낸다는 얘기를 들었다"며 "두 나라의 복잡한 역사에도 불구하고 일본인들의 천도를 위해 위령제를 지내주는 한국불교계에 일본을 대표해 감사드린다"고 밝혔다.

대사는 또 "혜광사에 일본인 위령비가 있다는 사실도 알고 있다"며 "위령비를 세워준 혜광사에도 고마움을 표시하지 않을 수 없다"고 말했다.

이에 지관 스님은 "오는 18일 세검정 혜광사에서 한·일 합동 위령제를 지내는 것으로 알고 있다"고 밝히며 깊은 관심을 표시했다.

이 날 오오시마 대사는 "우리는 한·일 양국이 이미 오래전부터 교류가 있어왔고, 일본의 불교 역시 한국에서 전래됐다는 사실을 어릴 적부터 배워왔다"고 전제한 뒤 "(한국의) 사찰들을 방문할 때마다 일본 사찰과 비슷한 느낌을 많이 받지만, 한편으로는 다른 부분들도 있다는 것을 종종 느낀다"며 한국사찰을 방문했던 경험을 털어놨다.

지관 스님도 일본을 방문한 적이 있느냐는 대사의 질문에 "지난 동국대 총장시절 자매결연을 맺은 일본 대학을 방문하기 위해 오사카와 도쿄를 방문했던 경험이 있다"고 대답했다.

지관 스님은 "5월 17일부터 일본 나가노현 젠코우지(善光寺)에서 열리는 한일불교대회에 참석하기 위해 일본을 방문할 예정"이라고 밝히고 "일본 측에서도 이번 대회와 같이 양국 불교계의 국제 교류부문에 많은 관심을 가져준다면 이는 양국 관계의 발전에도 많은 도움이 될 것"이라고 당부했다.

오오시마 대사는 "양국이 민간차원에서 문화를 중심으로 교류가 깊어지고 있는 것은 고무적인 일"이라며 "이런 양국의 우호적인 관계를 증진시키고 유지·발전하기 위해 한국 불교계도 많이 노력해달라"고 요청했다.

이번 예방은 최근 일본 정부의 독도망언과 방위청의 정략보고서 사건으로 갈수록 양국 관계가 경색돼가고 있는 가운데 예정에 없이 이뤄진 자리였다. 이에 최근 독도 관련 이색제안으로 눈길을 끌었던 지관 총무원장 스님과 일본 대사간의 대화에 관심이 집중되기도 했다.

법보신문 2006.04.11 17:00:00

우리가 일본을 보는
심연에는

- 허동현 경희대 교수

박노자 교수님께
2005.01.08.

　위풍당당한 통신사 행렬을 그린 옛 그림이 말해주듯, 앞선 문물을 뽐내며 전수한 통신사에게 일본은 미개한 야만국에 지나지 않았지요. 1748년 영조 때 일본 통신사로 갔던 조명채(曹命采)가 남긴 기행문 『봉사일본시문견록(奉使日本時聞見錄)』을 보면, 우리 문화에 대한 우월의식과 일본 문화에 대한 모멸감이 곳곳에 짙게 배어 있습니다. 조명채는 통신사를 맞이하는 일본인 태도를 보고 "왜인(倭人) 선비는 문답하며 필담을 나눌 때 우리를 황화(皇華, 천자의 사신)라 부르니 사모하여 따르는 마음을 알 만하다"며 우월감을 과시했고, 생김새가 다른 일본의 닭을 보고 "짐승이 닭지 않은 것도 오랑캐와 중화가 다른 것과 같다"고 할 정도로 일본을 야만시했습니다.

조선시대 유교 지식인들은 일본은 왜, 일본의 수도는 왜경, 천황은 왜왕, 관원들은 대차왜(大差倭)·호행왜(護行倭) 등으로 표현했지요. 이처럼 그들의 눈에 비친 일본인들은 사람이 아닌 "왜의 무리(群倭)"에 불과한 부정적 타자였습니다. 또한 멀리는 려말선초의 왜구(倭寇)와 임진왜란(1592-1598)으로부터 가깝게는 식민지 지배(1910-1945)에 이르기까지 이 땅의 사람들 눈에 비친 일본은 끊임없이 재부를 약탈하고 생존을 위협하던 적대적 타자이기도 했습니다. 오늘의 한국인에게 가장 큰 고통을 안겨준 남북분단의 비극도 그 근본적인 책임은 일본에게 있다고 볼 수 있지 않습니까? 그렇기에 일본은 아직도 우리에게 가장 싫어하는 나라로 남아 있는 것이겠지요.

박노자 선생님이 지적하신 것처럼 한국인이 일본을 증오하는 이유의 하나는 과거사의 잘못을 스스로 뉘우치지 않는 일본 주류 사회의 오만 때문이기도 합니다. 그러나 손바닥도 마주쳐야 소리가 나듯이, 우리의 학교 교육과 언론매체들이 주도해 재생산되는 증오의 기억도 세대를 넘어 한국인들이 일본을 부정적 타자로 보게 하는 또 하나의 이유라고 볼 수 있겠지요.

"원수의 나라에 가는 너는 배반자야." 몇 년 전 교환교수로 일본에 체류 중이던 아빠를 만나러 일본에 온 초등학생 아들이 급우들에게서 들었다고 제게 전한 말입니다. 한국인들은 학교 교육을 통해 일본이 과거에 행한 악행을 누누이 배우기 때문에 그들을 증오하는 마음을 선험적으로 품게 됩니다. 반면 개화기 이래 한국인들은 일본의 앞선 문물과 제도를 본 떠 왔기에 그들을 선망하는 마음도 알게 모르게 품게 된 것도 사실입니다. 한 마디로 오늘의 우리들은 선험적 지식에서 우러나오는 증오와, 체험을 통해 갖게 된 호감이 충돌·갈등하는 이율배반적 일본관을 갖고 있는 것이지요

중국 중심의 세계질서가 동아시아를 지배하던 시절 아시아의 변방이었던 일본은 서세동점의 시대를 맞아 "서구의 충격(western impact)"에 발 빠르게 대응해 일본형 국민국가를 이루면서 지역의 중심으로 거듭났지요. 이후 일본인들의 눈에 조선은 부정적 타자의 이미지로 각인되고 말았지만, 조선 사람들의 눈에 비친 일본의 모습은 역전되기 시작했습니다. 1882년 제3차 수신사로 일본을 다녀온 박영효(朴泳孝)가 남긴 기행문『사화기략(使和記略)』의 제목은 이를 잘 말해줍니다. 이제 일본은 더 이상 왜(倭)로 멸시되는 대상이 아니라 따라 배워야 할 화(和)로 비추이기 시작한 것이지요.

나아가 근대 국민국가로 탈바꿈한 일본의 위협, 다시 말해 "일본의 충격"은 세계질서의 변화에 눈 뜬 몇몇 지식인의 뇌리에 일본과 같은 국민국가를 수립해야만 한다는 목표를 심어주었던 것이지요.

"일본 사람들은 일의 이익과 손해를 따지지 않고 단연히 감행하므로, 잃는 바가 있더라도 국체(國體)를 세울 수 있었다. 청나라 사람들은 낡은 관습에 연연해 허송세월하며 날을 보낸다. 이로써

천하를 보면 이해를 돌아보지 않고 행하는 자가 성공한다."

1881년 근대 국민국가로 거듭난 일본의 문물과 제도를 시찰한 조사시찰단(朝士視察團, 소위 신사유람단)의 어윤중(魚允中, 1848-1896)이 남긴 말이지요. 1880년대 이후 선각한 개화파 인사들은 일본형 국민국가를 모델로 조선에서도 국민국가를 세우려 했습니다. 그와 사상적 맥락을 같이한 김옥균(金玉均, 1851-1894)은 "일본이 동방의 영국 노릇을 하려 하니 우리는 우리나라를 불란서로 만들어야 한다"는 소망을 이루기 위해 1884년 갑신정변을 일으켰었지요. 갑신정변의 근대 기획은 좌절되었고 10년 뒤의 갑오개혁도 물거품이 되어버린 참담한 실패의 역사를 우리는 쓰고 말았습니다.

박노자 선생님 말씀대로 침략과 학살의 아픈 기억과 상처를 남긴 러시아와 미국의 악행에 대해 우리는 일본처럼 지속적으로 증오하거나 문제시하지 않고 있는 것이 사실입니다. 또한 베트남전쟁에서 범한, 이라크전쟁에서 일어날 소지가 큰 "밖"에 대한 가해에 침묵하거나 눈을 돌리고 있는 것도 일본에 대해 우리가 꾸준히 제기하고 있는 과거사에 대한 반성 요구에 견줄 때 형평이 맞지 않는 것이지요.

이러한 우리의 대외 인식의 어두운 부분이 일본에게 당한 피해의식에 기인한다는 선생님 진단에 저 또한 생각을 같이 합니다. 일본이 적대적 타자의 역할을 전담한 때문에 우리들이 러시아와 미국과 같은 제국주의 세력의 야수성에 대해 맹목하고 있다고 볼 수 있으며, 우리가 "밖으로부터 받은 골수에 박힌 통념화된 피해의식"이 우리가 행한 "가해"에 대해 무감각하게 만들 수도 있겠지요.

민족주의는 항상 자민족의 우월함을 선전하기 위해 타자의 희생을 요구합니다. 근대 일본의 민족주의는 중국 특히 한국을 부정적인 타자로 삼아 이들에 대한 멸시를 통해 자민족의 우월을 증명하려 했지요. 그러나 피해자인 한국의 민족주의는 그것의 역상으로 지금의 실패를 달래기 위해 고대의 영광을 노래할 수밖에 없었지요. 가해자인 일본보다 더 긴 "반만년"의 역사를 말하거나 고대 일본의 이곳저곳에 남아 있는 한민족의 자취를 강조함으로써 민족의 영광을 말하려 했지요. 고대사의 영광을 말하는 우리 정신의 깊은 곳에는 근대의 참담한 좌절에 대한 보상심리와 열패감이 꿈틀거리고 있다고 볼 수 있습니다.

창씨개명으로 상징되는 민족말살정책과 같은 일제의 폭압에 맞서 한민족의 생존을 지키려 한 일제 하의 저항 민족주의는 당시에는 건강한 민족주의 내지 민족의식이었습니다. 프란츠 파농이 말했듯이, 제국주의의 침략 아래 민족이란 존재는 이에 맞서 투쟁하는 소수자이기에 이들의 민족주의는 상대적 진보성을 갖는 것이니 말입니다.

그러나 역사의 시공간이 변하면 민족주의의 역할도 바뀌어야 하는 법이겠지요. 산업사회를 이룬 오늘의 한국은 더 이상 침략당하는 제3세계가 아닙니다. 오늘 우리에게 주어진 과제 하나는 지난 세기가 남긴 숙제인 국민국가 만들기와 이를 넘어선 아시아와 더불어 살기이며, 다른 하나는 국민을 넘어 시민으로 거듭나기가 아닐까 합니다. 일제시대의 민족이 국민 되기를 소망한 자였다면, 해방 후 우리들은 시민 되기를 꿈꾼 국민이겠지요. 변화하는 현재에 맞춰 역사를 재해석하는 것이 역사가의 임무일 터. 오늘의 과제를 직시하며 시효가 지난 저항민족주의가 초래한 폐단을 곱씹어 보겠습니다.

제 생각으로는 일본만이 아닌 주변의 야수들-중국·러시아·미국-에게 받은 가해의 아픈 상처는 우리의 기억 속에 큰 상처를 남겼고 이것이 현재 우리의 정신을 병들게 하고 있다고 봅니다. 저항민족주의는 마치 야누스와 같이 패배적 민족주의라는 또 하나의 숨은 얼굴을 갖고 있는 것 같습니다.

"양키", "쪽발이", "돼놈", "로스케". 우리 주변의 강자들을 낮추어 부르는 비칭들이지요. "베트남 사람" "방글라데시 사람", "몽골 사람", "티베트 사람". 우리에 비해 상대적 약자들의 호칭은 편안합니다. 그러나 강자와 약자에 대한 현실적 대접은 역전되는 것이 오늘 우리 사회의 현주소입니다. "벼는 익을수록 고개를 숙인다"는 격언이 새삼 가슴에 와 닿습니다. 뼈아픈 과거사의 소산으로 우리는 주위의 4대 강국에 동포사회를 갖고 있습니다. 고려인, 조선족, 재일동포, 재미동포. 우리 밖의 또 다른 우리에 대한 서열화된 차별대우를 보며 우리 민족주의의 편협성을 넘어 시대에 맞는 건강성을 다시 얻기 위해 오늘을 사는 우리 모두가 무엇을 해야 하는가를 생각해 보아야 할 때인 것 같습니다.

한국은 왜 일본을 따라 배우면서도 고마워하지 않고, 일본은 과거의 잘못에 대해 독일처럼 진솔하게 반성하지 않을까요? 한·일 두 나라도 독일과 프랑스처럼 해묵은 갈등과 반목을 넘어 화해와 연대의 새 시대를 열 수는 없을까요?

일본은 서세동점(西勢東漸)의 시기 동아시아에서 영국과 미국의 이익을 지켜주는 "집 지키는 개(番犬)" 노릇을 한 덕에 한국을 식민지로 삼았고, 어떤 제국주의 나라에 비해서도 철두철미하게 자국의 이익을 위주로 "혹독하고, 조직적이며, 강제 동원적인 식민통치"를 펼쳤습니다. 그렇기에 일본 덕에 근대화되었다는 말에 공감하는 한국 사람을 찾아보기 힘든 것이 우리들의 편협함 때문만은 아닌 것 같습니다. 현대 한국인에게 가장 고통스러운 상처를 준 남북분단과 동족상잔의 6.25전쟁에도 일본이 져야할 책임의 몫이 크며, 전후 일본의 부흥도 6.25전쟁 특수, 즉 조선의 아픔을 딛고 섰다고 볼 수 있습니다. 그런데도 재일동포를 대하는 일본의 태도를 볼 때 그들이 존중받을 만한 선진국이라고 느낄 수 없게 만들더군요.

한국인은 프랑스가 독일에게서 받은 것처럼 아직 마음에서 우러나오는 일본의 사과를 받아 본 적이 없습니다. 사정이 이러하니 한국 사람들이 품은 적개심은 독일과 달리 반성하지 않는 일본의 오만 때문이라고 할 수 있겠지요. 그러나 독일이 프랑스에게 과거의 잘못을 반성하고, 알렉산드르 2세가 핀란드의 자치를 보장한 이면에는 그들보다 먼저 시민사회를 이룬 선진 프랑스와 핀란드에 대한 열등의식과 수치심도 작용했으리라고 봅니다. 사실 독일도 비서구 국가에 대해 저지른 과거의 악행에 대해서는 사죄한 적이 없으니 말이지요. 그러니 일본이 반성하지 않는 것도 그들의 탓만은 아닌 것 같습니다.

오늘의 우리들이 한반도에서 일본으로 문화가 동류(東流)하던 옛 시절의 영광만을 자랑하며, 오늘날 일본인들에게 "유의미한 타자"로 거듭나기를 위한 노력을 게을리 한다면, 우리는 결코 일본 사람들과 당당히 연대하고 협력하는 새 시대를 열지 못할 것입니다.

원폭투하는 신의
징벌인가

[반론 기고] '선과 악', 역사대화 가로막는다
[중앙일보] 입력 2013.05.29. 00:18

중앙일보 5월 20일자 김진 논설위원의 기명칼럼과 관련해 일본 내에서 제기된 비판을 진지하고 무겁게 받아들여 미치가미 히사시 주한 일본대사관 공보문화원장이 보내온 기고문을 싣습니다. ─편집자

이웃 국가와 감정의 마찰이 잦은 근본 원인은 '내가 상대방을 잘 안다'는 착각 때문이라고 생각한다. 정보가 넘치는 시대지만 실은 서로 잘 알지 못한다. 단편적인 이야기는 많이 알기에 '잘 알고 있다'고 믿어버리기 쉽다. 서울의 일본문화원을 방문한 분이 "일본에 문화가 있는 줄 몰랐다. 너무 멋지다. 가족을 데리고 오겠다"고 말했다. 도쿄의 한국문화원에도 같은 일이 있다. '이웃 나라

에 훌륭한 문화가 있다'는 사실조차 모르는 사람이 있다는 것이 현실이다. 지난해 8월 이후, 무거운 분위기 속에서도 한국에서는 일·한 교류 이벤트가 중단된 일이 거의 없고 학생 자원봉사자는 예년보다 많이 몰렸다. 다른 이웃 나라에서처럼 일본 기업들이 시위로 공격당하는 일도 없었다. 일본인들은 이를 잘 모른다.

일본의 극히 일부에서 외국인을 배척하려는 언동이 있다. 아베 신조(安倍晉三) 총리는 국회에서 그런 언동은 "매우 유감이다" "타국 사람들을 비방중상하며 우리가 우월하다고 인식하는 것은 큰 잘못이다. 결국은 스스로를 욕보이게 된다"고 말했다. 총리는 청소년의 국제 교류와 여성의 활약도 열심히 추진한다. 이런 사실이 한국에 더 많이 알려졌으면 좋겠다.

소크라테스의 '무지의 지', 즉 나는 잘 모른다는 것을 안다는 지혜는 어느 세상에서나 필요하다. 반대로 자신이 상대를 충분히 안다는 믿음, 선입견과 편견으로 비뚤어진 정의감으로 누군가를 공격하는 일이 가장 위험하다. 이웃 국가 간에는 서로 이런 일이 일어나기 쉽다. 미국역사학회 회장을 지낸 글루크 박사는 말했다. "전승국도 패전국도 단순하고 자기중심적인 기억, 민족의 스토리를 원한다." "역사는 기억에 져서는 안 된다. 폐쇄적인 민족의 기억이 아니라, 복잡한 사실을 다각적으로 보는 것이 역사다." 이야말로 역사 인식의 핵심이다. 김대중 대통령 시절 한국 정부는, 전쟁 중의 잔혹행위에 대해 베트남에 공식 사죄했다. '목숨을 걸고 싸운 아버지를 악인을 만드느냐'는 반대 속에서도 영단을 내렸다.

침략전쟁과 식민지 지배에 대한 일본 정부의 역사 인식은 명확하다. 아시아 각국에 큰 피해와 고통을 주었음을 인정하고 통절한 반성과 마음으로부터의 사죄를 분명히 했다. 이 또한 '아버지와 선조의, 국가의 명예를 더럽히는가'라는 비판 속에서였다. 아베 총리도 역대 내각의 입장 전체를 계승할 생각임을 국회에서 분명히 했다. 아베 총리는 일본이 침략하지 않았다고 말한 적이, 한 번도 없고, 식민지 지배에 대해서 부인한 적도, 한 번도 없다.

어떤 나라든 '민족의 영광'으로 역사를 보지 않고, 힘이 들어도 용기를 가지고 사실을 직시할 필요가 있다. 역사가 기억에 지지 않는 길이다. 이는 결코 굴욕이 아니라 공정함과 용기를 가진 그 국가에 대한 평가를 높일 것이다. 유럽에서 역사의 대화가 진전된 것은 각국에 '민족주의적 역사 교육은 좋지 않다'는 공통 인식이 있었기 때문이다. 자국 중심의 독선적, 배타적인 관점이 냉정하고 객관적인 사실 파악을 그르치고 타국에 대한 반감을 조성할 위험을 서로 인식했기 때문이다. 한편 동아시아에서는 민족사관적 발상이 남아 '선과 악'으로만 보기 쉽다. 이것이 역사의 대화를 가로막는다.

그런 점에서 20일자 중앙일보에 일본에 대한 원폭 투하가 '신의 징벌이었다'라는 칼럼이 실린 것은, 유일한 피폭국인 일본으로서 절대 용인할 수 없으며 매우 유감이다. 단, 동시에 한국 정부가 그와 같은 인식은 한국 정부 및 한국 일반 국민의 인식과 차이가 있다는 취지의 언급을 한 점은 유념하고 있다.

1965년 이후 축적된 양국의 우호협력도 훌륭한 역사다. 일본은 앞으로도 겸허히 역사를 되돌아보고 인간의 고통을 아는 국가로 계속 있으면서 활력을 되찾아 대외교류와 발신을 강화할 것이다. 역사란 학교에서 배우기만 하는 것이 아니라 날마다 우리가 땀 흘려 만드는 것이다. 벳쇼 고로 주한 일본대사도 말했다. "10년 후에는 오늘 일도 역사가 된다. 일·한의 한 사람 한 사람이 협력해 날마다 좋은 역사를 만들어 가자"고.

미치가미 히사시 주한 일본대사관 공보문화원장 [128]

---

128) 미치가미 히사시(58) 주부산 일본총영사의 부임 축하 리셉션이 2017년 7월 6일 오후 6시 30분 부산 그랜드호텔에서 열린다. 전임 총영사는 부산총영사관 앞 소녀상 설치로 일본에 소환된 뒤 이를 사석에서 비판했다가 지난 6월 초 경질됐다. 지난달 30일 업무 교대를 한 미치가미 부산총영사는 외무성의 한국을 전문으로 하는 '코리안스쿨' 출신으로 주한 일본대사관 참사관, 주한 일본공보문화원장 등을 지냈다. 한국 근무는 네 번째다. (2017.7.4.서울신문)

역사에서
배우자

마이니치 사설 2016년8월15일

우리는 어떤 길을 걸어서 지금 여기에 서는 것일까? 일본 적십자의 종군 간호사의 이야기부터 시작하고 싶다.

노무라 타즈코 씨는 필리핀 바기오의 제74 병참병원에서 일하고 있었다. 그곳이 미군의 맹공습을 받은 것은 1945년 1월 23일이다. 지붕에 큰 적십자 표식이 있었음에도 불구하고 미군은 가차없이 폭격했다. 그녀는 "백의의 간호복을 피로 물들인 젊은 간호사들이 있다. 자신들과 같은 적십자의 간호사가, 게다가 나이도 같은 젊은 간호사가 숨이 넘어가고 있었다. 뼛속까지 얼어붙을 지경이었다"고 충격을 전해주었다.

■ 해마다 줄어드는 경험자

바기오가 대규모 공습을 받은 뒤 일본군이 8킬로 떨어진 광산의 갱도 내에 마련한 임시 병원도 비참했다. "하반신 깁스를 하고 있는 환자가 발가락 사이가 불이 난 듯하다고 말한다. 잘 보면 유충에 갉아 먹혀 하얀 뼈가 보이고 있었다. 칸델라로 비추어 보면 다리를 절단당한 환자의 상처 속에도 유충이 파먹어 들어가고 있었다"(시미즈 나오코 씨의 수기)

1937년에 시작하는 중일 전쟁부터 종전까지 일본 적십자사는 총 3만 3000명의 구호 간호사를 전쟁터나 병원선을 파견했다. 병사와 마찬가지로 붉은 '전시 소집장'으로 강제적으로 보내진 것으로 순직자는 약 1100명을 넘고 있다.

이러한 많은 기록들은 전쟁의 어리석음과 비인도성을 전하고도 남음이 있다.

일본 적십자사 아오모리 지부 하나다 미키 씨는 중국 산시 성의 육군 병원에 근무하던 당시 헌병의 눈을 속이고 일기를 썼다. 이런 기술이 있다. "개인물건이라곤 보따리 하나를 달랑 들고 어린아이처럼 수송되고 있는 사람들의, 그 어머니들의 심정의 만분의 일일지라도 내 마음 속에 생겨 그들의 손이 되고 엄마의 손이 되고 싶었어요"

일찍이 일본 적십자사 간호학교 출신자에게는 "졸업 후 만 십이 년 동안 전시나 천재(天災)의 때에 본사나 혹은 본사 소관의 지방부의 소집에 응하여 구호에 종사하여야 한다"는 의무가 부과되어 있었다. 이 때문에 종군 간호사는 10대 후반부터 20대의 젊은 여성들이 많이 포함되어 있다. 갓 결혼하고 갓난 아이와 생이별한 엄마도 적지 않았다.

전후 71년. 종전 때에 20세였던 사람도 91세가 되었다. 살상의 최전선에서라도 목숨은 지켜야한다는 궁극의 모순을 체험한 생존자 수는 급속히 줄어들고 있다. 하나다 씨도 2006년 8월에 91세에 사망했다.

(일본)정부는 1998년부터 2013년까지 종군 간호사들에 대한 현창 사업을 실시했다. 신청 받은 것을 근거로 해서 약 6천600명에게 "당신의 노고에 대해 진심으로 경의를 표하며 위로합니다"란 총리 이름의 서한이 보내졌다. 다만 총무성 담당창구도 일본 적십자사도 현재의 생존자 수는 파악하지 못하고 있다.

죽음의 고초를 넘어온 당사자의 목소리가 해마다 가느다랗게 되고 있는 만큼 과거를 알고 얘기를 계속 들려줄 필요가 있다.

한 사람 한 사람은 약하며 눈앞의 상황에 휩쓸리기 십상이다. 중국과 북한의 노골적인 군사력 강화를 보게 되면 큰 목소리에 이끌려간다. 그런 때 우리를 떠받쳐줄 수 있는 것은 과거와의 대화를 통한 이성의 힘일 것이다.

아베 신조 총리의 전후 70년 담화를 놓고 논란이 일어났던 지난해보다 역사 인식의 논의는 수그러든 것처럼 보인다. 하지만 아베 담화는 당면한 마찰을 피하는 데에 역점이 놓여져 근현대사에 있어서 국민들이 공통 인식을 갖게끔 되었다고는 말하기 어렵다.

■ 현실과 이상의 연결다리를

A급 전범이 합사된 야스쿠니 신사를 주요 각료가 참배하면 다시 역사가 강한 정치성을 띠게 된다. 야스쿠니 문제의 근저에는 전쟁 책임을 재판한 도쿄재판의 관점에 대한 분열이 있기 때문이다.

300만 명을 넘는 전쟁 희생자의 추모는 어떻게 되어야 하는가? 정치가는 이 어려운 과제를 극복할 용기와 신념을 가지지 않으면 안된다.

전후 70년부터 71년에 걸쳐서(2015년에서 2016년까지) 특기할 만한 사건으로 오바마 미국 대통령의 히로시마 방문(2016년 5월 27일)이 있다.

1960년대에 히로시마를 방문한 미국의 사회학자는 중학생으로부터 "평화의 상징"으로 천 마리 학을 받고 "얼마나 천진한가"라고 놀랐다고 한다. 미국의 신봉하는 핵 억제 이론과 종이학이 그만큼 떨어져 있기 때문일 것이다.

그러나 오바마 대통령은 4마리의 학을 접었고, 그것을 전시한 원폭자료관의 관람객은 지난해보다 4할이 늘어났다. 냉철한 국제 정치와 히로시마의 기도와 사이에 작지만 의미 있는 연결다리이다.

정치는 고도의 리얼리즘이 추구되고 있다. 동시에 정치가 이상을 향해 열정적으로 뚫고 나가려는 노력이 없으면 인류는 앞으로 나갈 수가 없다.

20세기의 두 번에 걸친 대전으로 타격을 받아 안정과 공존을 구하고 있는 국제 사회에 다시 국가 이기주의가 강화되고 있다. 미국의 트럼프 현상과 영국의 유럽 연합 탈퇴의 배후에는 배타적인 '자국 제일주의'가 보이고 있다. 유엔 안전보장이사회에 의한 국제 평화의 이상도 흔들린 지 오래다.

지금은 리우 데 자네이루 올림픽의 한창이다. 개회식에서 오륜기를 내건 '난민 선수단'에게 유난히 큰 박수를 보냈다. 그런데 난민 선수단을 결성할 필요가 없게 되어야 비로소 올림픽은 진정으로 평화의 제전이 된다.

71년간 계속되는 일본의 평화는 소중한 재산이다. 이것이 80년 90년으로 계속 이어지게 하려면 역시 노력이 필요하다. 역사에 배우는 힘을 쌓아가는 것, 오늘은 그 소중함을 확인하는 날이다.

무궁화도 벚꽃도
사랑하네

"절실한 소원이 나에겐 하나 있지. 다툼 없는 나라와 나라가 되라는"

한일정상회담에 참석한 고이즈미 일본 총리는 기자회견에서 뜻밖에도 이런 시 한 구절을 인용했다. 한국인의 이런 마음을 알게 됐다며 이번 정상회담에 바로 이런 각오로 임하겠다는 뜻을 밝혔다.

짧은 시 구절은, 그러나 짧은 시 구절이 아니라 온전한 한편의 작품이다. 한글로 번역해서 그렇게 되었지, 원문은 '切實な/望み が一つ/吾れにあり/諍いのなき/國と國なれ'라고 해서, 일본어로 읽으면 5·7·5·7·7의 5구절 31음의 형식으로 되어 있는 정형 시이다. 이 짧은 시의 작자는 일본인이 아니라 한국인이었다. 일본의 총리가 한국인이 일본어로 지은 시를 인용하면서 이번 정상

회담에서 뭔가 이웃 간의 다툼이 해소되기를 기대하는 마음을 표현한 것이리라.

그러나 그 회담은 언론의 표현, "풀지못한 넥타이처럼 풀지 못한 韓日인식차(동아일보 2005. 6.21자)"라는 제목 그대로 아무런 실마리도 풀지 못하고, 아무런 간격도 좁히지 못하고 끝났다. 기자회견에서 두 정상은 얼굴을 마주보지도 않고 저마다 자기의 앞만 바라보았다. 뭔가 미래를 위해 합의를 하자고 만난 두 정상이 이렇게 외길 평행궤도를 달리게 된 데는, 여러 가지 분석이 있지만, 신사참배를 고집하는 고이즈미 총리와, 이에 대해 뭔가 한국인이 납득할만한 조치를 이끌어내고 싶었던 노무현 대통령의 마음이 충돌한 결과로 볼 수 있을 것인데, 아무튼 정말로 '가깝고도 먼' 두 나라 사이를 다시 증명한 셈이 됐다.

정상회담의 결과가 좋았더라면 고이즈미가 인용한 시도 더 빛이 났으리라. 그래서 이 시는 그리 주목을 받지 못했다. 그러나 고이즈미는 잊혀질 뻔 했던 한 한국인을 다시 생각하게 했다. 정말로 주옥과 같은 그의 시들이 다시 살아난다.

"찔레꽃 뾰족한 가시 위에 내리는 눈은 /찔리지 않으려고 사뿐히 내리네"

뾰족한 가시가 달린 나뭇 가지위로 내리는 눈을 보며 시인은 눈방울 하나하나에 마음을 실어놓는다. 31자의 일본어 작품이 아니라 느낌이 다르겠지만 우리 글로도 그 표현들이 아리게 가슴에

와 닿는다.

　사랑하는 남편을 여의고 난 후에는 가슴을 후비는 절절한 구절이 된다

　"그대여, 나의 사랑의 깊이를 시험하려/ 잠시 눈을 감으셨나이까"

　바로 이 싯귀가 어느 일본인에게 감동을 주어 이 시를 새긴 시비(詩碑)가 일본 아오모리에 십여 년 전 세워졌다. 그녀의 망부가(亡夫歌)는 애가 끓는다;

　"우리 둘 맺어지고 사십 년이 못 되는데 / 그대를 잃고 잊기까진 백년, 천년"

　"그대가 살아있다면 싫다고 얼굴 돌렸겠지/ 사진 속 그대에게 자꾸만 입맞추네"

　"산소에서 잡초만 뽑노라/ 그대 위할 길 달리 없으니"

　"하늘나라 어느 역에 내려야 / 내가 그댈 만날 수 있을까"

　우리 말로 번역한 것이 되다보니 길이가 일정치 않지만 일본어로는 모두 같은 길이의 정형시이다.

　이 시인의 이름은 손호연(孫戶姸), 이미 14년 전에 고인이 되셨다. 신문에 난 그의 사망기사는 늘 그렇듯이 고인을 모르면 한 줄거리 밖에 안 되는 짧은 소식, 그러나 그가 남긴 시를 보면 절절

한 사연이 책으로도 수 만 권은 되리라.

손호연씨가 쓴 시는 일본의 전통시 '와카(和歌)', 앞에서 언급한 것처럼 5 ·7 ·5 ·7 ·7 의 음률로 구성된 정형시로, 일본인들에겐 31자 안에 슬프고 아름다운 정서를 함축해 담아내는 그릇으로 인식되고 있다. 우리나라에 시조가 있듯이 일본인에겐 와카가 있는 것이다. 한국인이라도 시조를 짓는 일이 쉽지 않다는 점을 생각하면 손 씨가 일어로 와카를 짓고, 그 작품들이 일본인에게 깊은 감동을 주어 일본 땅에 시비로까지 세워졌다는 점은 놀라운 일이 아닐 수 없다.

"왜 한국인이, 그 싫어하는 일본어로 시를 짓느냐?" 는 주위의 핀잔과 질시가 끊이지 않았을 것이다. 일제시대에는 그렇다 하더라도 해방이 된 이후에도 오직 일본인만이 보는 일본시를 지을 필요가 있을까라는 회의는 더 강해졌지만, 시인의 창작의욕을 꺾지는 못했다. 그것은 이 '와카'라는 일본시의 원류를 거슬러 올라가면 백제가 있어서, 자신에게는 아득한 조상의 혼을 지키고 그 뿌리를 되살리는 일이 된다고 믿었다는 것이다.

1940년 서울 진명여고를 졸업하고 영친왕의 비(妃) 이방자 여사 장학생으로 동경제국여자대학에 유학하다가 와카의 아름다움에 눈을 뜬 것이 그를 평생 한국인 유일의 와카시인으로 남게 된 것인데, 여기에는 문학이나 예술에 언어와 국경의 차이가 있을 수 없다는 일본인 스승 사사끼 노부쯔나의 "일본의 것이 아닌 한국의 고유한 아름다움을 노래하라, 중도에 멈추지 말라"는 가르침도 작용을 했다고 한다. 그녀의 말 그대로 "장구한 역사의 흐름 속에서

하고 싶은 말을 마음껏 못 다 배운 모국어보다는 조금 익숙한 일본어로 우리나라의 아름다움은 일본에 전하고 일본의 좋은 점은 우리나라에 알리는 마음으로" 그는 노래를 불렀다.

그래서 비록 일본어로 부르는 시이지만 늘 한국의 마음을 노래했다;

"치마저고리 곱게 단장하고/ 나는 맡는다/ 백제가 남긴 그 옛 향기를"

"붉은 태극선 흔드는/어머니의 하얀 손/ 비취반지는 반짝거리고"

해방이후 남북분단으로 이어지는 현대사의 흐름 속에서도 창작은 계속됐다;

"겨레가 말없이 순종하는/ 오욕의 날을 눈여겨보던/ 나라꽃 무궁화"

"연이어 망명객은 돌아오는데/ 오지 않는 한 사람/ 아버지, 그리워라"

"6·25 동란으로/ 혼자된 어머니/ 지금 내 나이보다 훨씬 젊었네"

60여 년 동안 2,000여 편의 와카를 지었고 일본의 유명 출판사 고단샤에서 시집을 6권이나 냈다. 와카의 최고 권위자 나카니시 스스무 교토예술대 총장으로부터 "일본인들이 흉내낼 수 없는 한국인의 감정을 담아낸 국경을 초월한 노래"라는 격찬을 받는 등 '명인(名人)' 칭호를 얻었다. 98년에는 와카의 대가로 천황의 초청을 받는데, 한복을 입고 입장해 깊은 인상을 남기기도 했다.

2000년엔 한·일 문화 교류에 기여한 공로로 대한민국 문화훈장을, 이듬해엔 같은 공로로 일본 정부 표창을 받았다. 그리고는 2003년 세상을 떴다.

그가 펴낸 다섯 권의 시집의 제목은 무궁화(무궁화 1~5)이다. 시인은 생전에 한 인터뷰에서 이렇게 말했다. "국경을 초월한 인간의 보편적인 희로애락이 우리나라와 일본의 과거 앙금을 조금이나마 삭힐 수 있다고 생각합니다."

우리와는 감정이 꼭 일치한다고는 할 수 없지만, 그의 와카가 주는 아름다움은 한국어로 번역되어도 그대로 전달이 된다. 때로는 번역이 더 멋있는 경우도 있다. 그의 딸 이승신 씨의 이름으로 번역돼 나온 〈호연연가(好姸戀歌)-찔레꽃 뾰족한 가시 위에 내리는 눈은 찔리지 않으려고 사뿐히 내리네〉(샘터 발행)는, 한일 양국을 오가며 일본에 한국을 알리느라 평생을 바친 와카시인 손호연의 세계를 한국인이 들여다 볼 수 있게 해 준다. 한국과 일본, 그 가깝고도 먼 나라가 언제 진정한 이웃이 될 수 있을까? 그의 바람이 언제나 이루어질 수 있을까?

"이웃해 있고 가슴에도 가까운 나라 되어라/무궁화를 사랑하고 벚꽃도 사랑하네"